CRIATURAS IMPOSSÍVEIS

CRIATURAS IMPOSSÍVEIS

KATHERINE RUNDELL

Ilustrado por
Tomislav Tomić

Traduzido por
Luisa Camacho

MAPA POR VIRGINIA ALLYN

Diretor editorial **PEDRO ALMEIDA**
Coordenação editorial **CARLA SACRATO**
Assistente editorial **LETÍCIA CANEVER**
Tradução **LUISA CAMACHO**
Tradução bestiário **ADRIANA KRAINSKI**
Preparação **DANIELA TOLEDO**
Revisão **GABRIELA DE AVILA**
Imagens de capa e miolo **TOMISLAV TOMIĆ**
Diagramação e adaptação de capa **VANESSA S. MARINE**

Dados Internacionais de Catalogação na Publicação (CIP)
Jéssica de Oliveira Molinari CRB-8/9852

Rundell, Katherine
Criaturas impossíveis / Katherine Rundell ; tradução de Luisa Camacho ; ilustrações de Tomislav Tomić. — São Paulo : Faro Editorial, 2024.
256 p. : il.

ISBN 978-65-5957-658-6
Título original: Impossible creatures

1. Literatura infantojuvenil inglesa 2. Literatura fantástica I. Título II. Camacho, Luisa III. Tomić, Tomislav

24-3421 CDD 028.5

Índices para catálogo sistemático:
1. Literatura infantojuvenil inglesa

1ª edição brasileira: 2024
Direitos de edição em língua portuguesa, para o Brasil, adquiridos por FARO EDITORIAL
Avenida Andrômeda, 885 - Sala 310
Alphaville — Barueri — SP — Brasil
CEP: 06473-000
www.faroeditorial.com.br

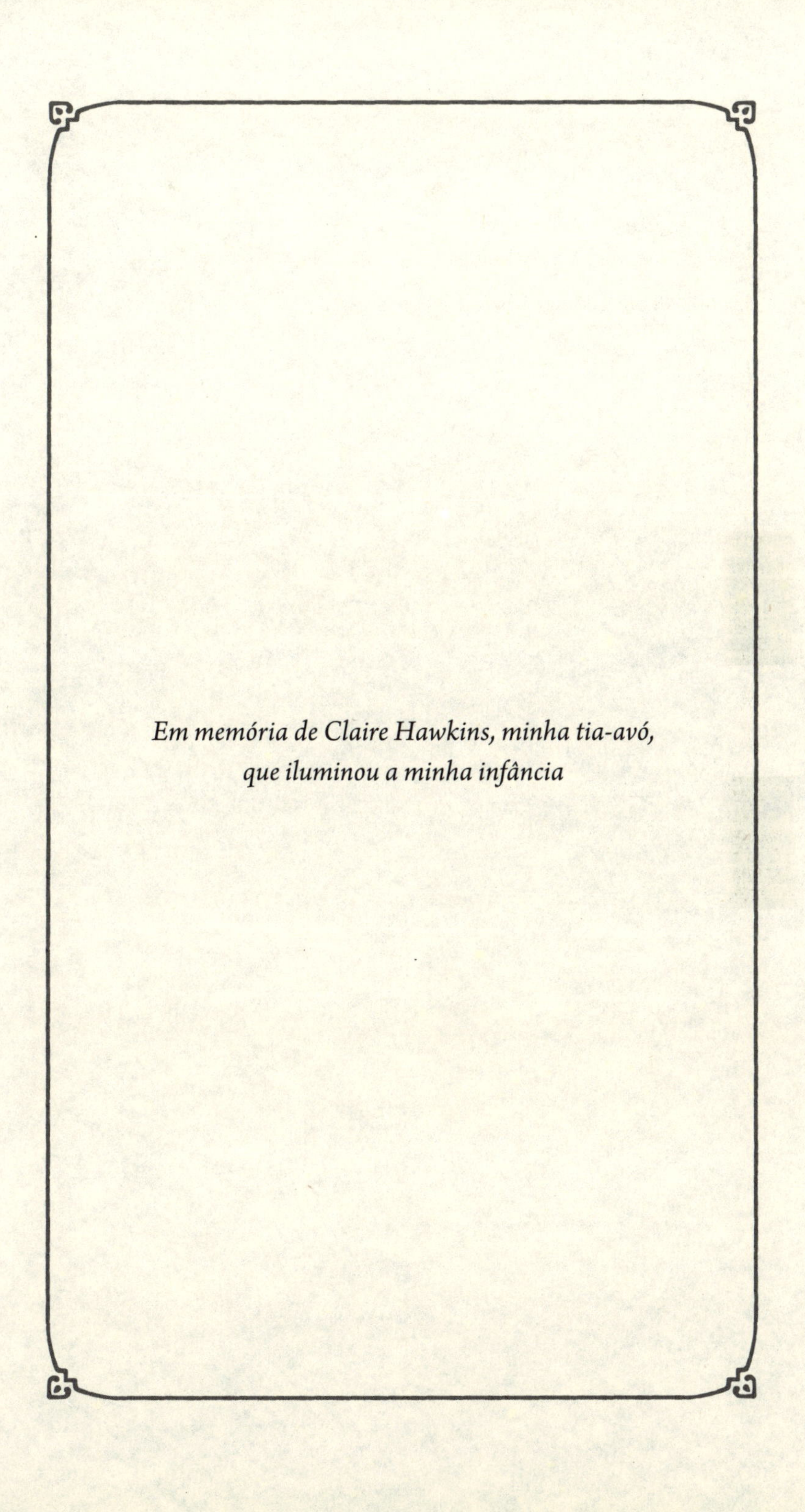

Em memória de Claire Hawkins, minha tia-avó,
que iluminou a minha infância

"O grifo é um animal emplumado e quadrúpede; seu corpo parece o de um leão, mas ele tem asas e a face de uma águia."

Isidoro de Sevilha, *Etimologias* (c. 600).

"Sua boca é a morte e sua respiração é fogo!"

Epopeia de Gilgamesh (Mesopotâmia, c. 2000 A.C.), provavelmente a primeira referência escrita a dragões.

"Eu canto o progresso da alma infinita."

John Donne, *Metempsicose* (1601).

O ARQU
NOVA ESCÓCIA
VALKA
ILHA DAS MANTICORAS
CARDUMES DO NORTE
WRIT
ILHA DOS ASSASSINOS
FREONDELL
AREAT
ARCHOS
KARKARA
CORAL CARMIM
VISTAIA
ILHA DO IMORTAL
MONAN
CEREN
BRASIL
LEODWYNN
BROGAN
AS CORRENTES FEU

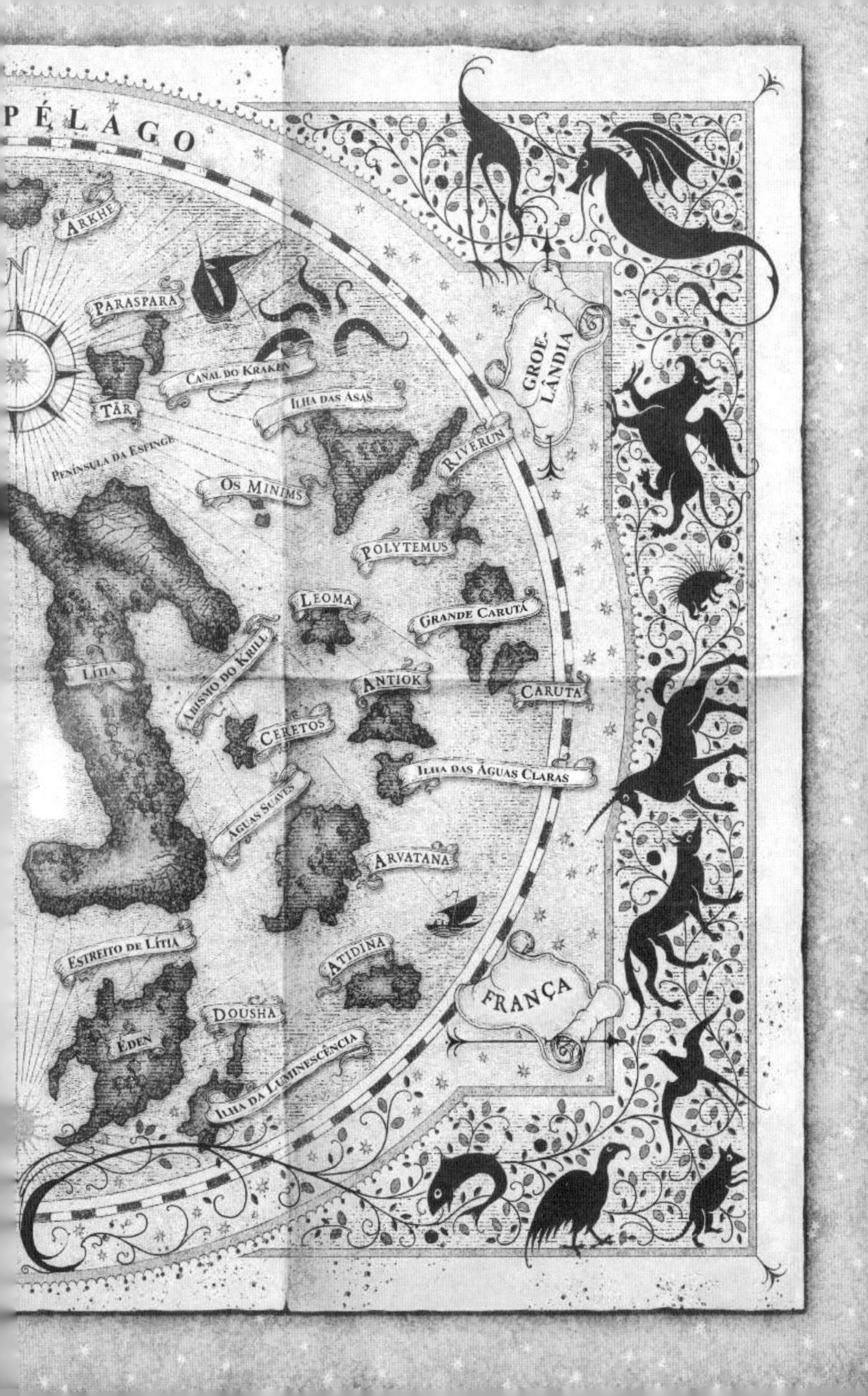

PÉLAGO
N
ARKHE
PARASPARA
CANAL DO KRAKEN
TÂR
ILHA DAS ASAS
PENÍNSULA DA ESFINGE
OS MINIMS
RIVERUN
GROE-
LÂNDIA
POLYTEMUS
LEOMA
GRANDE CARUTÁ
LÍTIA
ABISMO DO KRILL
ANTIOK
CARUTÁ
CERETOS
ILHA DAS ÁGUAS CLARAS
ÁGUAS SUAVES
ARVATANA
ESTREITO DE LÍTIA
ATIDINA
FRANÇA
DOUSHA
ÉDEN
ILHA DA LUMINESCÊNCIA

O Bestiário do Guardião

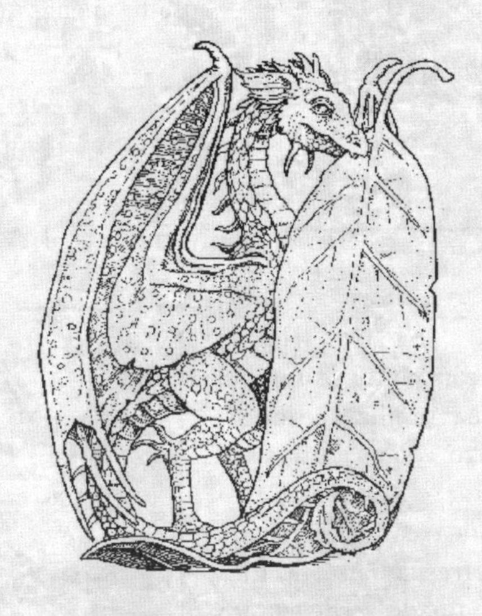

Há um lugar secreto em nosso mundo que fica muito bem escondido para protegê-lo de nós. É um lugar de uma magnificência selvagem: uma terra onde todas as criaturas míticas ainda vivem e se proliferam. Esse lugar é conhecido como o Arquipélago: um conjunto de 34 ilhas, algumas que chegam ao tamanho da Dinamarca e outras tão pequenas quanto a praça de uma cidade. Nessas ilhas, milhares de criaturas mágicas correm e voam, se reproduzem, envelhecem, morrem e tudo começa de novo. Para nós, elas já estão meio esquecidas, e sua existência foi descartada, como se fossem apenas fruto de histórias infantis. Mas nós não as destruímos. Elas sobreviveram. Elas são belas, radiantes e reais. É o último lugar mágico que resta.

Afanc

O afanc é um carnívoro que vive nos pântanos e lembra um castor com presas. Os dentes do afanc, que tem cor de marfim e são afiados como agulhas, crescem quase três centímetros por dia e eles os mantêm aparados e afiados roendo rochas, árvores e, vez ou outra, humanos. A beleza macia e lustrosa da pelagem dessas criaturas pode levar crianças a correr certos riscos. As crianças cometem essa ousadia apenas uma vez.

Al-miraj

Al-miraj são lebres com chifre de uma beleza estonteante. Suas orelhas são longas e rosadas por dentro, e seus chifres são de ouro puro. Durante a época de acasalamento, por onde os al-miraj pisam, a vegetação brota fresca da terra. Eles podem tecer um gramado verde em um campo seco em uma hora. Dizem que o al-miraj reconhece os valentes, os sábios e os bons. Certa vez, a rainha Ariana, de Lítia, tentou dar um espécime de presente para seu noivo, mas a criatura ignorou o pretendente e foi cumprimentar de bom grado o servo. A rainha acabou casando-se com o servo e eles viveram felizes para sempre, com um jardim cheio de lebres de chifres dourados.

Borometz

Também conhecido como "cordeiro vegetal", o borometz cresce a partir de um caule verde, ao qual está ligado por uma gavinha. O cordeiro chega a 30 centímetros de altura, sua pele é verde e sua lã, branca. Se o cordeiro comer toda a vegetação dentro do alcance da gavinha, tanto o cordeiro quanto a planta morrem. Por esse motivo, muitas pessoas do Arquipélago carregam consigo sementes para que, caso se deparem com um borometz, possam plantá-las em volta dele. A lã desses animais, que é doada com generosidade a todos em quem eles confiam, produz o tecido mais macio do mundo, que dura centenas de anos e tem um suave perfume de terra.

Centauro

(fêmea: **centaurida**)

Centauros têm o corpo de cavalo e o tronco e a cabeça de humano. Embora sejam artesões habilidosos em muitos ofícios, a cultura dos centauros é muito centrada na comida, pois eles precisam comer doze vezes por dia para suprir as necessidades dos seus corpos e cérebro enormes. São grandes inventores culinários e promovem banquetes a cada lua cheia, que acontecem a céu aberto sob o luar. Nesses momentos, são servidos frutos da floresta, em pilhas que chegam até a um metro de altura, e destilados de flor de macieira. Os banquetes duram a noite toda e se prolongam até o dia seguinte.

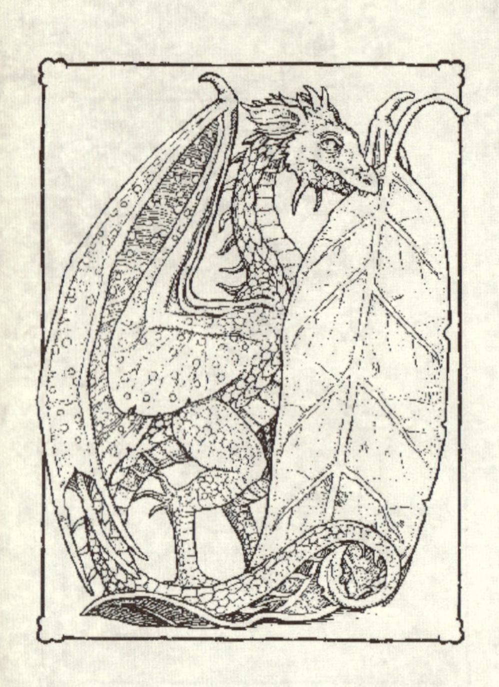

Dragão

Existem 37 espécies de dragão no Arquipélago. O maior de todos — o dragão de asas vermelhas, que tem o corpo preto e a parte debaixo das asas escarlate — é tão imenso quanto uma catedral. O menor deles, o iaculus, pode se sentar confortavelmente na junta do dedão de uma pessoa. O dragão amarelo, de asas finas e cauda longa, é o mais veloz dos céus, enquanto o dragão aquático de cauda de bronze consegue respirar debaixo d'água e é conhecido por passar toda a fase adulta no fundo do oceano, voltando vez ou outra à superfície apenas para caçar marinheiros. O dragão prateado, que pode viver até quatro mil anos, é considerado a criatura mais antiga do mundo. Seu temperamento é imprevisível, como convém a quem já viu muita coisa.

Esfinge

Esfinges têm grande dom para a matemática e para a intelectualidade. São aliadas brutalmente leais e inimigas implacáveis. O dente de uma esfinge, quando colocado na boca de um humano, permite que seu dono entenda qualquer língua. Já a lambida de uma esfinge cura praticamente qualquer ferida. Originária do norte da África e do Sudeste Asiático, as esfinges migraram e se espalharam por todo o mundo antes de se estabelecerem na península montanhosa da Ilha de Lítia. Quem deseja visitar as montanhas das esfinges deve saber que, se não conseguir responder ao enigma proposto por uma esfinge, elas têm um direito muito antigo de devorar a pessoa.

Grifo

Os grifos têm o corpo, a cauda e as patas traseiras de um leão, e as asas e garras de águia. Embora não falem em voz alta, eles aprendem muito rápido e conseguem entender a totalidade de uma língua humana em questão de dias. Quando adultos, a envergadura da asa desses animais consegue abrigar uma criança. No frio, seus corpos irradiam calor. O grifo depende mais do que qualquer outra criatura do *glimourie* (magia) presente no solo e no ar e estão entre as criaturas mais mágicas do mundo. (*Adendo, por Frank Aureate: Nos últimos cinco anos, os grifos têm se tornado cada vez mais raros. O motivo é incerto, mas é possível que haja relação com o desaparecimento do glimourie. Acredita-se que estejam em situação de ameaça de extinção.*)

Hipocampo

Os hipocampos são os verdadeiros cavalos-marinhos do oceano. Eles vivem em manadas de dez a 20 indivíduos. O macho é maior do que a fêmea, mas a fêmea é mais veloz. Suas cores variam do verde-esmeralda ao cinza e, no Noroeste, exibem o rosa cintilante dos corais. Alguns são domados e montados pelas nereidas. Todos os barcos do Arquipélago devem, por lei, ser movidos a energia eólica ou solar para que a água não seja poluída e os hipocampos jovens, conhecidos como hipopotros, possam crescer e atingir sua máxima beleza e brilho.

Kanko

Uma criatura parecida com uma raposa, mas do tamanho de um rato. Sua cauda é dividida em duas partes, o que permite que o kanko tenha um equilíbrio extraordinário. Também conhecido como "raposas da luz", a saliva desses animais tem propriedades luminescentes e é usada em pinturas, principalmente no Japão, de onde são nativos. Eles têm grande inteligência, apesar do tamanho, e acredita-se que trazem sorte. No entanto, não se deve mexer nos ninhos dos kankos, apesar de serem conhecidos por fazer seus ninhos em lugares inconvenientes: sapatos, chapéus, bolsos e, certa vez, na barba de um homem no dia do casamento dele.

Karkadann

Os karkadanns se parecem com unicórnios, se unicórnios tivessem almas malignas e presas afiadas. Uma das poucas criaturas do Arquipélago que mata tanto por diversão quanto por fome. Eles se alimentam de carne, preferencialmente humana, e grama, para digestão. A pelagem dos karkadanns vai do preto puro ao roxo, e a pele é descolada dos ossos. O chifre é preto e a ponta carrega um veneno que causa gangrena, paralisia e morte agonizantes. É possível afastá-los com o chifre de um unicórnio, mas, como é bem improvável que tenhamos um unicórnio à disposição, esse artifício não é de grande ajuda.

Kludde

O kludde é um cachorro do tamanho de um urso, de pelagem preta. A diferença é que, no lugar das orelhas, essa criatura tem um par de chamas. Ele usa a luz das orelhas para atrair sua presa — na maioria das vezes cervos, gados selvagens e al--mirajs — para então devorá-la. O kludde pode ser identificado a distância pela sua respiração, que parece o som agudo de metais se chocando. A única forma de matar um kludde é apagando as suas chamas com terra ou areia molhada. Os kluddes vivem principalmente em ilhas não habitadas por humanos. São poucos os habitantes do Arquipélago que verão essa criatura em vida. Aqueles que já os viram, não se esquecem jamais. (*Adendo por Frank Aureate: A menos que tais humanos tenham sido comidos. Nesse caso, provavelmente se esquecerão.*)

Kraken

A mais antigas das criaturas marítimas. A origem dos krakens remonta ao período Cretáceo, ou seja, coexistiu com o Tiranossauro Rex. Eles têm de oito a 46 tentáculos, dependendo da subespécie. São aterrorizantes quando estão com fome: há relatos de krakens que devoraram até 400 marinheiros em um único dia, e os redemoinhos formados pelos seus tentáculos podem arrastar navios enormes para o fundo do mar. Os krakens não costumam migrar e permanecem na região onde nasceram. Assim, marinheiros que têm bons mapas costumam se desviar dessas criaturas, mas os que navegam sem mapas estão arriscando a pele.

Lavellan

O lavellan se parece com um pequeno musaranho aquático. Ele aparece em uma canção satírica que diz: "Não deixe que ele se afaste da casa, indo para o musgo ou o bosque, para que o lavellan não o mate." A canção não é boa, mas serve como um alerta. O lavellan pode envenenar uma nascente de água se nadar nela e, apesar de seu tamanho minúsculo, pode matar um humano adulto com os dentes. O lavellan só machuca os humanos se for provocado, mas sua definição de "provocação" é bastante genérica, podendo incluir um espirro, uma risada e todas as formas de danças performáticas.

Longma

Um cavalo-alado com escamas, em geral verdes ou marrons e com a barriga preta, de velocidade e forças estonteantes. Alguns longmas passam a vida inteira sem tocar o chão. Habilidosos no ar como nenhuma outra criatura, eles buscam nuvens de chuva e voam devagar em volta delas para se limpar, com as asas bem abertas. O longma é a única criatura do mundo que dá à luz em pleno ar: a mãe voa o mais alto que consegue para que quando o filhote caia pelos ares, tenha o maior tempo possível para abrir as asas antes de atingir o chão. Os longmas devem ser tratados com cuidado: são pouquíssimos espécimes que criam vínculos com seres humanos. E, mesmo assim, esses humanos às vezes acordam e percebem que algumas pequenas partes dos seus corpos foram comidas — um dedo, por exemplo, ou metade de uma orelha —, pois não existe um longma que seja de fato domado.

Mantícora

A mantícora tem cauda de escorpião, rosto humano, dentes e corpo de leão e a personalidade de um político hipócrita. Algumas subespécies têm asas, com uma bola cheia de espinhos na ponta da cauda. Assim como os karkadanns, as mantícoras são uma das poucas criaturas que atacam seres humanos ao vê-los, mesmo quando não precisam se alimentar. Elas mentem e matam por prazer e têm cheiro de podridão.

Nereidas

É um erro confundir nereidas com sereias. Elas se ressentem, e o ressentimento dessas criaturas pode ser perigoso. Embora vivam debaixo d'água, elas não têm caudas. Seu cabelo e ponta dos dedos são prateados, e a pele pálida tem um leve brilho prateado. Sua voz é conhecida por ser hipnótica. Dizem que a língua delas originou-se da música dos mares. Embora sejam perfeitamente capazes de caminhar em terra firme, elas só o fazem em caso de extrema necessidade. Encontradas sobretudo nos mares do sul do Arquipélago, são pessoas bastante lógicas, mas sua lógica é a do oceano, incompreensível para os humanos. As populações humanas do Arquipélago as tratam com reverência e mantêm distância. A expressão "misteriosa como uma nereida" é um ditado popular nas ilhas.

Quimera

A quimera se parece com um leão, mas tem uma segunda cabeça de bode e uma cauda que termina com a face de uma cobra. Cada uma dessas três faces tem cérebros, sistemas nervosos e fortes opiniões individualizadas. Isso faz com que a quimera não cause tanta devastação quanto poderia, pois ela não consegue concordar consigo mesma quanto ao que deve fazer.

Ratatoska

(pronúncia: *rata-TOS-ka*. Grafia alternativa: **ratatoskr**)

Parecidas com grandes esquilos, de pelo verde e com um pequeno chifre, as ratatoskas estão espalhadas por todo o Arquipélago. Elas conhecem mais os segredos do mundo do que qualquer pessoa — as fofocas, as lendas, as verdades, as meia-verdades e as quase mentiras. Embora sejam fisicamente inofensivas, durante a infância, elas podem ser verdadeiras propagadoras do caos com uma tendência a travessuras. Se quiser espalhar um boato e não estiver muito preocupado com a verdade, conte-o para uma ratatoska.

Sereia

(Cf. também **sereio, tritão**; um indivíduo recém-nascido é um **serino**)
A maioria das sereias vivem nas águas do norte do Arquipélago. Alguns clãs, como a tribo Marian, têm caudas que chegam a dez metros de comprimento. Essa cauda, independente do comprimento, tem 40 mil músculos (em comparação, os humanos têm 650 músculos no corpo todo). Muitos desses indivíduos são músicos, e inventaram diversos instrumentos subaquáticos que produzem uma música bela e suave. Algumas das canções, compartilhadas com os humanos, foram incorporadas à tradição humana. Dizem, por exemplo, que Vivaldi pegou emprestadas das sereias muitas de suas composições.

Twrch Trwyth

(pronúncia: *tuOOOrque troife*)
Conta-se que, uma vez, o rei Artur conseguiu montar nesse javali de pelo preto-azulado. Seu pelo irradia um brilho iridescente à luz do luar. O javali pode chegar ao tamanho de um rinoceronte e é capaz de esmagar quem o assustar ou irritar, mas é dócil e gentil com as crianças. Dizem que ele abriga andorinhas debaixo de sua barriga e axila durante as tempestades. Conhecido como o javali-guerreiro, os twrch trwyth lutam por aqueles que amam. Embora sejam desajeitados na terra, são adoravelmente elegantes na água, e podem nadar por toda a extensão do Arquipélago sem parar um minuto sequer.

Unicórnio

Quando nascem, têm a cor do mais puro ouro, mas ficam prateados no segundo ano de vida e brancos ao completar quatro anos. Unicórnios preferem áreas de bosque com relva macia. Quando não são perturbados, podem viver mais de trezentos anos. Eles conseguem sobreviver se alimentando de grama e arbustos, mas amam ervas como capim-limão, tomilho e hortelã (sua preferida). A respiração de um unicórnio é capaz de dotar os seres humanos de coragem. Os pelos de sua cauda e crina, quando tecidos na forma de bandagens, podem curar feridas fatalmente infectadas. Sabe-se de casos em que eles caminharam por campos de batalhas, lançando seu sopro de vida nos que haviam morrido. Ao longo da história, há relatos de pessoas que montaram unicórnios, mas é um evento bastante raro. A maioria das pessoas que tentaram esse feito foram cuidadosa e educadamente jogadas no chão.

O INÍCIO

Era um dia belíssimo, até que alguma coisa tentou comê-lo.

Era uma criatura preta, quase como um cachorro, mas nada parecida com nenhum cachorro que ele já havia visto. Os dentes do animal eram do tamanho de seu braço, e as garras pareciam capazes de destruir um carvalho adulto.

Portanto, o fato de Christopher Forrester ter se recusado — com rapidez, astúcia, e coragem — a ser devorado, diz muito sobre ele.

O INÍCIO EM OUTRO LUGAR

Era um dia belíssimo, até que alguém tentou matá-la.

Ela havia acabado de voltar para casa após uma aventura, voando pela floresta com os braços abertos e a capa esvoaçando, golpeada pelo vento.

Mal Arvorian só conseguia voar quando o vento soprava. Naquele dia, o clima estava perfeito: uma brisa vinda do Oeste que trazia o cheiro do mar. E lá estava ela, girando no céu, rodopiando no ar gelado. A capa esvoaçante era pesada e grande demais para ela, que tinha que usá-la com as mangas dobradas quatro vezes. Quando o vento estava soprando — não precisava ser forte, mas era necessário algum vento —, ela segurava a capa pelas pontas e a abria, como asas, para sentir a brisa erguê-la do chão.

Naquele dia, ela tinha voado por cima do topo das árvores, roçando a ponta dos sapatos nos galhos, e mergulhado rápido, espantando uma manada de unicórnios.

Na cozinha, sua tia-avó Leonor reclamou do frio que sentia nas mãos e deu a ela uma xícara de xarope quente, quando ouviram alguém bater à porta.

Era o assassino.

A CHEGADA

No dia antes do ataque, Christopher sentou-se em um banco do lado de fora do terminal de balsas para esperar pelo avô. Ele tinha viajado sozinho de seu apartamento no norte de Londres até a Escócia, e estava com cãibra na perna e uma fome voraz.

Um esquilo pulou no banco e ficou olhando para ele. O animal se aproximou pouco a pouco, trêmulo, até seus bigodes tocarem no joelho de Christopher. E depois chegou mais um, e mais outro, até que havia sete esquilos, todos reunidos em volta de seu pé.

Uma mulher à espera de um táxi se virou para olhar.

— Como é que ele consegue fazer isso? — perguntou para o homem a seu lado.

Um esquilo correu para se agachar na ponta do sapato de Christopher. Ele riu, e o esquilo subiu correndo pela sua canela até chegar ao joelho.

— Tudo bem com você? — perguntou para o esquilo. — Tenha um bom dia.

— Dando comida, é claro — respondeu o homem, e então gritou para Cristopher. — Você não deveria alimentar animais silvestres! Faz mal para eles!

— Eu sei — Christopher disse, com um sorriso forçado. — Não estou lhes dando comida.

Era uma piada entre seus amigos que, em qualquer lugar que Christopher fosse, os animais iam atrás dele. Gatos de rua vinham se enroscar nas suas pernas; cachorros subiam nele no parque. Já tiveram até que interromper partidas de futebol quando um pequeno grupo de raposas uivantes tentou chegar perto dele. Houve um dia em que pombos insistentes voaram para cima dele durante um passeio da escola, e nadar nos lagos era quase impossível. O salva-vidas o mandou sair da água, porque a chegada repentina de um bando de cisnes estava assustando as criancinhas.

Na ocasião, Christopher sorriu, assobiou para os cisnes e os guiou para fora do lago, acompanhando-os até uns arbustos próximos. Um cisne jovem tentou se empoleirar em seu ombro, o que lhe rendeu um arranhão por causa das garras do animal. Ficou com aquela cicatriz por meses. Ele não ligava para as cicatrizes: sabia que a atenção e o amor dos animais não eram brandos. Em geral, envolvia uma certa quantidade de sangue.

— Deve ser o cheiro dele — seu pai dizia, sério. Mas Christopher não achava que tinha um cheiro tão diferente dos outros garotos de sua idade. Ele tomava banho, mas sem exageros.

Quando era mais novo, aquilo era a maior alegria de sua vida. Conforme crescia, continuava adorando aquilo tudo, mas tinha aprendido a esconder, porque seu pai detestava. Os animais lhe causavam uma ansiedade inexplicável. *Cai fora!*, ele dizia e saía espantando gatos, pássaros ou, às vezes, os ratos no metrô. Christopher e o pai já não iam mais ao campo, porque sempre havia uma chance de coelhos correrem atrás deles ou andorinhas fazerem ninhos em seu cabelo.

Nem sempre foi assim. Antes da morte da mãe, ele lembrava que o pai era diferente. Os animais também se aproximavam de sua mãe. Ele tinha uma foto dos três no parque Richmond, cercados por cervos, o pai ria com Christopher, ainda bebê, nos ombros. Mas fazia nove anos que ela havia morrido, e o pai ficou retraído desde então, como se um peso tivesse sido colocado nas costas dele, esmagando-o para baixo e para dentro. Tudo na casa parecia menor — reduzido em tamanho e em bravura — depois daquilo.

Então, Christopher abria sua janela escondido à noite para deixar os pássaros entrarem. Ele usava um sobretudo longo de lã azul-marinho e, às vezes, deixava os pardais investigarem seus bolsos. Desviava-se do próprio caminho para cumprimentar corvos, caso os visse, e deixava que subissem com suas garras afiadas até seu braço e ombro. Seus amigos tinham medo — "os corvos vão bicar seus olhos" —, mas ele apenas sorria e balançava a cabeça.

— Que nada. — Perto dos animais, sua voz ficava mais baixa e suave. — Não vão não... — E os animais não o bicavam mesmo.

Os corvos traziam botões prateados e clipes de papel para ele, além de moedas que ele furava e pendurava ao redor do pescoço com um cadarço. Alguns dos alunos mais velhos da escola riam de seu colar, mas isso não o desencorajava de usá-lo. Era sua maneira de afirmar sua lealdade a todas as coisas vivas e selvagens.

E, então, ele ficou mais velho e mais alto — sim, eles eram uma família alta, com pernas desengonçadas e mãos finas — e esperou.

Christopher não sabia explicar o que estava esperando: apenas sentia uma esperança que queimava em seus pulmões e estômago, pois sabia que havia algo mais do que aquilo que tinha visto até então. Os animais pareciam uma promessa.

(E ele tinha razão. Havia uma surpresa que mudaria sua vida para sempre).

A CHEGADA EM OUTRO LUGAR

O assassino chegou de barco. Veio tranquilo, com passos suaves e mãos limpas. Ele passou por um grupo de homens e mulheres que puxavam uma rede cheia de peixes-fogo, com a faca escondida no bolso. As pessoas se viraram para olhá-lo, mas ele apenas acenou, e elas o esqueceram assim que ele sumiu de vista, bem como planejara. Ele era profissional: havia passado anos aperfeiçoando a arte de ser esquecido. O cabelo não era curto e nem comprido, e os sapatos foram lustrados na medida exata para não atrair nenhum comentário. Os olhos, que eram tão escuros e frios quanto o fundo do mar, não se fixavam em nada por muito tempo. Até que, naquele belo dia, eles se fixaram em Mal.

* * *

Pensando bem, tinha sido fácil para o assassino encontrá-la. É fácil encontrar sua presa se já foi instruído a procurar por uma menina voadora e então vê uma criança, dez metros acima do chão, passando pelo meio de um bando de gaivotas. Ver humanos voando era incomum, mesmo no Arquipélago.

Já fazia anos que Mal havia aprendido a voar. Um adivinho viajante lhe dera seu casaco voador assim que ela nasceu. Ele a batizou e deixou o casaco sobre seus pezinhos. Ele tentou falar mais, explicar por que havia dado o casaco para ela, e só para ela, mas a casa estava em luto, pois a mãe de Mal não havia sobrevivido ao parto e ele bruscamente fora mandado embora.

Foi, portanto, sem qualquer instrução que Mal alçou voo. Os vizinhos riram dela, uma menininha tão pequena com um casaco enorme, correndo na direção do vento. Então, ela ficava envergonhada e, no dia seguinte, acordava mais cedo para que ninguém a visse. No início, quando o vento diminuía, ela costumava cair no chão, fazendo um barulho de ossos quebrados; chegou a fraturar os dois tornozelos várias vezes, torceu o braço e virou o dedinho. A unha do dedão do pé ficou com uma cor interessante, meio preta e esverdeada, e caiu. Mas ela tentava várias vezes, lambia o sangue do joelho ralado, subia nas árvores e se jogava lá de cima.

E ela provou que os vizinhos estavam errados.

— Não, eu *vou* conseguir — ela disse, quando o filho do vizinho riu dela. — Você não sabe de nada. — Ela andava de queixo erguido naquela época. As pessoas eram complicadas. Ela percebeu que estava ficando agressiva quando ficava perto delas, com medo de falar besteira e ficar com o rosto todo vermelho. Mas o céu fazia todo o sentido para Mal. Ela podia ser encardida e desajeitada no chão, mas voando, diziam os locais, Mal Arvorian era bonita de se ver.

Aos nove anos, ela já havia aprendido a plainar até parar de leve. Aos dez, conseguia aterrissar na ponta dos pés, ou com um pé só. Aos doze, conseguia grudar o queixo no peito e se jogar para frente, dando cambalhotas no vento. Naquela manhã de primavera, ela havia voado por cima do mar, com os pés descalços tocando a água após guardar as botas nos bolsos, a água do mar salpicava seus tornozelos, e ela ria da velocidade e de alegria.

O assassino a observara, e sorria um sorriso desagradável.

Mal estava proibida de voar para além do jardim e dos campos. Sua tia-avó Leonor ficaria horrorizada se soubesse até onde Mal tinha ido. Mas sua tia-avó tinha uma lista imensa de coisas proibidas, e Mal não conseguia obedecer a todas elas.

— Não dá para ficar dentro de casa sentada numa cadeira o dia todo. É assim que as pessoas viram pedra — disse ela a Gelifen.

Então, proibida de cortar o cabelo, ela cortou sozinha a franja, usando uma tesoura de unhas. Ficou um pouco torta, mas ela gostou, e para finalizar, colocou um fio dourado que havia tirado de uma toalha bordada em sua trança. Proibida de ir à floresta, ela voava até lá enquanto a luz do amanhecer ainda estava surgindo, antes de Leonor acordar. Ela queria muito conhecer as ratatoskas, aqueles animais verdes parecidos com esquilos, e aos poucos começou a conversar com elas e ouvir suas fofocas. Em troca, ela também lhes contava histórias, de como havia encontrado o Gelifen (um ovo que apareceu na beira do mar: "Entrei na água com roupa e tudo, e ele se chocou na minha cama. Ele dorme no meu travesseiro agora"), e ouviu uma jovem ratatoska repetir a história, quase gritando com uma voz estridente ("Ela nadou quase até Lítia, é verdade, com um vestido de baile; teve que lutar contra uma nereida para ficar com o ovo, é verdade").

Ela passava horas correndo por entre as árvores com Gelifen, procurando por unicórnios e devorando frutas. Ela tinha visto uma família de al-miraj trotando pela vegetação rasteira salpicada de sol, uma trilha de brotos de grama frescos que marcavam o progresso deixado para trás. Ela tinha sido mordida, uma vez, por um afanc — a culpa foi toda dela, disse Leonor, por ter chegado perto demais — e tinha infeccionada, fazendo com que sua tia-avó tivesse que dormir com ela por sete noites seguidas. Assim que saiu da cama, voltou para a floresta. Tinha trabalho a fazer por lá.

Mas, acima de tudo, havia o céu. Como aconteceu vez ou outra, se alguém da cidade não gostasse disso e lhe dissesse que ela era um pouquinho caótica, um fardo para a idosa — então Mal o olhava feio, corava e corria para se refugiar no céu.

O céu era a liberdade de Mal. Ela se inclinava para voar por entre as nuvens, subindo cada vez mais alto naquele borrão branco. Abria a boca e esticava a língua para fora, e voltava para a terra encharcada, com as bochechas vermelhas e vitoriosa. "Banquete de nuvem", como chamava. Algumas nuvens não tinham o mesmo gosto que outras; havia um frio e um sabor diferentes para diferentes tons de cinza e branco. Gelifen ainda não conseguia voar a seu lado, então ela o enfiava no macacão, o bico ficava saindo pela lã azul da parte de cima.

Com o passar dos anos, algumas pessoas suspeitavam que a garota fosse rara de alguma forma. Algumas delas pensavam assim com uma pontada de inveja pelos próprios filhos, e outras com emoção e prazer. Mas elas andavam ocupadas e, em sua maioria, deixavam Mal em paz, para correr, e comer, e voar.

Exceto o assassino naquele dia.

FRANK AUREATE

Um carro buzinou e os esquilos se dispersaram. Um Ford desgastado parou ao lado do banco de Christopher e um homem na casa dos setenta anos se inclinou para fora.

— Christopher? É você?

No teto do carro havia quatro gaivotas.

— Elas vivem me seguindo sempre que eu venho para a cidade — disse Frank Aureate, gesticulando para as gaivotas, enquanto Christopher se aproximava. Sua voz era profunda, escocesa. — Sempre foi assim com os animais. Eu não me importaria, sabe, com as gaivotas, mas elas dificultam uma refeição ao ar livre. Elas têm um interesse agressivo nos meus sanduíches. — Ele destravou a porta do passageiro.

Christopher sorriu e entrou no carro. Uma das gaivotas tentou segui-lo. Quando a gaivota foi removida e seu avô limpou o cocô venenoso do pássaro das mãos e do painel, Christopher disse:

— Tinha uma raposa que vivia tentando mastigar o trinco da minha janela para entrar no meu quarto quando eu tinha sete anos. Quando eu a encontrava na rua, ela lambia meus joelhos.

Eles se entreolharam e o lampejo de algo afiado e caloroso percorreu o espaço entre os dois. Frank desviou o olhar primeiro.

— Que bom — disse ele. — É, muito bom!

— É? Meu pai não acha.

Seu avô pareceu bufar e tossir ao mesmo tempo. Ele deu um meio sorriso — que se parecia com o de Christopher — e começou a viagem de quatro horas até as colinas, até a casa.

* * *

Ninguém esperava que Christopher fosse para a Escócia, muito menos o próprio Christopher. Ele não queria ir para o meio do nada para passar as festividades com um homem que fazia nove anos que não via. Seu avô não estava, pelo que pareceu, muito animado para recebê-lo. Mas seu pai tinha sido chamado no trabalho e não havia outro lugar para ir. Ligações urgentes foram feitas. Christopher pediu em alto e bom som para ficar sozinho, mas seu pai disse que isso devia ser ilegal. E agora ele estava ali, sendo guiado pela cidade, passando pelo pequeno cinema, pelo mercado e pelo banco, em direção às Terras Altas escocesas.

Os edifícios começaram a diminuir e as árvores a aumentar. Frank tinha levado sanduíches e panquecas de mel caseiras, assim como café em uma garrafa térmica. Christopher cuspiu o café pela janela quando seu avô não estava olhando — tinha gosto de sapato derretido. Mas os sanduíches estavam excelentes, num pão grosso fresquinho, e a vista fora do carro ficava mais verde a cada minuto.

— Não temos vizinhos; a casa mais próxima fica a mais de dez quilômetros de distância. Ainda temos um longo caminho — disse Frank Aureate. — Tire uma soneca, se quiser.

Mas Christopher não tirou uma soneca, é claro que não. Ele observou. Por fim, as casas ao longo da estrada desapareceram, e eles passaram por estradas nas montanhas, por lagos e urzes. O caminho foi ficando mais íngreme e a terra, mais escura, um preto turfoso pontilhado de tojo. O ar começou a ter um cheiro diferente — mais rico, e profundo, e selvagem.

ANTES DO ASSASSINO

Milhares de anos atrás, a cidade de Mal, Ichtus, havia sido a maior cidade comercial do Arquipélago, com um longo e alto quebra-mar e um porto barulhento, antes de as ilhas encantadas serem separadas e escondidas do resto do mundo. Agora, Atidina, talhada em pedra, orgulhosa de sua costa robusta, era um lugar a caminho do nada, no extremo sudeste do Arquipélago, e os atidinianos ficavam felizes em continuar assim. Vez ou outra, uma manada de hipocampos vinha e nadava junto aos barcos, ou uma sereia se aproximava de um pescador, tocando uma canção em uma flauta feita de lingueirão. Caso contrário, havia apenas o trabalho do mar e o viver estável da vida.

Na manhã daquele dia, Mal tinha ido fazer compras. Havia sobrevoado uma parte da floresta até um penhasco, que levava a uma enseada de areia onde os barcos muitas vezes atracavam. Na enseada havia um grande barco à vela, enferrujado e castigado pelo mar. Pintado em letras descamadas na lateral estava seu nome: *O Velejador*.

O vento fez com que o cabelo de Mal chicoteasse seu rosto e ela deixou escapar um assobio audível de felicidade. Ela pousou quase sem fazer barulho na areia. O barco tinha uma longa passarela abaixada até a costa, e Mal subiu correndo por ela.

Tecnicamente, ela tinha permissão de estar no barco. Crianças educadas não visitam o barco do Velejador. Era uma loja, mas não dava para ter certeza de que tudo que era vendido ali era o que dizia ser ou se era estritamente legal. As pessoas já tinham sido enganadas. Braceletes de ouro puro, ao serem polidos uma vez só, mostravam o latão por baixo; alguns dos cremes de beleza davam pústulas de um vermelho vivo no rosto todo.

Mas alguns dos objetos eram genuínos o bastante para as pessoas pensarem que valia o risco, e havia uma dúzia de pessoas a bordo. Mal desceu as escadas até a sala embaixo do convés. Estava repleta de coisas à venda: empilhadas nas prateleiras, presas às paredes, penduradas no teto em cestos ou redes. Havia caixas ricamente esculpidas que abriam apenas na lua cheia, e chaleiras que nunca esfriavam, feitas de argila de fogo forjadas nas ilhas orientais. Havia uma adaga que, de acordo com a etiqueta escrita à mão, podia cortar qualquer material no Arquipélago. A etiqueta, estampada em letras maiúsculas trabalhadas, dizia: A LÂMINA GLAMRY. Mal desejou passar o dedo ao longo dela: a ponta era tão fina que parecia desaparecer. Ela esticou a mão, mas um homem, uma pessoa enorme, de quase dois metros de altura, com argolas de ouro nas orelhas e uma cicatriz de queimadura no pescoço, aproximou-se para inspecioná-la. Ele estava com um forte cheiro de álcool; ela passou por ele, entrando mais na sala.

Havia uma parede de frascos de vidro azuis, contendo doces de todo o Arquipélago. Havia balas de goma macia, colhidas no mar por silfos, que davam breves rompantes de força física, mas que se fossem mastigados por muito tempo faziam com que surgissem escamas nas mãos da pessoa. Havia doces caríssimos chamados gotas-desejo, feitos por centauros nas montanhas de Antiok. Tinham o gosto daquilo que uma pessoa mais desejava; mas, se comesse mais de um, eles faziam com que a pessoa vomitasse algo preto por dias.

Ela voltou a si e continuou em frente; não tinha vindo até ali atrás de doces. Um jovem vestindo um macacão olhou para ela de maneira suspeita, e perguntou se ela precisava de ajuda.

— Não — respondeu ela, e quando ele ergueu as sobrancelhas, acrescentou: — Não, *obrigada*. Sei muito bem o que estou procurando.

E, enquanto falava, ela o viu, entre as prateleiras dos produtos menores, mais baratos e mais empoeirados. Ela o vira pela primeira vez seis meses atrás e o desejou no mesmo instante, mas não tinha dinheiro o suficiente. Estava guardando desde então. À noite, era assombrada pela ideia de que alguém pudesse comprá-lo antes que tivesse dinheiro o suficiente.

Estava mais manchado do que estivera seis meses antes. Era pequeno o bastante para caber na palma de sua mão; uma tampa grossa prateada e esculpida cobria o vidro, e quando aberta, revelava uma agulha trêmula. Uma pequena bússola de bolso; exceto que não era isso.

Ela a segurou com cuidado, como se estivesse viva, e observou a agulha fazer um círculo completo, até apontar de volta para o penhasco, bem de onde ela tinha vindo.

— Você sabe o que é isso? — a voz do Velejador soou atrás dela, e ela deu um pulo. As roupas do dono do barco eram manchadas de água do mar e sua pele tinha marcas, mas seus olhos sob as grossas sobrancelhas não eram cruéis. As pessoas diziam que ele tratava as leis tributárias como totalmente opcionais, mas faria um acordo justo, se fosse de fato necessário.

— Sim. — Não havia etiqueta, mas ela sabia o que era. Tinha lido sobre elas, em quatro livros diferentes. — É um casapasaran.

— E você sabe o que faz? — A voz dele era baixa e áspera, como se ele tivesse comido a areia na qual o barco estava ancorado.

— Acho que... onde quer que você esteja, a agulha aponta para casa.

Mal tinha planos para o casapasaran. Ela tinha o que podemos chamar, carinhosamente, de senso de direção singular. Era uma dificuldade ser a pessoa que podia apontar infalivelmente para o Oeste e dizer "O Norte é para lá", e então viajar por horas na direção errada até dar de cara com o pôr do sol. Era um obstáculo para alguém que gostava tanto de voar. Mas aquele objeto significava que ela poderia ir para qualquer lugar que seu casaco a levasse, sabendo que ele sempre a levaria de volta para casa.

— E você pode pagar por ela? — O Velejador pegou o casapasaran de volta e a ergueu, limpando a poeira dela com a camisa.

Ela sabia que o verdadeiro nome do Velejador era Lionel Holbyne, embora ninguém nunca o chamasse assim. (O que era compreensível, pensou Mal, dadas as circunstâncias: *Lionel*!)

— Sim.

— Não faço descontos para jovens ou rostinhos encantadores, nem reduções por simpatia a franjas mal cortadas.

— Eu tenho dinheiro! Andei guardando. — Ela pôs a mão no bolso do casaco e tirou algumas moedas, contando-as na palma da mão: duas de ouro, nove de prata.

Ele lhe lançou um olhar, demorado e duro, e então concordou.

— Tudo bem. Não damos recibos e não aceitamos devoluções.

— Eu sei. — Ela hesitou. Então, porque queria muito saber, soltou: — Sabe aquela adaga ali, onde diz na etiqueta que pode cortar qualquer coisa no Arquipélago? Se for verdade...

— Não é *se*. Ela pode cortar. A *lâmina glamry*, é como se chama.

— Eu queria saber... e se você tentasse cortar outra faca do mesmo tipo com ela? Qual cortaria qual?

— Não há outra e nunca haverá. A lâmina é antiga, feita pelos centauros, para o Imortal.

— Mas como você sabe que ela pode cortar tudo? Você já testou em *tudo*?

A pergunta foi um erro. Os olhos do Velejador semicerraram-se de desgosto, como persianas se fechando.

— Está me chamando de mentiroso?

— Não estou não. Só estava curiosa.

— É melhor não ser curiosa — comentou o Velejador. Ele esticou a mão. Às pressas, um pouco desajeitada, ela colocou as moedas ali. Ele esperou por um longo instante, então sorriu para ela e lhe entregou o casapasaran.

— Vá, rápido, antes que eu mude de ideia. Não deveria vender isso por tão pouco, mas você a reconheceu pelo que era e isso conta para alguma coisa. Acho eu, de qualquer maneira. Quem sabe. São dias bem estranhos.

Mal sorriu. Ela quase correu para fora do barco.

Quando alcançou a areia, o vento estava mais forte. Ela iria para a floresta. Havia um lugar, no fundo do bosque, que ela queria ver; sem o casapasaran, existia o risco de ela se perder por dias, dando a volta ao redor da mesma árvore. Com o casapasaran, tudo seria diferente.

Ela voou até lá, a mais de sete metros no ar, com o vento a fazendo flutuar e os pés apontados para trás.

Ela não viu que o assassino a observou partir.

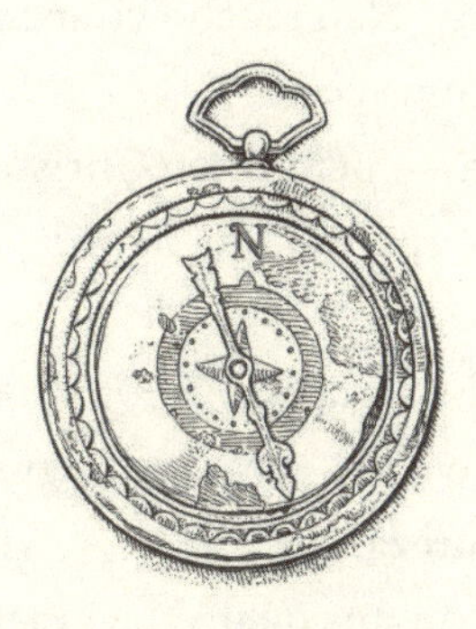

A COLINA PROIBIDA

A casa de Frank Aureate com certeza já tinha sido, muito tempo atrás, magnífica — o tipo de casa com sótãos e adegas, e pinturas a óleo de mulheres com olhares de desaprovação que seguravam cachorros com olhares de desaprovação —, mas agora não era nem um pouco magnífica. Estava tão tomada pela hera que vidraças se estilhaçavam. Uma das janelas estava quebrada e fora cuidadosamente remendada com papel e fita.

A casa ficava aos pés de uma colina íngreme, cercada por uma relva na altura da canela salpicada de margaridas e trevos. As árvores chegavam até a metade da colina e então paravam, e a colina continuava sozinha, um grande pedaço de terra escura contra o pôr do sol escarlate.

Frank segurou-se na borda do carro para sair dele. Ele caminhava com uma bengala, e Christopher a entregou para ele. Observou o avô se mover, com uma rigidez dolorosa, em direção à casa. O idoso estava surpreendentemente bem-vestido com um terno de veludo verde, remendado no cotovelo. Ele tinha certa presença: mãos grandes, uma certa barriga, ombros e mandíbula largos e um pescoço enrugado. Suas sobrancelhas eram tão espessas que poderiam entrar em um lugar vários segundos antes que o resto dele, pensou Christopher.

— Não precisa ficar aí em pé feito um biguá — disse Frank. — Entre. — Christopher o seguiu, com mala em mãos, sentindo o cheiro de madeira queimada e de comida. — A casa está caindo aos pedaços hoje em dia, mas está limpa, e a maioria das paredes está de pé. — Ele olhou ao redor, um pouco incerto de repente. — Não recebo crianças aqui desde que sua mãe era pequena. Precisa de alguma coisa?

— Tem sinal de celular? — perguntou Christopher.

— Não, lamento — respondeu Frank. Ele não soou nem um pouco arrependido.

O coração de Christopher se apertou.

— Então... posso usar o carro para ir até algum lugar onde tenha?

O velho o olhou com dureza.

— Acho que ainda faltam uns quatro ou cinco anos para você ter idade suficiente para isso, não é?

— Mas é um carro automático, e não tem nada em que eu possa bater por aqui, tirando as árvores. E as árvores não vão se mexer de repente. Por favor?

O avô ergueu uma das sobrancelhas tão alto que tocou sua franja branca.

— Primeiro você precisa conhecer a região. Depois a gente conversa. Mas conhecer o lugar primeiro. É importante.

Christopher o seguiu para a sala. Ele foi atacado pela visão de uma pintura a óleo em tamanho natural de um homem uniformizado e com pelo facial suficiente para encher uma almofada.

— Bigode legal — disse ele.

Seu avô sorriu.

— É, um horror isso daí. Um parente distante nosso; acho que meu pai disse que ele era belga. Mas a casa e o que tem dentro dela nunca foram o motivo. O motivo — e seus olhos atropelaram Christopher como um ônibus — é o terreno fora da casa.

Frank mostrou a ele a cozinha, o armário dos sapatos, a despensa cheia de ervas, e potes de conservas, e grãos, e um número surpreendente de latas de anchovas.

— Você pode andar pela casa toda, e em qualquer lugar do lado de fora se for na direção da estrada, mas seu pai insistiu numa condição: *Você não pode chegar perto do topo da colina*. Estamos entendidos, garoto?

Christopher olhou pela janela, para a encosta que se erguia atrás da casa. Na mesma hora, ele quis correr até ela.

— Você pode ir até onde as árvores vão, até a metade, mas não pode ir além disso.

— Mas por quê? O que tem lá?

— É perigoso. — Frank o conduziu por um corredor e por um lance de escadas, sua bengala foi batendo forte e rápido.

— Que tipo de perigo?

— Não precisa ficar quebrando a cabeça com isso. Você só precisa obedecer. Me prometa.

— Mas eu sei nadar e escalar. Já não sou mais criança, não vou me perder ou entrar numa mina ou comer frutos envenenados ou algo do tipo.

Frank não se virou para olhá-lo.

— Não vamos mais discutir isso. É o que seu pai quer, então é o único lugar que você não pode ir. Se eu descobrir que você foi além das árvores, vai pagar o preço por isso. — Ele abriu uma porta para um quarto de teto alto e pintado de branco, com uma cama de casal e uma prateleira com livros em línguas que Christopher não conseguia reconhecer. Havia um suéter vermelho-escuro sobre a cama. — Este é seu quarto. Sinta-se à vontade aqui, mude os livros de lugar, desenhe na parede, se quiser. Até tricotei um suéter para você. — Um leve rubor subiu pelo pescoço do homem. — É. Mas, sabe como é, não precisa usá-lo. — Ele pigarreou. — O jantar é às oito. Sinta-se à vontade aqui, já que é meu neto e deveria mesmo vir. Mas não esqueça o que eu disse.

Ele saiu, mas não percebeu — porque até mesmo o mais sábio dos homens se esquece, às vezes, do cuidado e da sutileza dos jovens — que Christopher não tinha prometido nada.

A MORTE DA LUZ

Mal voou por quase sete quilômetros, para dentro da floresta, seu pé tocava a ponta das árvores. Foi ali, onde as árvores ficavam mais espessas e a luz era manchada de verde-escuro, que ela planejou montar seu experimento.

Porém, quando pousou — com o maior cuidado possível, para não rasgar seu casaco —, parou de repente. Aos pés de uma árvore estava uma ratatoska, do tamanho de um gato, deitada de lado. Seu pelo era verde-escuro, não o verde-acinzentado da madura idade adulta, então ainda era jovem.

De repente, ela sentiu frio. Mal conhecia várias ratatoskas da floresta. Ela se aproximou, prendendo a respiração, mas o rosto daquela não era familiar. Com a ponta dos dedos, tocou seu pelo grosso. A criatura não se moveu. Mal se agachou e colocou a mão no nariz do animal, sentindo sua respiração. Com gentileza, ela o virou; seu corpo moveu-se rígido, como um boneco. Estava morto.

Mal tropeçou sobre os próprios calcanhares, respirando forte e rápido. Já fazia meses, ela vinha encontrando criaturas mortas na floresta. Uma gagana — um pássaro com bico de ferro e garras de cobre — morta em seu ninho com os filhotes. Um boi-marinho, encontrado na costa, muito longe de onde deveria nadar. Duas semanas antes, terrivelmente inesquecível, tinha sido um potro de unicórnio, puro ouro, natimorto.

Às pressas, ela cerrou os dentes e cavou um buraco com as mãos, colocando a ratatoska nele e cobrindo-a com terra, para que os lavellans não a comessem.

Ela passou as mãos pelo chão. O solo ali estava remendado; parte dele ainda era de um marrom intenso, mas partes tinham se transformado em um lodo preto-acinzentado. A Floresta de Atidina era uma das mais antigas do Arquipélago; deveria ser de um marrom intenso para sempre. Quando ela tinha sete anos, ou oito, ou nove, todo o solo era marrom. Agora, no entanto, estava mudando.

Ela tinha um emaranhado de gravetos e barbantes no bolso do casaco — puxou tudo para fora. Começou a marcar os pedaços cinza, com os gravetos enfiados no chão e o barbante enrolado em volta deles. Este era seu experimento: cuidadoso, sério e dolorosamente caseiro. Ela anotou a data nos gravetos, com sua caligrafia pontiaguda, mordendo a língua, concentrada.

Por seis meses vinha fazendo isso para provar a si mesma que as faixas de solo cinzento por toda a floresta de fato estavam ficando maiores. Ela tentou levar a tia-avó para ver que as áreas tinham ultrapassado as estacas, que elas estavam rastejando pelo bosque. Sua tia-avó recusou-se a vir.

— Minhas pernas não vão aguentar, e eu tenho coisas melhor para fazer do que olhar para a terra.

Ainda pior do que o solo — pior do que tudo — eram os grifos. Os grifos sempre foram delicados; sempre foram raros, por milhares de anos. Mas nos últimos cinco anos, eles vinham desaparecendo. Pouco a pouco, no início, e depois depressa, numa correria terrível. Um viajante tinha encontrado a colônia toda da Ilha das Asas morta. Alguns disseram que havia sido um acaso — uma tragédia, sim, mas sem nenhuma relação. Outros disseram que era o sinal de algo sombrio; um presságio maligno, o início do pior.

Um relatório saiu no verão, da Cidade dos Eruditos: nenhum grifo tinha sido visto por 24 meses. Eles seriam marcados, portanto, no Livro das Coisas Vivas, como: *provavelmente extintos.*

Ela tinha pensado em escrever para eles, para dizer o que sabia, mas rejeitou a ideia. Mal não poderia arriscar perdê-lo.

Ela estremeceu, com força. Enfiou o cabelo no suéter azul-marinho e se preparou para voar para casa.

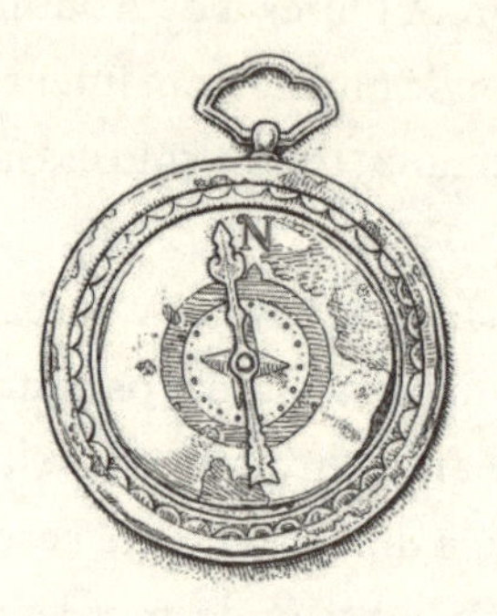

O ÚNICO LUGAR QUE VOCÊ NÃO PODE IR

No dia seguinte, Christopher subiu a colina. A labradora preta de Frank, Goose — uma cachorra cuja principal característica parecia ser um entusiasmo em colocar a língua no rosto de Christopher —, foi atrás dele. Era um dia azulado e frio. Ele usava o suéter vermelho — seu avô o havia tricotado grosso como uma armadura, com uma gola rolê larga — e seu casaco azul-marinho. O ar, pensou ele, tinha um cheiro diferente ali: intenso e desconhecido. Cheirava a concentração de coisas crescendo, verdes e terrosas — como vida destilada.

Ele chegou ao fim das árvores e parou, apoiando-se em uma delas. Olhou para cima, para o topo, e sentiu o peito apertar. Seu pai não confiava nele para nada, pensou com amargura; nem mesmo com a própria segurança. Seu pai vivia ansioso com tudo; sempre avaliando o mundo, cada mínimo detalhe, cada carro e rua, cada item da cozinha, para saber como aquilo poderia machucar Christopher. Ele o alertava sobre descascadores de batata e abridores de lata; considerava velas de aniversário armas mortais. Christopher amava o pai, mas era como se estivesse sendo pregado, prendendo os dois ao chão.

Havia um gosto amargo em sua boca. Não levaria nem cinco minutos para chegar ao topo.

Titubeou, sua pele formigava. Goose passou o tempo tentando investigar a totalidade da orelha dele com a língua. Ele voltaria antes que alguém se desse conta. O que poderia ser tão perigoso? Era ridículo e injusto, pensou ele, não lhe contarem isso, e ele flexionou os pés dentro dos sapatos.

Houve um estrondo e ele deu um salto. Lá embaixo, uma rajada de vento tinha feito uma persiana bater na casa. Seu avô poderia olhar pela janela a qualquer momento e vê-lo. Se ele fosse fazer isso, teria que ser agora.

— Vamos, Goose. — Ele olhou para além das árvores, para o topo. — Só conseguiremos a melhor visão se subirmos até o topo.

E Christopher, com a cachorra a seu lado, aventurou-se para além do limite das árvores, caminhando rápido até o topo da colina.

Ele não tinha ido muito longe quando o chão começou a tremer sob os seus pés, a princípio infimamente, mas depois de maneira bem óbvia.

O ASSASSINATO

Foi o casapasaran que salvou sua vida.

Mal voou para casa, pousando no jardim. Era uma casinha simples, mas o jardim era enorme e exuberante, e cuidado com esmero por sua tia-avó Leonor, a única parente viva de Mal. O fim do jardim era marcado por um muro alto. Do outro lado havia uma queda e um rio. Diziam a Mal, pelo menos uma vez por dia, durante uma década, para não escalar o muro. O rio era fundo e corria rápido, margeado do lado oposto por arbustos, e lavellans — criaturas venenosas parecidas com musaranhos, cuja mordida é mortal — eram encontrados na água.

Sua tia-avó olhou para Mal quando ela entrou na cozinha e suspirou. Leonor já tinha sido alta e elegante; agora, aos sessenta e seis anos, estava curvada.

— Suas mãos estão congelando, e sujas, Mal! O que você andou fazendo?

— Eu estava na floresta. Eu vi...

— Bom, vá limpá-las. Com sabonete, por favor, e venha para a mesa. Assei algumas coisas.

A mesa estava repleta de comida. Havia um bolo de nozes lindo e molhadinho, torcidinhos de canela frescos e um prato de biscoitos ainda quentes. Leonor era grisalha, não conversava e não sorria, mas mostrava seu cuidado ao cozinhar. Ela era a melhor padeira de toda a Icthus, era ali que investia sua paciência e amor.

Ela cortou para Mal uma fatia imensa de bolo. Gelifen deu uma mordidinha em Mal para cumprimentá-la e então agachou-se sobre uma tigela de creme, sua longa cauda balançava, as asas batiam de prazer.

Leonor deu a Mal uma xícara quente de xarope de frutos com especiarias. Ela mesma havia preparado, passando horas sobre o fogão, mexendo até que estivesse forte e doce ao mesmo tempo, exatamente como Mal gostava. A velha suspirou.

— Esse cabelo! Está um desastre. Você deveria me deixar arrumá-lo. — Ela tocou de leve a franja torta de Mal.

Ouviram uma batida à porta. Leonor foi atendê-la.

Na mesma hora, de repente o casapasaran começou a se agitar no bolso de Mal. Ela o tirou dali. Estava firme, apontando um pouco para a esquerda, em direção ao quarto dela. Agora, porém, a seta tremia. Parecia titubear, mexendo-se para frente e para trás — e então começou a girar, devagar e depois mais rápido, até começar a vibrar em sua mão.

— Está quebrado! — ela disse a Gelifen. — Mas eu acabei de comprar!

Ela deu alguns passos para trás para olhá-la à luz, e foi por isso que, quando a porta se abriu e o assassino se lançou para a cozinha, ela estava longe o bastante para escapar do golpe de faca que ele desferiu.

Leonor, que tinha sido empurrada com força para o lado, gritou. Ela correu para a cozinha e se jogou na frente de sua sobrinha-neta.

— Afaste-se! — gritou ela. — Afaste-se dela!

O homem soltou um assobio de surpresa. Ele avançou e atacou outra vez, dessa vez Leonor.

Houve um grito terrível e sua tia-avó olhou para o próprio peito. Sangue inundava a frente do avental. Ela caiu no chão.

— Mal! Corra!

— *Leonor*! — gritou Mal e disparou até ela. Gelifen gritou também, um grito agudo e animalesco, e voou até o homem, com as garras esticadas. O homem atacou Gelifen no ar, virou-se e saltou sobre Mal. A ponta da faca cortou as costas do casaco, arranhando sua pele. Ela agarrou a beirada da mesa e a virou, espalhando vidro e cerâmica pelo chão.

Mal agarrou Gelifen e saiu correndo da casa em direção ao jardim. O vento ainda soprava. Ela correu para frente, abriu o casaco e tentou saltar no ar, mas o ventou passou pelo corte na parte de trás. Ela tentou outra vez, com a respiração ofegante. O voo não veio.

Seria por terra então. Havia um pavor amargo e metálico em sua boca, um pavor em seu sangue, tomando conta de seu peito. Ela não conseguia respirar. Para onde? Primeiro correu em direção ao galpão do jardim, depois, ao mudar de ideia, correu em direção ao muro no fim do jardim.

O assassino surgiu dos fundos da casa. Ele era alto, mas havia homens mais altos na cidade; não havia nenhum, porém, cujo rosto fosse tão duro. Ela não tinha dúvidas de que ele a mataria.

Por um instante, eles pararam e se encararam. Ele gritou para ela:

— Pare! Pare!

Ela se virou em direção ao muro. Ele estava apenas alguns passos atrás. Ela se virou para olhar e viu a faca apontada em sua direção, desviou-se, mas podia ouvi-lo respirar.

Ouviu-se um grito atrás dele e ele se virou; Leonor, com a mão ensanguentada pressionada no peito, vinha da casa, segurando um machado de lenha. Sua voz saiu alta, e fina, e ardente:

— *Afaste-se da minha menina*! — Ela jogou o machado com o braço erguido, tão forte e reto quanto pôde, ou seja, nem tão forte, nem tão reto, mas com uma fúria incrível.

O assassino rugiu e se abaixou, e o machado o acertou em cheio, a ponta sem corte contra seu ombro. Ele correu em direção à mulher, que cambaleou de volta para a casa. Ouviu-se um grito agudo, e então o silêncio.

Mal tropeçou, sem fôlego de tanto horror, e caiu apoiada nas mãos e nos joelhos. Seu sangue tinha virado concreto. Ela tentou gritar, mas saiu como um grasnado. Não havia ar em seus pulmões.

Gelifen deu-lhe umas bicadinhas, para tentar sacudi-la. Mal tentou respirar; tinha gosto de ácido. Ela se forçou a correr. Alcançou o muro e o escalou, com Gelifen pendurado nas costas e as pedras cortando suas mãos. Ela chegou ao topo e olhou para o rio que rugia lá embaixo. A distância, ela viu um unicórnio pastando na margem e um bando verde de ratatoskas. Ainda mais longe, um longma curvou-se para beber água — estava longe demais para ajudar. Ali perto, três criaturinhas semelhantes a musaranhos nadavam no rio, contra a corrente. Se ao menos pudesse voar, pensou ela, para longe desse pesadelo.

— Tem um rio do outro lado — gritou ela para o homem. — Se você se aproximar, eu pulo. Tem lavellans lá. Vão te matar se você me seguir.

— Também vão matar você. Desça daí.

— Pode ser que não matem. Eles me conhecem. — O pânico, o terror e a tristeza tomaram conta dela, mas seus lábios dormentes formavam palavras, para fazê-la falar. — Diga por que você está aqui e aí... aí eu desço, tudo bem?

O homem bufou.

— Não sou pago para conversar.

— É pago para o quê, então? E quem te pagou? *Por que você está fazendo isso*?

Os olhos do assassino a observaram e ela pôde sentir seu desprezo.

— Você notou as criaturas morrendo? A terra secando? O glimourie falhando? É um sinal do poder dele. — O assassino ofegava, aproximando-se. — Ele dará tudo, é o que diz, aos homens que logo se unirem a ele; aqueles que se unirem a ele agora, antes da ascensão. Eu já perdi o suficiente. Agora escolho vencer.

— Mas nada disso tem alguma coisa a ver comigo!

— Ele me pediu para encontrar você. Me mandou uma mensagem: encontre a garota que voa. Agora desça daí.

— Quem? Quem é *ele*?

O assassino balançou a cabeça. Por um momento, o pavor passou pelo seu rosto. Pôs as mãos no muro, os dedos procuraram por apoios. Mal olhou para baixo, para o rio. Era rápido, rápido o bastante para jogá-la contra as pedras abaixo. Um lavellan olhou para ela. Seus dentinhos venenosos estavam à mostra.

Sua voz saiu alta e desesperada.

— Espere! O que as criaturas mortas e o glimourie têm a ver comigo?

Ele olhou para ela, e seus olhos estavam famintos.

— Têm *tudo* a ver com você. — Ele se içou para cima do muro.

Ela segurou Gelifen junto ao peito. O homem se aproximou. Com a faca em mãos.

Mal pulou.

Ela afundou um pouco mais de dois metros na água. A superfície se fechou sobre ela. Ela viu, debaixo d'água, manchas repentinas de fosforescência. O rio estava congelante e agitado. Ela se preparou para ser jogada contra as pedras, ou para sentir a mordida de um lavellan no rosto. Gelifen foi arrancado de suas mãos. Havia apenas água, rugindo a seu redor e uma grande onda de terror. E então, mais nada.

A DEBANDADA

O sol havia saído e estava muito agradável, conforme Christopher meio que andava, meio que corria até o topo da colina. Agradável, no entanto, até o chão começar a tremer.

Ele estava perto do topo da encosta com Goose logo atrás quando ela parou de repente e choramingou de ansiedade. Ele se inclinou para acariciá-la.

— O que foi, garota? Está machucada?

Então ele ouviu: um estrondo profundo na terra. Agachou-se para tocar o solo e o sentiu tremer sob a palma da mão. Um terremoto? Os pelos das costas de Goose se arrepiaram e ela começou a dar latidos altos e aterrorizados.

Então, ouviu-se um relincho selvagem, e um cavalo verde enorme e coberto de escamas brilhantes trovejou em sua direção. Christopher gritou. Tentou puxar Goose, mas ela estava congelada no lugar, deitada na terra, então ele a pegou nos braços e correu. Ela era pesada, mas o medo deu a ele velocidade; arremessou-se atrás de um carvalho e se agachou sobre Goose, ofegando.

O cavalo saiu em disparada colina abaixo, com os olhos arregalados e se revirando. Dava para ver o brilho muscular de seu flanco verde escamado conforme ele se aproximava. Enquanto Christopher observava, o animal abriu suas enormes asas com escamas e voou, batendo-as acima do limite das árvores.

E então veio a debandada. Primeiro uma cascata de estranhos musaranhos com presas, ensopados, uma dúzia deles, depois uma grande horda do que pareciam enormes esquilos verdes com chifres, chorando e gritando:

"Corra! Corra!", enquanto passavam. Goose se agitou em seus braços, mas ele a segurou.

Era impossível. Uma incredulidade louca surgiu nele — estava drogado? Ele beliscou com força a própria pele para acordar, mas sua unha tirou sangue e ele sentiu a dor se espalhar pelo braço. O medo rugiu em seu corpo.

Antes que ele pudesse se mover, um relincho soou alto, e um cavalo com um chifre prateado brilhante desceu a colina a galope. Passou correndo por ele; sua cauda, branca como o luar, estava emaranhada de ervas daninhas.

— Um *unicórnio* — ele sussurrou para Goose.

Tão rápido quanto surgiram, as criaturas foram embora, desaparecendo nas árvores lá embaixo. As mãos e os pés de Christopher estavam gelados apesar do sol. Ele ofegava com o choque.

Seu primeiro instinto foi correr para casa e para o avô. Mas então, do topo da colina veio um barulho: um choro alto e estridente. Era um barulho desesperado e terrível: o som de algo lutando para viver.

Ele hesitou apenas por um segundo, e então correu, mais rápido do que nunca, até o topo da colina proibida.

Ele não poderia ter dito o que esperava encontrar, mas não era o que viu. A colina achatava-se em seu cume, formando um pequeno lago. Tinha 40 passos de largura e de um azul tão escuro que era quase preto. No centro do lago, algo estava se afogando. A água estava agitada e branca, e algo com asas e uma cauda se debatia. Gritos estridentes de terror vinham dele.

Christopher não parou para pensar; se parasse, a loucura e impossibilidade daquilo o envolveriam. Ele jogou o casaco e o suéter na grama, arrancou os sapatos e correu.

O frio era como saltar em uma parede de tijolos, arrancou o ar de seus pulmões. A criatura soltou outro grito desesperado. Suas patas dianteiras não eram feitas para a água e, embora suas asas batessem com força, estava afundando.

A água era profunda e Christopher nadou rápido. O respingo do lago batia em seus olhos e quando ele chegou ao local onde achou que a criatura estava, não conseguia vê-la.

Ele cuspiu a água com gosto de lama e lodo e mergulhou outra vez, mais fundo. E lá estava ela: seus olhos e bico fechados, afundando depressa. O estômago de Christopher embrulhou e ele se lançou para baixo — a pressão apertava seus ouvidos, o frio queimava sua pele —, agarrando-a pela pata traseira.

Ele disparou para a superfície e ofegou, mas a criatura não respirava. Ele se arrastou para fora do lago, pegou o casaco e enrolou a criatura nele. Seus olhos se abriram e ela vomitou uma quantidade meio digerida de fosse lá o que tinha comido na manga do casaco.

Christopher soltou uma risada que também foi um engasgo.

— Que maravilha. Valeu por essa. — Seus dentes tremiam tanto que ele mal conseguia falar. Mas o corpo todo vibrava de alívio, e ele sentia um fascínio confuso e inacreditável, porque sabia agora o que estava segurando nos braços.

A criatura tinha as patas traseiras de um filhote de leão e as asas e patas dianteiras de uma águia, com tufos e penas brancas. Seu rosto era de um jovem pássaro, com grandes olhos verdes, mas suas orelhas eram como a de um cavalo, marrons, pontudas e muito grandes.

— Você é um grifo — disse Christopher.

Não havia dúvida de que era real, porque se remexeu no casaco e o arranhou em pânico com dois tipos diferentes de garras. As garras de leão eram mais afiadas e cravaram-se fundo na pele, e, apesar da dor, o coração de Christopher deu um salto.

— Ei, ei! — Havia sangue vindo de algum lugar, quente e novo. Ele segurou com dificuldade as patas dianteiras do grifo. Levantou a cauda e virou as macias patas traseiras nas mãos. Ali estava: um corte profundo na perna esquerda. Ele enrolou uma meia ao redor dela. A criatura se contorceu em protesto, escorregadia como uma lontra, mas não mordeu.

Ele enfiou os pés encharcados de volta nos sapatos. Seus dedos estavam roxos de frio. Depois pegou o grifo outra vez.

— Vamos te levar para um lugar quente, rápido.

O grifo pareceu se acalmar com o som de sua voz. Aninhou o bico na dobra do cotovelo. Ele cheirava a pelo e penas molhados, e por baixo, o cheiro almiscarado, suave e crescente de um jovem animal. Era, pensou ele, a coisa mais linda que já tinha visto na vida.

— Vou te proteger — disse ele. — Não fique apavorado. Não vou deixar que nada aconteça com você. — A criatura deu uma leve mordidinha em seu dedão.

Alguns podem dizer que essa era uma promessa tola e perigosa de ser feita a qualquer ser vivo, dada a imprevisibilidade caótica do mundo. Mas, da mesma forma, este é o problema com os grifos: eles são persuasivos.

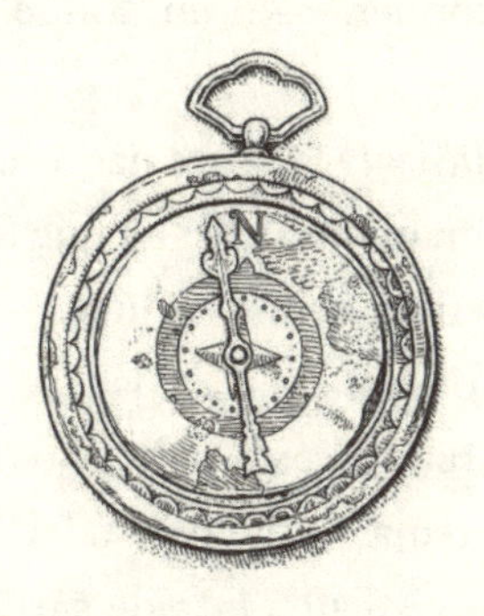

O SEGREDO DO GUARDIÃO

A maioria dos homens começaria fazendo perguntas, caso o neto entrasse em casa, pingando água e com uma criatura mística agarrada ao peito. Mas Frank Aureate não era como a maioria dos homens.

Seu avô estava cochilando em uma poltrona perto da lareira quando Christopher abriu a porta. Ele se sentou, observou a cena — Christopher, com a boca azulada e um olhar selvagem, e um pacote em seus braços e Goose aos seus pés — e se levantou.

— Preciso de uma gaze — pediu Christopher. — Para o grifo.

— Então você foi ao *lochan* — disse Frank. — Ao lago. Quando foi dito expressamente para não fazer isso.

— Eu tive que ir — disse Christopher e estendeu o pacote em seus braços. — Ele estava se afogando. — E o mais rápido que pôde, contou ao avô o que tinha visto.

Frank permaneceu no centro da sala, respirando fundo, seu rosto fazia cálculos ilegíveis. Então seguiu para a cozinha. Saiu de lá com um copo de uísque e um rolo de gaze.

— Me dê o grifo. Vá tomar um banho, o mais quente e rápido que puder, e volte para cá.

Quando Christopher voltou, Frank estava amarrando a ponta de uma gaze ao redor do flanco traseira do grifo. Havia uma caneca de chocolate quente ao lado da lareira.

— Venha — ordenou ele. — Sente-se. Pode alimentá-lo. — Ele parecia muito velho, e seu corpo estalou quando ele se sentou. Entregou o grifo e uma lata de sardinhas a Christopher. — Bom. Então. Vejo que uma explicação seja necessária.

— Mas... tinha um *unicórnio* lá. Você não vai...

Ele foi reprimido por um olhar de Frank que quase o deixou com medo.

— *Sente-se* — ordenou o homem. — Ouça. — Era um olhar que deixava claro, por um momento, a força que seu avô já teve. E ainda tinha, por baixo da velha pele frágil e as mãos retorcidas. — Ele não irá longe. Há cercas. É mais importante que você ouça o que tenho para falar.

Christopher sentou-se. Abriu a lata de sardinhas e o grifo bicou sua mão, empolgado.

Frank suspirou.

— Eu teria contado em algum momento, Christopher, mas você é jovem demais. Seu pai e eu concordamos nisso. — Ele tomou um bom gole de uísque. — Íamos esperar que você tivesse pelo menos dezoito anos. Seu pai queria que fosse vinte e um, ou vinte e cinco anos. Para falar a verdade, acho que ele preferiria que você nunca soubesse.

— Me contar *o quê*? Nunca soubesse *do quê*?

Frank tirou uma chave do bolso e destrancou um armário alto de madeira. Dali tirou outra chave. Ele retirou da parede a pintura a óleo do homem de uniforme.

— É mesmo uma pintura terrivelmente horrorosa. Eu a escolhi para proteger o cofre pensando que ninguém iria querer roubá-la.

Christopher deu uma sardinha ao grifo. A criatura engoliu-a inteira, tentando comer os dedos dele junto.

— Calma! — sussurrou Christopher. — Meus dedos não estão no menu, obrigado.

Por trás da pintura havia um cofre de metal. Frank Aureate o destravou e tirou dali um documento bem dobrado e um pequeno livro. Ele os colocou na mesa, e desdobrou o papel. Christopher se inclinou para frente. Era um mapa, pintado com pinceladas primorosamente pequenas em um pergaminho grosso.

— Esse é o Arquipélago.

Frank Aureate passou os dedos pelo mapa, lenta e carinhosamente.

— Deixe-me lembrar das palavras que minha mãe usou. — Ele respirou fundo. — Há um lugar secreto, Christopher, em nosso mundo, que fica bem escondido de nós, para protegê-lo, onde todas as criaturas míticas ainda vivem e prosperam. As pessoas que vivem lá o chamam de Arquipélago. É formado por 34 ilhas, algumas do tamanho da Dinamarca e outras tão pequenas quanto a praça de uma cidade. Nessas ilhas, milhares de criaturas mágicas vagam, criam seus filhotes, envelhecem e morrem, e começam outra vez. É o último lugar mágico restante.

— Mágico? Você não pode estar... — disse Christopher, a incredulidade surgindo em sua voz. Frank ergueu a mão.

— Pare. O mundo sempre teve magia nele, Christopher. Você não está segurando um grifo nos braços? A magia surgiu com a primeira árvore da Terra. Da árvore fluiu para o solo, para o ar e para a água. No Arquipélago, eles a chamam de glimourie.

Christopher sentiu o peso do grifo, sua calidez animal. Ele lhe deu outra sardinha e sentiu sua linguinha tocar seus dedos.

— E essa é a magia? O glimourie?

— Glimourie, sim. Ou glamarie, como alguns dos nativos a chamam. Glawmery, glamry, glim, glimt. É tudo a mesma coisa, é o nome que dão à primeira magia. Muito tempo atrás, estava por toda parte. Por milhares de anos, criaturas mágicas viviam livres pela Terra. Mas, aos poucos, conforme nós, humanos, começamos a construir nossas civilizações, percebemos que podíamos usar as criaturas. Poderíamos cultivá-las, matá-las e prendê-las, pela facilidade que poderiam trazer às nossas vidas. E elas se tornaram cada vez mais raras. Não é uma história que nos faz admirar a humanidade. Mas há um lugar, um conjunto de ilhas, no norte do Oceano Atlântico, onde a primeira árvore cresceu. Lá o glimourie da terra e do ar eram mais fortes. E um dia, alguns milhares de anos atrás, essas ilhas desapareceram.

— *Desapareceram*?

— É. E em todos os outros lugares do mundo as criaturas morreram, já que as caçamos até a extinção. À medida que os próximos milhares de anos se passaram, nós nos esquecemos, aos poucos, que certa vez o mundo havia sido iluminado pelo brilho de um unicórnio ou o fogo de um dragão, e passamos a acreditar que os relatos verdadeiros eram apenas mito. Só historinhas para crianças. Nada importante. Somos pessoas esquecidas, a humanidade.

— Onde estão as ilhas? O Arqui... do que você o chamou? — O grifo tentou enfiar o bico na lata, e Christopher o afastou, dando-lhe o último peixe.

— *Ar-qui-pé-la-go*. Uma palavra antiga, que significa um conjunto de ilhas.

— Para onde elas foram?

O rosto de Frank se iluminou: como a lareira ao lado dele, ele brilhou.

— Essa é a questão, garoto. Elas estão exatamente onde sempre estiveram.

Algo estava crescendo no corpo de Christopher: um rugido quente em seu sangue, de seu rosto à sola dos pés. Uma onda ardente de empolgação. E, ainda assim, mesmo com o grifo, que coçava a orelha emplumada com a pata traseira, pesado em seu colo, parecia impossível. Parecia coisa *demais*. Era demais o que ele sempre desejou que fosse verdade.

— Mas se elas estão lá, por que não sabemos sobre elas? Com radares e drones de vigilância, e tudo isso?

— Nenhum barco pode se aproximar. O glimourie os afasta de maneira tão gentil que nem percebem. Da mesma forma que aviões não podem sobrevoá-las, mas eles não sabem disso. Não é mapeado e nem pode ser.

O grifo parecia satisfeito agora, e seus olhos tremiam de cansaço. Ele enterrou o bico sob o suéter vermelho de Christopher, apoiando-se em seu peito, e Christopher acariciou suas asas peludas, acalmando-o. Ele se inclinou para olhar para o mapa.

— Me mostra.

Frank apontou.

— Esta daqui, Lítia, é a maior e tem a população mais densa de humanos. Esta, Arkhe, é a mais longe ao Norte. É onde a primeira árvore surgiu. Aqui embaixo, no Sudeste, estão as partes mais selvagens, onde as pessoas convivem com dragões. Cerca de uma dúzia das ilhas é habitada por humanos e criaturas, outras apenas por criaturas.

— Unicórnios?

— É, unicórnios. Existem bandos enormes, aos milhares, na ilha de Ceretos, e em Atidina e Lítia.

— Centauros?

— Sim, centauros, em Antiok. E muitas, muitas outras. Todas as criaturas menos conhecidas que estavam nas histórias antigas. Karkadanns e mantícoras, krakens e kappas e bois-marinhos. É um lugar tumultuado e glorioso.

O coração de Christopher batia tão rápido que o grifo, incomodado pelos batimentos acelerados, saiu do suéter e lhe lançou um olhar.

— Tem alguma forma de chegar até lá?

— Não, a menos que você saiba como fazer isso.

Christopher tombou para trás, zonzo. Olhou para o belga de bigode.

— Mas... como *você* sabe sobre tudo isso? E como tem esse mapa?

O grifo escalou a almofada ao lado de Christopher e fechou os olhos. Os olhos do homem, porém, estavam muito ansiosos.

— Ainda não adivinhou? É porque sou um guardião do caminho até lá.

— *Você*?

— Não precisa ficar tão surpreso — disse Frank, seco. — Eu era um homem forte antes de acabar virando um velho fraco, sabia? — Ele sorriu. — Eu mesmo. Embora não seja possível chegar lá de barco, ainda existem rotas, pelo menos uma, e eu acredito que existam mais em outros lugares do mundo. O caminho abre uma vez por ano, durante uma semana, na quarta lua cheia, quando...

— O lago! É o lago?

— Isso mesmo. O *lochan.* — Ele pronunciou *lock-en.* — No fundo do lochan, é profundo aquele lago, tem mais de 30 metros, cresce uma árvore anciã. Está lá há três mil anos, seus galhos espalhados debaixo da água. Cresceu da semente da maçã da Árvore Glimourie. É meu trabalho protegê-la dos ladrões, da ruína e do tempo. Minha Charlotte, sua mãe, também teria sido uma guardiã. Ela... — E parou por um único segundo antes de continuar: — Não pode, é claro. Então passará para você.

— Para mim?

— Para você. Já se perguntou por que os animais vão até você?

— Pensei que fosse... sei lá, alguma coisa na minha pele. Meu cheiro.

— Você não está tão errado assim. Eles sentem que você é um lugar de segurança. Por vivermos tão perto do entrecaminho, uma pequena parte do glimourie entrou no sangue desta família. Quando eu era garoto, acordava com um bando de corvos na porta de casa todas as manhãs. Eles me traziam presentes, broches e botões.

Christopher colocou a mão em seu colar, e seu avô deu um sorriso seco.

— E sua mãe, Christopher, sua adorável mãe era suspensa da escola por manter um ninho de musaranhos no bolso do casaco de inverno dela. Havia uma preocupação irracional com pulgas. É uma *atração* entre o guardião e as criaturas vivas.

— Mas ninguém me contou! — Ele sentiu seu espanto se transformar em raiva. — Por que ninguém me contou? Durante todo esse tempo?

— Foi ideia de seu pai.

— Mas por que é ele que deve decidir isso? — Para sua vergonha, lágrimas de raiva brotaram em seus olhos. Ele as forçou de volta. — Ele não confia em mim para *nada*! Nunca vai confiar! Você mesmo disse! Ele não queria me contar *nunca*.

— *Quieto*, Christopher. Ele é seu pai. — Frank lhe entregou o livro. — Aqui, pegue. É o Bestiário do Guardião. Meu tataravô o começou; cada geração acrescenta coisas novas a ele. É um livro sobre algumas das criaturas selvagens do Arquipélago. Leia.

Os pulmões e os olhos de Christopher viraram pontos de interrogação. Seu coração batia como se estivesse falando, como se dissesse: *O quê? O quê, como, por quê?*. Era impossível que fosse verdade.

— Mas... — Havia milhares de perguntas que ele queria fazer. Uma cacofonia surgia em sua garganta. *Quem mais sabia? Como funciona? O que um guardião faz?* Então ele fez a pergunta mais prática: — Não é lua cheia. Não tinha lua na noite passada. Mas o grifo atravessou.

— Pois é! — Frank dobrou o mapa. Beliscou a ponta do nariz e as rugas em seu rosto se comprimiram, e se aprofundaram, e escureceram. — Essa é a raiz do meu medo. O entrecaminho não deveria estar aberto. E pior, ouvi histórias nos últimos anos. Tem algo sombrio acontecendo nas ilhas. Algo corrosivo, desconhecido e invisível. As criaturas estão morrendo.

Christopher se inclinou em direção ao grifo, como se para protegê-lo.

— Morrendo?

— É. É o que parece, e só deus sabe como, porque deveria ser impossível que o glimourie esteja esvaecendo. E todas as criaturas mágicas dependem do glimourie. Ele está em tudo, no ar, na água, na terra, mas as criaturas estão sufocando no oceano. Há histórias de longmas comendo uns aos outros.

— O que é um longma?

— Um cavalo voador coberto de escamas.

— Eu vi um!

Frank fez um gesto com a cabeça.

— Você já disse. Eu vou capturá-lo. Dará trabalho, com certeza. Os longmas estão em nossas histórias mais antigas, mas foram esquecidos. Estão relacionados aos dragões. Mas os piores são os grifos. Não acreditei quando você entrou aqui, garoto, com ele nos braços. Já faz mais de dois anos que eles não são vistos na ilha. Achei que eles estavam perdidos.

Frank girou o mapa nas mãos. Levou-o aos lábios e o entregou a Christopher.

— Tome. Estude-o. Enviei uma carta para seu pai, dois anos atrás, para contar para ele. Pensei que ele deveria saber. Ele me respondeu pedindo que eu não escrevesse mais. Ele temia que você encontrasse a carta. Mas alguma coisa, em algum lugar do Arquipélago, abalou a segurança e a paz de lá. Algo deu muito errado. Não sei o quê, mas estou trabalhando de todas as maneiras para descobrir. Vale a pena temer isso, rapaz.

O CACHORRO NA ÁGUA

Meia hora depois, Christopher estava com o grifo nos braços. Ele tinha limpado o vômito do grifo da manga do casaco e enfiado o mapa bem fundo em um dos bolsos.

Ele estava subindo a colina, tão rápido quanto o grifo lhe permitia, o que não era rápido. O grifo se contorcia e arranhava seus braços, mas se Christopher o colocasse no chão, ele subia pelo tornozelo e enfiava as garras no seu joelho até que o garoto o pegasse novamente.

— Estou tentando te levar para casa! — disse ele para o grifo. — Mas você não está com muita pressa para que isso aconteça, né?

* * *

— Preciso encontrar as criaturas menores e o unicórnio — Frank tinha dito. — Pode levar um tempo. O unicórnio será simples, eles amam hortelã, então não vai ser difícil atraí-la. Mas os outros levará algum tempo, e depois tenho que levá-los ao *lochan* para devolvê-los pro lugar deles. Espere aqui e cuide do grifo. — Ele retirou um frasco de hortelã seca da despensa e sua bengala do aparador ao lado da porta. — Não saia de casa, ouviu? Só deus sabe o que mais pode ter passado. O grifo ficará bem, desde que tire uma soneca.

Mas logo após Frank sair mancando, o grifo acordou. Todo o corpinho ossudo da criatura tremia. Ele se recusou a ficar parado. Destruiu a almofada do sofá com o bico e as garras, e quando Christopher o pegou, arranhou suas roupas e braços.

Temendo ser ralado como uma cenoura, Christopher o carregou até a porta e chamou:

— Frank? Vô? — Mas o homem não estava à vista. Poderia demorar horas.

O grifo soltou um grito e se lançou no ar. Voou direto para a pintura de um homem abatido montado em um cavalo ainda mais abatido, colocou uma garra no nariz do homem e caiu no parapeito da janela, choramingando de dor e medo.

— Tudo bem! — disse Christopher. — Pare! Vou levar você de volta!

O grifo pareceu entender. Ele voltou para os pés de Christopher e bicou com força seu sapato.

Foi assim que Christopher se viu subindo a colina com o grifo nos braços. A água do *lochan* estava escura, ondulando com o vento. O chão ao redor da água estava marcado pelo caos de pegadas e cascos.

Christopher olhou ao redor. A terra estava parada; nenhum estrondo a mexia.

— Se eu colocar você no *lochan* — disse ele para o grifo —, vai saber o que fazer?

Mas enquanto falava, o grifo ficou paralisado, as orelhas coladas à cabeça.

— O que foi? — perguntou Christopher. E então ele também ouviu.

Era um som agudo e horrível: metal rangendo contra metal. Vinha da grama alta e dos juncos à beira da água.

Christopher olhou ao redor, procurando desesperadamente por um lugar para esconder o grifo. Havia uma grande área de samambaias; ele enfiou o grifo ali, e a criatura enrolou-se como uma bola, tremendo.

O barulho voltou. Lenta e furtivamente, saiu dos juncos uma criatura tão grande quanto um lobo. Era preta, com o aspecto de um cão de luta, os dentes à mostra, mas onde deveria ter orelhas havia duas centelhas de chamas azuis, e sua respiração, dura e rápida, era de uma aspereza metálica.

A criatura se agachou na grama. Christopher entendeu aquele balanço da cauda, o movimento tenso das patas traseiras. Ela estava caçando. Havia um limite, é claro, para a simpatia entre ele e as criaturas vivas: o limite estava ali e tinha dentes.

Um medo incandescente tomou conta dele. Sem mexer a cabeça, os olhos de Christopher se moveram para o lado. Havia um pedaço de pau, que causaria o mesmo estrago que um palito de dente, mas havia uma pedra enorme na beira do *lochan*, afiada e tão grande quanto seus dois punhos.

Ele andou em direção à pedra. O cachorro se aproximou, abaixado e com a cauda esticada. Sua respiração soou outra vez, como um caco de vidro em um quadro-negro. Christopher abaixou-se para pegar a pedra.

No mesmo instante, o cachorro saltou sobre ele, a respiração transformando-se em um guincho enquanto saltava. Christopher se abaixou e rolou para longe, e quando o animal passou por ele, Christopher atirou a pedra nele, com força, com raiva. Ela arranhou o flanco traseiro da criatura, que virou a cabeça em direção ao ferimento, e uma voz gritou atrás de Christopher, alta e aterrorizada:

— As chamas! Você tem que apagar as chamas!

Havia uma garota, ensopada, de pé na grama.

Ele ouviu, entendeu e inclinou-se para a água do *lochan*, mas ela gritou:

— Água, não, idiota! É um kludde! Terra, terra molhada!

Ela correu até ele e enterrou as mãos no solo molhado do *lochan*, ele fez o mesmo. O kludde voltou, com o pelo arrepiado de fúria. Cheirou o ar. Deu três passos lentos em direção a eles, a cauda baixa e furiosa. O som de sua respiração aumentou, perfurante, agonizante, reverberando pela colina. A criatura saltou, e assim que aterrissou, Christopher arremessou a terra.

Um punhado voou longe, respingando na grama, mas o outro acertou a criatura no olho, em pleno ar, e na chama da orelha esquerda. A chama tremeluziu e se apagou, e a criatura caiu no chão com um uivo de raiva e dor.

A garota entrou na água até a canela e atirou punhados atrás de punhados de terra. Errou alguns, mas um respingo acertou a chama direita. Christopher jogou várias vezes, ajoelhando-se na terra molhada e arremessando lama na criatura.

O kludde tropeçou, seus olhos ficaram vermelhos e ele soltou um grito agudo e alto. Depois caiu com um baque surdo, a lateral sangrou nas plantas à beira do lago.

Houve um silêncio total. Até os pássaros estavam atordoados numa quietude anormal.

— Você está bem? — perguntou ele. Ela confirmou com a cabeça; estava com dificuldade para respirar. Parecia sem fôlego.

Christopher se aproximou. A criatura não se movia. Ele a cutucou com o pé, meio que esperando que ela se virasse e atacasse sua perna.

— Está morta — disse ele. E então: — O que aconteceria se não houvesse terra molhada?

Ela engoliu em seco, recuperou o fôlego.

— Eu nunca vi um desses, mas teríamos sido comidos. O rosto primeiro.

— O rosto primeiro? É de propósito, tipo, o rosto de entrada?

— Foi isso que me ensinaram. As pernas como prato principal, acho. Os dedos dos pés de sobremesa. — Seus olhos percorreram a encosta, a floresta, a casa lá embaixo. — Olha, por favor, estou procurando um grifo. Ele é bem jovem e deve estar assustado.

A cabeça de Christopher ainda estava girando. Ele olhou para o rosto dela, para ver se era confiável e poderia entregar-lhe o grifo, a criatura mais bela que ele já conhecera. Pôde notar que ela estava em puro pânico, mas havia amor. Ele concordou com a cabeça.

— Ele está aqui. E está bem. — Ele abriu as samambaias e lá estava o grifo, encolhido e trêmulo, na vegetação. Ele o acariciou entre as orelhas — Está tudo bem — sussurrou ele. — Você está seguro. — E o tirou dali.

— Gelifen! — Ela era pequena, mas forte, e apertou o grifo com tanta força junto ao peito que ele soltou um grito de dor e arranhou seu rosto, fazendo-o sangrar e deixando três cortes vermelhos em sua bochecha.

— Me desculpe! — ela disse ao grifo, o rosto enterrado nas penas de sua cabeça. — Não quis te machucar. Eu não sabia o que fazer. Se você tivesse morrido, eu não aguentaria.

Ela afrouxou o abraço o suficiente para que o grifo se movesse, e ele começou a bicá-la de alegria: nas orelhas, ombros, mãos e ponta dos dedos.

— Obrigada — disse ela. — Por encontrá-lo.

Todo o desconforto da criatura havia sumido: ele soltou um ruído gutural da garganta, um som de satisfação. Christopher notou que a pele cor de oliva dela estava coberta de cicatrizes de mordidas e arranhões, nas mãos e pulsos, no pescoço e nas bochechas.

Ela tinha a idade dele ou um pouco menos, pensou ele, e era bem mais baixa. Tinha um longo cabelo preto molhado que caía nas costas, trançados com um fio de ouro. Usava um casaco encharcado, calças azul-escuras e um suéter azul, que estava manchado de grama, lama e algo que parecia sangue. Seus olhos escuros tinham uma espécie de foco feroz. Ela o olhava de queixo erguido.

— Qual é seu nome? — perguntou a garota. Ele respondeu. Ela apertou mais o grifo e a criatura apoiou a cabeça em seu queixo. — Você é o guardião? — Havia esperança em sua voz. — Você é, não é? Me disseram que no entrecaminho tem um guardião.

Christopher queria dizer que sim, mas ele não tinha ideia do que significava ser um guardião. Então disse, com uma perfeita verdade:

— Meu avô é o guardião.

A garota concordou com a cabeça. Ela puxou a gola do suéter, colocou o grifo ali dentro e endireitou os ombros. E depois disse a frase mais poderosa, exaustiva, corajosa, desesperada e galvânica da língua humana.

Algumas frases têm o poder de mudar tudo. Eis algumas delas: *eu te amo, eu te odeio, estou grávida, estou morrendo, lamento informar que o país está em guerra*. Mas as palavras com o maior poder para criar tanto destruição quanto maravilhas são estas:

— Preciso de sua ajuda.

FOSFORESCÊNCIA

Os dois continuaram ali, ainda ofegantes. Ele olhou para ela: a garota e o grifo dela. Ela tremia, devido a roupa molhada e algum tipo de choque — algo ainda pior do que o kludde, pensou ele. Havia algo intenso nela, algo incrível, como se ela estivesse prestes a entrar em erupção.

— Que tipo de ajuda?

Ela olhou para ele: um garoto, alto, com água de lago no cabelo escuro, a pele branca coberta de lama e sangue de kludde. A ponta dos seus dedos se contorciam de adrenalina. Ele parecia, naquele momento, pronto para fazer qualquer coisa, para enfrentar ou lutar contra qualquer coisa.

— Preciso que você venha comigo. Para o Arquipélago. — E então continuou: — Meu nome é Mal. Mal Arvorian.

— Você é do Arquipélago? — Ele tinha imaginado que as pessoas das ilhas seriam diferentes. Chapéus de magos, talvez. Varinhas, pelo menos.

Ela fez que sim com a cabeça.

— E eu tenho que voltar, agora, só que… — Ela engoliu em seco. Ele conhecia aquele olhar, já tinha visto em seu próprio rosto. Ela estava decidindo se contava ou não a verdade a ele. — Se eu voltar sozinha agora, vou morrer.

Ele a encarou. Ela só podia estar exagerando, pensou ele, mas não havia um vislumbre de humor em seu rosto.

— Está falando sério?

— Tem um assassino, tá bom? E ele está atrás de mim. Ele matou minha tia-avó e tentou me matar. Não posso voltar sozinha, mas se eu não voltar,

Gelifen vai morrer e talvez eu nunca mais volte para casa. Sua voz estava imperiosa. — Então você tem que vir, tá bem? — Por trás de seu queixo empinado com arrogância, seus olhos estavam cheios de lágrimas, e seus lábios tremiam. — Você precisa vir. — Sua voz falhou. — Você precisa, você *precisa*!

— Ir lutar contra um *assassino*? "Por favor, venha tomar um chá e, falando nisso, você tem que lutar até a morte"? Por que eu aceitaria uma coisa dessas?

— Eu não disse lutar até a morte! A gente pode fugir. A gente pode bolar um plano. Juntos.

Christopher fechou os olhos. Tentou botar juízo na cabeça.

— Por que alguém iria querer te matar?

— Sei lá. — E olhando para o rosto dele, ela disse mais alto: — Sério, eu não sei! Até fiz coisas que podem ter incomodado as pessoas, mas isso não faria com que elas quisessem me matar. Ele é alto e meio loiro. Parece normal, por isso era tão assustador. Ele poderia ser um professor ou um médico.

— Não tem outra pessoa que possa te ajudar?

Ela balançou a cabeça, muda.

— O entrecaminho não deveria estar aberto — disse ele. — E se eu for com você e ele se fechar atrás de mim? E se eu ficar preso no Arquipélago para sempre?

Ela não se mexeu, não respondeu. Apenas ficou ali, o grifo enfiado em seu suéter, esperando.

Christopher virou-se e olhou para a água escura do *lochan*. Seu coração batia com força. Bem no meio, havia um lampejo de luz verde.

Ele pensou no que o avô diria quando voltasse e descobrisse que o garoto e o grifo haviam sumido; na sua confusão e raiva. Ele não tinha deixado um bilhete. Pensou na fúria e no medo de seu pai.

— Rápido! Preciso ir, agora — disse Mal. — Não posso ficar aqui, Gelifen vai morrer. As criaturas precisam do glimourie. Você vai vir? — Gelifen bicou sua pele, com urgência e pânico.

Christopher passou o dedo pelo mapa em seu bolso. Ilhas encantadas, unicórnios e krakens, e lebres com chifres de ouro. E a porção escondida, esperançosa, de *e se*, que aguardava no coração de Christopher encheu seu coração e ele o sentiu bater com o dobro da velocidade no peito.

— Sim — respondeu ele. — Tá bom. Eu vou.

Ela soltou o ar com muita pressa, como se tivesse prendido a respiração.

— Por aqui então. Rápido.

Ela entrou no lago, espirrando água. Christopher deu uma última olhada ao redor do topo da colina e uma olhadela para a casa do avô, e então a seguiu. Era loucura, era extraordinário, impossível, pensou. Ele tinha acordado naquela manhã, vestido sua calça jeans e pendurado o colar dos corvos em volta do pescoço sem suspeitar de que estava indo para uma ilha encantada.

Juntos, eles nadaram até o centro do lago.

— Vamos respirar fundo — disse ela. — Vamos respirar bem fundo, tá bem? Enchemos nossos pulmões. Agora! — Juntos, eles puxaram o ar. Juntos, mergulharam, nadando para baixo, cada vez mais fundo. O lago parecia não ter fim. Os pulmões dele gritavam quando ele viu: no meio da lama e dos juncos, um brilho repentino de verde, um pedacinho de fosforescência.

Ela se virou na água, com os olhos abertos e as bochechas esticadas com o esforço de segurar o ar, e estendeu a mão. Ele a segurou. Sua mão direita se estendeu e ela tocou a centelha de luz fosforescente.

ARQUIPÉLAGO

Havia uma sensação de aperto no peito, como se ele estivesse sendo comprimido sob um teatro, e de repente, estava sob águas correntes e profundas. Por essa ele não esperava, devido à quietude do lago. Foi puxado pela correnteza e uma pedra acertou seu peito. Ele voltou à superfície, buscando por ar. Mal emergiu a seu lado e eles nadaram lado a lado até a margem. Ela sorriu para Christopher enquanto subiam — um breve lampejo de dentes, forçados, mas galantes — e tentou torcer a água das roupas. Ela olhou para o muro que se erguia da margem e suas mãos começaram a tremer.

Logo acima, três pássaros voaram, vermelho-fogo e do tamanho de águias, com caudas de 30 centímetros de comprimento. No mesmo instante ele as reconheceu pelo que eram.

— *Fênix* — disse. A visão fez sua pele pinicar de surpresa. Seu avô não estava louco nem havia mentindo. Ele tinha dito a verdade clara, nítida e surpreendente. Esse era o Arquipélago.

— Sim! Leonor diz que... — Mas ela parou e engoliu em seco. Recomeçou: — Aquela é minha casa, do outro lado do muro. Eu não sei se... se o assassino ainda está lá, mas só tem um jeito de sair daqui, é escalando o muro de novo e atravessando o jardim. Há campos do outro lado da casa, que levam a uma floresta.

— Por que não podemos descer pelo rio e encontrar outra saída?

— O rio está cheio de lavellans. A gente não iria sobreviver cinco minutos na água. Este é o único caminho. E eu preciso ver se... se Leonor está viva.

Ele se aproximou do muro, pingando, e escalou até poder ver por cima dele. Havia um gramado, flores, um ancinho e um salgueiro. Nenhum assassino. Mas assim que ele soltou um suspiro de alívio, viu um movimento dentro da casa. Uma figura passou rápido pela janela do último andar, seu rosto estava contorcido de raiva.

Christopher desceu.

— Ele está na sua casa! No andar de cima.

Ela deixou escapar um lamento curto e agudo, que foi logo sufocado. Mal pressionou o punho na boca. Ele podia vê-la lutando contra o terror e tentou pensar.

— Ele não sabe que eu estou aqui — disse Christopher. — Acha que você está sozinha, não é?

— Sim. Só eu e Gelifen. Ele tentou matar Gelifen também.

— Então se não podemos correr, teremos que tentar outra coisa...

— Continua...

— Vamos pegá-lo de surpresa, mas... precisamos de uma isca.

Ela olhou do grifo para o muro, e então para Christopher. Engoliu em seco e cerrou os punhos. Ele ainda não sabia como isso era tão característico dela. Mal estava reunindo coragem.

Ela tentou fazer o rosto parecer confiante e despreocupado.

— Eu vou ser a isca.

* * *

Ela cruzou o gramado devagar, com os passos firmes, os olhos baixos. Estava ensopada e seu rosto, escondido pelo cabelo. Seu corpo parecia frágil e derrotado.

Aproximou-se de duas cadeiras de madeira, na metade do jardim, cercadas de flores. Sentou-se em uma. Ela abraçou os joelhos. Parecia muito pequena.

Na casa, a figura virou-se para o jardim e então enrijeceu-se como um cão de caça. Ele desapareceu da janela.

O rosto dela, por trás da cortina de cabelo, não podia ser visto da casa. E isso era bom: seu rosto carregava muito medo, mas também fúria, e estava afiado e... pronto. Ela olhou para o salgueiro, deu o que foi, sem dúvida, uma tentativa de aceno tranquilizador, e depois desviou o olhar.

Christopher se agachou no salgueiro, respirando fundo. Gelifen, escondido atrás dele entre as folhas, soltou um pio suave e reprimido.

O homem apareceu no canto da casa. Mal não ergueu o olhar. Era como se ela não o tivesse visto. O homem sacou a faca, tão longa quanto o braço da garota. O canto de sua boca se ergueu no que era metade sorriso, metade raiva. Então, em silêncio, como um gato, ele se lançou pelo gramado.

E Christopher irrompeu da árvore. Correu até o ancinho, agarrou-o e o balançou conforme corria. Ele acertou o ombro do assassino no momento em que ele alcançou Mal. O homem virou-se com um chiado e golpeou Christopher com a faca.

Ela arranhou seu braço e Christopher deu um salto para trás, mas balançou o ancinho outra vez. Ele não acertou a cabeça do homem, mas acertou a faca, que saiu voando. O homem arrancou o ancinho das mãos de Christopher e no mesmo movimento girou a ponta para cima, de modo que a madeira acertou a têmpora de Christopher. O garoto cambaleou para o lado, com a visão borrada, um ruído nos ouvidos.

O homem agarrou Mal com força pelo torso e andou a passos largos pelo jardim. Ela gritou, chutou, mas ele só soltou um grunhido. Ela afundou os dentes na mandíbula dele e se pendurou ali. O assassino gritou, empurrando seu pescoço para afastá-la.

Christopher correu até a cadeira do jardim. Ofegando, focou toda a sua força em sua única chance: ergueu a cadeira no ar em um grande arco. Sentiu que fez contato com um baque horrível.

O homem caiu, e Mal também. Ela se afastou dele apoiada nas mãos e nos joelhos, cuspindo e esfregando a boca. Christopher ajudou Mal a se levantar. Gelifen meio voou, meio correu pelo gramado e pelo canteiro, pisoteando as flores enquanto avançava.

Juntos, eles olharam para o homem no chão, caído inerte na grama.

— Ele está...? — perguntou Mal.

— Morto? Acho que não. Não. Está respirando.

— Devemos... matá-lo?

— Não — O horror pelo que haviam feito surgiu no rosto de Christopher. — Tem corda aí?

Ela correu para a casa e voltou com uma corda desgastada e fina de 60 centímetros de comprimento. Ela parecia doente, com suas cores desordenadas: vermelho ao redor dos olhos e azul-esbranquiçado ao redor dos lábios.

— Isto é tudo o que tínhamos. Peguei todo o dinheiro da casa também. Leonor costumava escondê-lo debaixo da pia do banheiro, numa lata de sabonete. — Mal engoliu em seco. — Ela estava lá. Eu a cobri com a minha coberta favorita.

A corda não era longa o suficiente e as mãos dele tremiam, mas ele fez o que pôde, amarrando as mãos do homem nas costas. Deu um passo para trás e ela se inclinou para apertar o nó, puxando a corda com o rosto impassível, os dentes cerrados.

— Vamos — disse ele. — Precisamos correr.

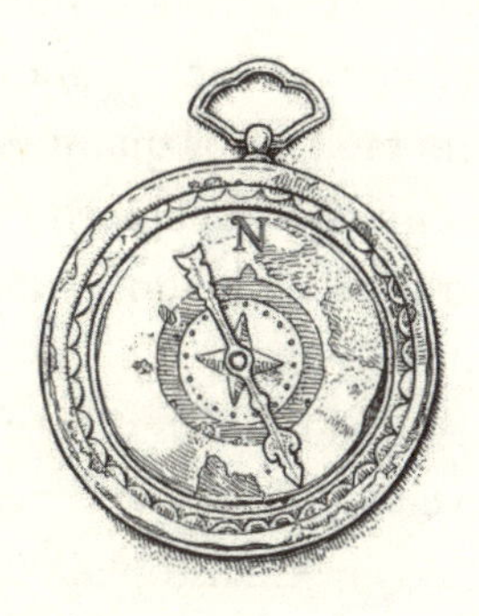

A CHEGADA DOS UNICÓRNIOS

Eles correram, com o grifo nos braços de Mal, por um campo; e por um campo de trigo e outro com grama, onde várias ovelhas pequenininhas de rosto verde pastavam, todas elas — Christopher checou duas vezes — estavam ligadas com gavinhas a um caule verde. Estava escurecendo. Mal tropeçou, e ele a segurou pelo cotovelo.

— Gelifen. — Ela ofegou. — Ele é pesado.

— Posso levá-lo?

— Não! — respondeu ela. — Não pode. Eu tenho que carregá-lo. Ele precisa ficar perto de mim.

Ele viu a dor ainda gravada em seu rosto, e compreendeu. Era ela, na verdade, que precisava ficar perto do pequeno grifo, cujo calor estava irradiando através de seu pelo e penas macios, e cujos olhos a observavam com firme confiança.

— Tudo bem, mas estamos indo muito devagar. Aquela corda não vai segurá-lo por muito tempo, vamos. — Ele estendeu a mão, em direção àquela que não estava ao redor do corpo do grifo, e ela a segurou. Ele a puxou e isso funcionou, eles foram mais rápidos, campo após campo, correndo pela longa grama na luz que desvanecia.

— Não consigo vê-lo — disse Mal, espiando a penumbra atrás deles.

Mas Christopher mal pode ouvi-la. Seus olhos estavam arregalados. Cada gota de medo havia desaparecido, por um momento surpreendente, de seu corpo.

À frente dele, emergindo do bosque ao anoitecer como um aglomerado de estrelas ambulantes, vinha uma manada de unicórnios.

Alguns eram de um branco puro, alguns brancos com crinas prateadas, outros eram prateados com manchas brancas no pescoço e flanco. Os chifres dos maiores eram tão longos quanto uma bengala e opalescentes. Os chifres dos unicórnios menores pareciam prata sólida.

Vieram na direção dele, trotando. Ele contou, rápido: havia 32 deles. Nunca tinha visto algo tão brilhante na vida.

— O olfato deles é bem aguçado — disse Mal. Sua voz estava maravilhada. — Eles devem ter sentido o cheiro de alguma coisa.

O que eles tinham sentido era Christopher. Como os esquilos, os gatos, os cisnes e as raposas em Londres, vieram galopando até ele, reunindo-se ao redor dele e de Mal em um grande aperto de corpos brancos deslumbrantes.

Um unicórnio, branco puro com uma marca prateada no rosto, inclinou o focinho macio para o lado dele. Tentou enterrar o rosto em seu casaco, em sua gola, próximo à sua pele. Ele abaixou a cabeça para se desviar do chifre e acariciou a longa mancha do animal.

— Nunca vi nada como eles — sussurrou Christopher.

— Claro que não — disse Mal. Ela falou com suavidade, passando a mão ao longo do pescoço do unicórnio. — Não existe *nada* como eles.

Ele queria dar algo ao unicórnio: alguma espécie de presente em troca de sua confiança. Christopher procurou às pressas nos bolsos. O bolso interno carregava o mapa, úmido, e metade de um pacote de balas de hortelã. Seu avô dissera que unicórnios gostavam de hortelã. Ele logo rasgou o pacote e o segurou com uma das mãos. O unicórnio abaixou a cabeça e as comeu de sua palma, deixando-a molhada com baba de unicórnio.

Então encostou o focinho em seu rosto e respirou. Christopher sentiu o calor em sua pele. Cheirava a hortelã, animal e algo mais, algo magnificamente selvagem: o cheiro de glimourie, pensou ele. O cheiro lhe deu uma grande onda de coragem. Isso o fez querer gritar ou morder alguma coisa.

Mas, de repente, Mal soltou um grito horrorizado. Christopher se virou. O homem com a faca estava no extremo oposto do campo.

— Corra!

Mas os unicórnios, em vez de abrirem caminho, fecharam-se ao redor deles, cercando-os, batendo com o focinho no peito de Christopher. Ele os empurrou.

— Deixem a gente passar! — pediu ele.

— Christopher! — disse Mal. — Eles estão deixando que a gente monte neles.

— Tem certeza? — Ele olhou para a ponta dos seus chifres, era afiada como adaga. Mas os unicórnios empurraram o corpo com urgência contra

Christopher. — Acho que é bem provável que isso não passe de uma alucinação muito vívida. Mas, sim, tá bom.

Ela tentou montar, com Gelifen ainda nos braços, mas escorregou. Ele se inclinou e entrelaçou os dedos. Ela apoiou a bota suja em suas mãos e ele a levantou, e Mal montou em um unicórnio jovem e prata pura.

Ele segurou o unicórnio mais próximo ao redor do pescoço e meio que se lançou em seu lombo. O unicórnio empinou. Christopher enfiou os dedos na crina branca e com um coro de relinchos, a manada toda saiu galopando para a floresta.

Os galhos das árvores passavam por eles. Christopher viu três potros entre a manada galopante, com flancos pequenos suados com o esforço da velocidade. Seus pelos eram de ouro puro.

Ouviram um grito atrás deles. Invisível, em algum lugar entre as árvores escuras, o homem com a faca gritou, seu rugido de fúria ecoou pelo bosque.

As árvores diminuíram e eles irromperam em uma relva macia. A lua havia surgido e, à frente deles, Christopher pôde ver um penhasco e o mar. O vento ficava mais forte e as ondas estavam altas e violentas. Havia dois navios, dois pontos no horizonte, e bem mais perto, um único barco, com suas lâmpadas acesas para a noite, avançava pela água, mantendo-se tão próximo da costa quanto a profundidade permitia. Seu nome, subindo e descendo com as ondas, era *Nuncatema*.

Com um grande relincho, o rebanho parou de repente, empinando e bufando. Nenhum deles chegaria mais perto do penhasco. Christopher desceu do unicórnio e estendeu os braços para ajudar Mal e Gelifen. Ela se curvou para os unicórnios, então ele se curvou também — nunca tinha se curvado para ninguém antes —, abaixando a cabeça, e os unicórnios desapareceram de volta na floresta.

— Ele ainda está vindo! — disse ela. O medo se acumulava em seu rosto.

Havia uma saliência no penhasco, mais à frente, que se despontava sobre a água, uma espécie de espeto pontiagudo. Havia pedras logo abaixo.

— Precisamos sair da ilha. Vamos ter que pular — disse ele.

— No mar? Vamos nos afogar!

— Podemos descer pela beirada do penhasco. — Ele se virou para o bosque, pensando na hera que tinha visto, pensando com o que poderia fazer uma corda, quando ouviram um estalo atrás deles na escuridão da floresta. O assassino com a faca, correndo pelo matagal. Dava para ouvi-lo tropeçar e ofegar, e também havia cuspes e palavrões. Ele sem dúvida sentia dor, mas era terrivelmente rápido.

— Não temos tempo! — disse ela.

— Então vamos ter que pular naquele barco.

— Vamos quebrar os nossos ossos.

— Pode ser, mas dê uma olhada em onde a vela desce do mastro. — Apontou Christopher. — Há quase quatro metros de vela para amortecer a nossa queda. Se a gente saltar longe o bastante, vamos cair nas lonas.

— *E se errarmos*? — O terror do dia havia abalado sua confiança. Ela mordeu o lábio com os dentes.

— Só faça questão de não errar! Não está tão longe. — Uma mentira. — É quebrar os ossos ou sermos assassinados, Mal. — Ele fez sua voz soar dura, de propósito, para acabar com o medo dela. — Isso não é brincadeira.

Ela fechou os punhos.

— Gelifen terá que ir primeiro. Se eu pular com ele, vou esmagá-lo.

— Rápido então! — Seus ouvidos se esforçavam para ouvir barulhos vindos da floresta.

— *Estou indo*! — Ela sussurrou no ouvido da criatura e ele fez um sinal suave em resposta. Então engoliu em seco e jogou Gelifen sobre a água.

— Voe, Gelifen! Você tem que *voar*! — A criatura ficou desnorteada, e desceu voando e despencando até lá embaixo, sem estar perto o suficiente da vela, aterrissando com um baque na madeira do barco.

Ela se inclinou na beirada, com a terra desmoronando, para tentar ver o grifo no crepúsculo.

— Ele não está se mexendo!

— Então precisamos chegar até ele. Rápido.

Juntos, eles recuaram alguns passos.

— Um — disse ele. — Dois.

Ele olhou para trás e viu a parte da vegetação rasteira, e a sombra de um homem emergiu da floresta.

Os dois gritaram, um rugido de choque e medo. Juntos, correram até a beirada do penhasco. Seu pé deixou a terra, e o estômago de Christopher afundou, cada instinto gritava para que ele voltasse e agarrasse a rocha, mas seu impulso o arrastou e ele caiu no ar, com o vento em seus olhos, cegando-o.

O cotovelo agitado de Mal atingiu sua testa e então os dois caíram na vela, suas unhas foram rasgando enquanto eles arranhavam o escorregador de lona, tentando desesperadamente se agarrar a algo, ao cordame, às adriças e às forras de rizo — qualquer coisa para amortecer a queda. Com um baque agonizante, eles aterrissaram no convés.

O *NUNCATEMA*

Não dá para se lançar no céu límpido e aterrizar na vida de outra pessoa — e mais, no barco dessa pessoa — e torcer para que ela não perceba. O dono do barco notou. Ele era o oposto diametral de satisfeito.

— *O quê, pelas barbas do Imortal, é isso*?

O homem que estava diante deles era o tipo de pessoa enorme que fazia os outros homens pareceram pequeninos e frágeis. Tinha uma barba escura por fazer, um brinco de ouro em cada orelha e uma marca de queimadura do lado esquerdo do pescoço. Havia linhas profundamente gravadas no rosto, feitas pelo mar.

— O que é essa chuva de crianças? Fui velejar e acabei sendo atingido por uma tempestade de crianças?

Christopher se levantou, e Gelifen, meio atordoado, arrastou-se para se esconder no casaco de Mal. Deram uma olhada ao redor. O barco a vela era grande, de madeira de mogno, escurecida pelo tempo, com uma cabine que levava ao convés inferior. Os equipamentos de latão cobertos de ferrugem verde, mas se movia rápido na água escura. Um segundo marinheiro, um homem compacto de barba grisalha na casa dos sessenta anos, encarava-os, boquiaberto, com uma chave de fenda nas mãos.

— Desculpa — disse Mal. — Tivemos...

— *Desculpa*? — O homem maior respirava fundo e com raiva deles, e seu hálito tinha cheiro de uísque. — *Desculpa* é para quando você peida perto da fruteira, garota! Desculpa não é suficiente quando vocês surgem do nada como um par de galinhas sem asas! Vocês podiam ter quebrado minha carga, podiam ter rasgado minhas velas. Podiam ter me custado milhares de dólares.

Mal estava com o rosto vermelho-vivo, uma cor escarlate que subia até a linha do cabelo.

— Não sei mais o que dizer! E...

— A gente não... teria escolhido isso — disse Christopher. Ele ainda estava sem fôlego, e suas palavras saíram cortadas. — Se tivéssemos... se tivéssemos escolha... não teríamos... saltado de um penhasco. — O homem voltou os olhos vermelhos para Christopher, e ele sentiu que queimava sob aquele ceticismo ardente. — Mas tivemos que fazer isso... porque...

— Um homem estava tentando matar a gente! — finalizou Mal. — Lá em cima.

Christopher olhou para o penhasco, mas o assassino tinha desaparecido.

— Mas eu não estou vendo ninguém. — O homem apontou para cima. Christopher viu que ele tinha um curativo todo manchado de sangue na mão enorme e cheia de cicatrizes. Isso não fazia com que ele parecesse mais acolhedor. — Então por que deveria acreditar em vocês?

Mal encarava o homem como se o tivesse reconhecido de repente.

— Eu já te vi antes! — disse ela. — No Velejador. Eu estava lá!

— Isso não é uma recomendação. Lionel Holbyne é meio criminoso, meio corte de cabelo ruim. Eu não confiaria nele nem para cuidar de uma barata, aliás, nem de uma formiga. Vão logo se explicando. *Agora.*

Eles trocaram olhares. Mal balançou a cabeça do jeito mais discreto possível. Então, juntos, contaram a história, falando um por cima do outro, com rapidez, contando toda a verdade, sem mudar nada.

O homem ouviu. À medida que ouvia, virou a bebida de um cantil, três longos goles que o esvaziaram. E arrotou.

— E esse homem, esse tal assassino, como ele era?

— Era alto e branco, com cabelo loiro-acastanhado — disse Mal. — E sapatos marrons.

— Sapatos marrons não ajudam muita coisa. Algo mais?

— Não... espera, sim! Ele tinha uma verruga enorme na lateral do pescoço — disse Mal. — Eu vi de perto. E agora ele tem um corte na bochecha, onde eu mordi. — Ela também tinha um corte, Christopher viu, no lugar onde havia abraçado Gelifen com muita força. Três linhas curvas, próximas a seu olho e ao longo da bochecha. Havia uma certa beleza vistosa nelas.

O homem fez um muxoxo.

— Uma verruga? Pode ser Adam Kavil. Pode ser Ricardo Mill. Os dois sujam as mãos por dinheiro. Os dois estão exaustos demais com a vida para se importarem com uma morte a mais. Mill seria melhor do que Kavil, ele é lento. — Ele inclinou a cabeça enrugada e desviou o olhar para além deles, como se estivesse considerando entre compartilhar o perigo com eles ou jogá-los no mar.

— Será que não podemos dormir aqui no barco? Não precisamos de cama, podemos nos deitar aqui, do lado esquerdo — disse Christopher. Havia um trecho desocupado no convés, próximo a uma pilha de cordas enroladas. E Mal teria dormido, ele podia notar, de pé na encosta de uma montanha. — Você pode deixar a gente em terra firme em qualquer lugar amanhã. — Ele não queria andar mais naquele dia. Já tinha chegado tão longe, na metade do caminho do mundo conhecido rumo ao mundo desconhecido, pensou ele.

— Não — disse o homem. — Vocês atrairiam as autoridades, ainda mais com esse grifo. Não vou com a cara de homens com pranchetas nas mãos e regras na boca. — Ele balançou a cabeça. — Vou deixar vocês na primeira pedra que eu encontrar, e vocês podem acenar para um barco quando ele passar.

— Por favor — pediu Mal. O olhar em seu rosto era suplicante, mas furioso. — *Por favor*! Pelo amor do Imortal, deixe a gente ficar!

Algo nas últimas palavras fez o homem estremecer; uma onda que percorreu sua testa, bochechas e mandíbula saliente.

— Eu devia jogar vocês para as nereidas. Mas, só por hoje, podem dormir no convés. — Ele os deixou e bateu a porta ao descer para a cabine.

Christopher e Mal conversaram aos sussurros.

— Acho que estamos seguros agora — comentou ele. — Por ora, pelo menos.

— Não sei não. Ele ainda pode devorar a gente.

Ela falou mais alto do que pretendia, e o homem, retornando com vários cobertores, bufou.

— Não como crianças. Não têm sabor. Peguem isso daqui. — Ele jogou os cobertores para eles. E para cada um deu um biscoito de canela e gengibre. — Eram os últimos da vasilha, então, não peçam mais, e não me acordem durante a noite.

Christopher sabia que marinheiros dividiam os biscoitos do barco de má vontade, e quando faziam isso, significava alguma coisa.

Mal ousou olhar para ele, bem nos olhos.

— Obrigada.

Ele suspirou.

— Meu nome é Fidens Nighthand. Podem me chamar de Nighthand. Não atendo por Fidens. E o de vocês? — Eles responderam e ele acenou com a cabeça. — Os outros da tripulação são Warren e Ratwin. Tratem os dois com educação, ou Ratwin vai morder vocês enquanto dormem.

Warren, o homem com a chave de fenda, que tinha voltado a fechar a boca e retomado o trabalho, ergueu a mão, mas eles não viram nem sinal de mais ninguém.

Eles não pensaram em se limpar. Apenas se deitaram no convés e se cobriram com as cobertas. Gelifen se aninhou sob o queixo de Mal. Ela sussurrou algo no ouvido do grifo, algo que Christopher não conseguiu ouvir. Gelifen emitiu um som suave e estridente, e calor começou a exalar dele, quente e constante como um radiador.

Alguns segundos depois, Mal sussurrou:

— Já está arrependido de ter vindo? Você está bravo?

Christopher olhou para o céu. As estrelas estavam tão brilhantes, ali no mar, que ele poderia ler um livro à luz delas. Ele estava com fome e ainda molhado, e seu corpo todo doía de exaustão, mas tinha visto unicórnios e sentido o frescor de seus chifres nas mãos.

— Não. Não estou arrependido.

O que ele sentia era o oposto de arrependimento.

— Que bom. — O cansaço de Mal era tão grande que sua respiração desacelerou e se tornou ritmada quase de imediato, mas Christopher ficou deitado por um tempo, olhando para o céu noturno. Lá em cima, algo enorme, com asas gigantescas, passou em frente à lua.

Mal gritou em seu sono. Ele se virou para ela, mas ela não acordou.

O último pensamento de Christopher foi que ele viu uma criatura — com um grande formato verde e um chifre verde sem ponta — olhando para ele com curiosidade, antes de cair no sono mais exausto de sua vida. O barco avançava no oceano desconhecido. Mas quando ele sonhou, foi com o pai, que o procurava com a expressão irritada e angustiada.

UM AZUL FORTE E BRILHANTE

Quando ele acordou, o céu estava azul. Era um azul tão azul que fazia com que todos os outros azuis parecessem ter sido apenas uma prática para esse céu brilhante.

Quando ele atravessou para se inclinar na borda do barco, o mar era de um azul mais escuro e mais profundo. Não havia terra à vista. Mas à medida que ele observava, foi surgindo da água uma horda de cavalos; cavalos com longas caudas e barbatanas, prateados e verde-água, saltando como golfinhos.

Uma emoção — de empolgação, de medo e de ardente espanto — atravessou Christopher. Ele disse em voz alta, testando as palavras:

— *O glimourie. O Arquipélago.*

A maresia das ondas voou em seu rosto; ele pegou um pouco e esfregou na pele, e mãos, e pulsos, e testa. Isso podia contar como o banho do dia. Ele amava o gosto do mar.

Mal estava se sentando quando ele voltou. O sono havia curado um pouco de sua aparência febril. Ela sorriu para ele — seus olhos se erguiam nos cantos quando ela sorria — e começou a escovar as asas do grifo, que se opunha com os dois conjuntos de garra.

— Ai! Gelifen! Pelo Imortal, isso machuca! Aqui, pegue ele.

Ela o passou para Christopher, e lambeu o sangue das mãos. O grifo subiu no ombro dele e começou a mastigar seu cabelo. O bico era afiado e ele arrancou um belo bocado.

— Se vai comer meu cabelo — disse Christopher para o grifo —, você poderia pelo menos comê-lo por igual em todas as partes.

— Está parecendo que você entrou numa briga com o cabelereiro — comentou Mal.

— Não está tão ruim quanto o seu. Olha lá, Gelifen, coma as sobrancelhas dela, vamos. — Ela se abaixou e bufou de tanto rir, fazendo com que uma meleca voasse de seu nariz para a manga da blusa, e Gelifen a comeu.

Naquele momento, Nighthand apareceu.

— Café da manhã — disse ele, esfregando os olhos vermelhos. — Estou com uma dor de cabeça do tamanho de uma das ilhas do Oeste. Mas não vou permitir que digam que eu não alimento meus passageiros clandestinos.

O primeiro marujo de Nighthand, Warren, saiu da cabine e espiou o convés de madeira.

— Cadê a Ratwin? — perguntou ele.

— Está pescando — respondeu Nighthand.

Christopher olhou ao redor em busca de algum sinal de uma mulher com uma vara de pesca, mas da borda do barco apareceu um esquilo do tamanho de um gato, com um chifre sem ponta. Ele carregava um peixe enorme na boca, que jogou aos pés de Nighthand.

— Essa é Ratwin. Ela é nossa navegadora. Ratwin, esses são Christopher e Mal. São nossos passageiros clandestinos.

A ratatoska olhou para eles com seus olhos castanhos brilhantes.

— Se ele dar boas-vindas a vocês, eu dar boas-vindas a vocês — disse ela, que falava muito alto e rápido. — Se não, eu morder vocês. — Ela olhou para Nighthand. — Qual vai ser?

— Nenhuma delas.

— Não vejo nenhuma outra opção — disse a ratatoska. — Devo dar meia mordida?

A boca de Warren se retorceu por baixo da barba grisalha.

— Venha para a cabine, Ratwin — disse ele. — Vou fritar o peixe.

— Ela é leitora de mapas — comentou Nighthand, enquanto desciam. — A maioria das ratatoskas coleciona fofocas. Ratwin coleciona direções, pontos cardeais, rotas marítimas. Ela conhece os costumes das ilhas, onde os krakens surgem, onde as nereidas nadam, melhor do que qualquer outro marinheiro que já conheci. Venham. Café da manhã.

Era óbvio que Nighthand acreditava em comida. Na cabine havia uma mesinha embutida na parede, rangendo com os pratos. Lá estava o peixe recém-pescado de Ratwin e torradas com pedaços de manteiga derretida. Havia bolo de baunilha, cortado em cubos e misturado com geleia para se comer com colher. Estava incrivelmente delicioso. Mal limpou o pote de geleia, então roubou um pouco do prato de Christopher e alegou que não tinha feito isso.

Nighthand comeu com as duas mãos, mastigando de boca aberta. Gelifen sentou-se na mesa e comeu o peixe do próprio prato. Comeu com cuidado, como se estivesse atento aos seus modos à mesa. Ratwin o encarava.

— O pássaro-leão sentar no meu lugar, Nighthand? E as miniaturas comer meu peixe?

— Não será por muito tempo, Ratwin. Vamos deixá-los assim que avistarmos terra firme e nunca mais os veremos.

— Você *dizer* isso, mas seu rosto diz que você está se envolvendo. *Foco*: vamos para Archos, vender as pérolas ouropel, pegar a lona e ir para Paraspara. Eu já traçar a rota!

Mal fez sua cara mais arrogante.

— Não precisamos de sua ajuda.

Christopher jogou uma espinha de peixe nela.

— Precisamos sim, na verdade.

— A última pessoa que pedir ajuda — disse Ratwin —, nós a jogamos para os kappas e os kappas a comeram, e então os kappas foram comidos pelo kraken. Então foram comidos duas vezes. Então tenham cuidado.

— Sério? É verdade? — perguntou Christopher.

— Não — respondeu a ratatoska. Ela o encarou com um olhar firme, segura de si. — Mas poderia ser.

Por fim, Nighthand terminou de comer e empurrou sua caneca para o lado, que caiu no chão, mas ele parecia imperturbável. Ele os encarou e seu olhar estava sério.

— Então, idiotinhas descarados — disse ele. — Qual o plano de vocês?

— Eu te contei ontem à noite — disse Mal. — Tem alguém tentando me matar. — Ela tinha geleia no queixo, mas isso não a impediu de projetá-lo para frente.

— E isso tem a ver com a morte das criaturas — continuou Christopher.

— As criaturas… eu também notei — disse Nighthand. — Notei que houve uma onda repentina de mortes. O mar está com um cheiro diferente, mais diluído, mais fraco.

— Passamos por um hipocampo mês passado morto nas águas da península de Lítia — disse Warren.

— Mas de que maneira isso poderia estar relacionado a você? — Nighthand olhou para Mal, com os lábios pressionados.

— Sei lá. Sei lá, sei lá! Essa é a questão! Ele só disse que estava, não disse como.

— Por que você não o obrigou a dizer?

O rosto de Mal foi ficando mais tenso e exausto, e Christopher se indignou.

— Bom, ele estava tentando matar a Mal, as oportunidades para uma conversa eram meio limitadas.

— E agora eu não tenho mais nada, nem ninguém. — A voz dela, que tentou soar profissional, falhou. — Aí eu preciso descobrir por que as criaturas estão morrendo e então vou saber por que tem um assassino atrás de mim.

— Mas qual o *plano* dos humanos? — perguntou Ratwin. — Nada disso é um plano.

— Vamos para o Senado Azurial — respondeu Mal.

— Por quê? — perguntou Nighthand.

— Porque eles vão saber o que fazer.

— Você acha que eles sabem tudo?

— Não tudo, mas se alguém sabe, são eles.

— O que é o Senado? — perguntou Christopher. — É longe?

Ela pareceu surpresa por ele não saber.

— Bom, ele se move, é claro.

Warren, limpando a boca no cachecol, grunhiu em concordância.

— Cada ilha é governada à sua maneira, por suas próprias populações: criaturas, humanos, os dois. Mas o Senado Azurial viaja pelas ilhas. É um tribunal, que todos os humanos *arquipelaganos* reconhecem. Ele ouve disputas, resolve discussões, aprova leis. Funciona assim há milhares de anos.

— E quando ele diz que viaja — disse Nighthand —, quer dizer que o edifício em si se move. Voa pelo céu, carregado por longmas. Ele se instala em uma cidade por vez. Há uma praça, construída em toda cidade, para esse propósito.

— Não seria mais fácil que as pessoas viajassem, em vez do prédio?

— Sempre foi assim — disse Warren. — É uma tradição. Está escrito: a verdade está sempre viajando, sempre pronta para ser convocada.

— Os próprios tijolos foram feitos pelas esfinges em suas próprias montanhas. Eles carregam o calor da sabedoria neles — disse Nighthand.

— Então — disse Mal —, vou contar para o Senado, se você me levar até lá. E eles vão saber o que fazer.

— Eu não vou nem chegar perto do Senado — disse Nighthand.

— Pode ter havido algumas irregularidades com algumas das negociações de Nighthand no passado — continuou Warren.

— Contrabando? — perguntou Christopher.

— É claro que não! — respondeu Nighthand. — Não seja nojento! Compras e vendas sem me importar em notificar as autoridades.

— Contrabando — disse Ratwin — é uma palavra que não nos dignamos a usar neste barco, lembrem-se disso.

— Então Christopher e eu iremos — disse Mal.

— Vocês vão, não é? E o que você, garoto de Outras Terras, tem a ver com isso?

— Ele é meu amigo, não é? — Mal não olhou para Christopher, mas ele podia ver a ponta das orelhas dela ficando vermelhas. — E ele é um guardião. Ele protege o entrecaminho.

Gelifen criou uma distração nesse momento ao fazer xixi de maneira exuberante no chão. Mal deu um salto.

— Vocês não podem ficar bravos com ele, ele ainda é muito pequeno! — E o carregou para o convés. Ratwin saiu dali enojada.

No silêncio que se seguiu, Nighthand disse para Warren:

— Tem alguma coisa naquela criança... não sei o quê. Não só por ela ter sobrevivido a um assassino, é algo mais. Ela carrega uma sensação estranha. É como se... — Havia uma expressão em seu rosto que Christopher não conseguia identificar. — Você também sente?

Warren parecia perdido.

— Eu só cuido do barco, Nighthand. Não faço ideia do que você está falando.

Nighthand virou-se para Christopher.

— Ela é uma estranha para você? Você não a conhecia antes de ontem?

Christopher concordou com a cabeça.

— E ainda assim diz que é amigo dela?

— Eu meio que salvei a vida dela.

— Já salvei a vida de muitas pessoas e nenhuma delas é minha amiga. Pelo contrário, muitas delas parecem fazer questão de me evitar depois.

Christopher bebericou seu café para que não tivesse que olhar para o rosto de Nighthand. O café estava tão nojento quanto o de seu avô.

— Ela me trouxe para cá, para o Arquipélago. E... — Mas Christopher não tinha palavras, no momento, para explicar o que ele, no entanto, sabia: que às vezes, se estiver entre os mais sortudos, uma centelha de compreensão corta como um raio o espaço entre duas pessoas. É um desfibrilador para o coração. E isso te fortalece. Te nutre. E a palavra que escolhemos para isso (que é uma palavra insuficiente para ser derrubada tão de repente em um lugar novo e melhor) é amizade.

(Ele nunca encontraria de novo aquele tipo de amizade. Mas uma vez é o suficiente. Só precisamos dela uma vez — para saber do que o coração humano é capaz.)

Então ele disse:

— Sim. Ela é minha amiga. — Ele parecia muito teimoso, e muito íntegro, com lama e sangue de kludde ainda nas roupas, e Nighthand lhe deu um meio sorriso e sentiu-se velho, despejando quase a garrafa inteira de conhaque em seu café.

— Qual seu plano, então, Christopher?

— Eu vou com a Mal. Vou até esse Senado.

— E como é que vocês pretendem entrar, tendo ela um metro e meio e você sem nunca ter pisado nestas ilhas antes? — perguntou Nighthand, enquanto bebia o café num gole só.

— Acho que vamos ter que que dar um jeito. A menos que você ajude a gente.

Nighthand suspirou.

— Vou deixar vocês na cidade portuária de Lítia, Bryn Tor, onde o Senado irá pousar. Está fora do meu caminho, mas não é um desvio tão grande. E aí já deu pra mim, entendeu? Tenho que fazer negócios, encontrar pessoas e vocês já abusaram demais.

Mas embora sua voz estivesse ríspida, havia um brilho em seus olhos vermelhos.

O SENADO VOADOR

Eles atracaram em Bryn Tor no dia seguinte, no final da tarde. Christopher estava no convés quando chegaram ao porto, inclinando-se para observar, com Gelifen em seu ombro. Warren ficou no barco, com uma lata de tinta de betume, um pincel enorme e Ratwin como companhia, e Nighthand os guiou para a cidade. Caminharam por ruas de paralelepípedos apinhadas de gente, com edifícios manchados pelo mar erguendo-se ao lado, reluzentes na luz fraca. Estava viva com vozes.

— É um lugar movimentado — disse Nighthand. — Centenas de comerciantes passam por aqui todos os dias. Seda crua de Ceretos, ouro e gotas-desejo de Antiok. — Eles passaram por barracas, lojinhas, grupos de crianças brincando nas ruas. Um garotinho estava absorto em um jogo de bola com um gato de pelagem luminescente. O gato brilhava tanto quanto um poste de luz, apesar de suas patas sujas. — Atidina vende caranguejos aqui, congelados no gelo. Comerciantes de Doushian trazem velas de asas de pégaso. — Christopher observou quando uma fênix se empoleirou em cima de um poste; ninguém olhou duas vezes.

Mal estava tensa, olhando por cima do ombro a cada passo. Era difícil se misturar. Christopher estava ciente de sua calça jeans, mas em grande parte eram o tamanho e musculatura de Nighthand que atraíam olhares tanto de homens quanto de mulheres, e sua estratégia para se mover pelas multidões. As palavras "com licença" não pareciam fazer parte de seu vocabulário. Ele era seu próprio aríete: abaixava a cabeça e caminhava.

— Afastem-se! — gritava ele conforme abria caminho através de uma multidão de jovens. — Vamos passar pela velha praça da fonte para ir até o mercado.

A praça era sombria, cercada por árvores e pequenos cafés pintados com cores vivas, mas Nighthand não parava para permitir que Gelifen comesse as sobras nas mesas. Enquanto Mal e Christopher trotavam para alcançá-lo, uma horda de lebres, todas com chifres de ouro brilhante, vieram saltitando até eles. Elas se reuniram ao redor de Christopher e Mal, e ele se abaixou para admirá-las.

— O que elas são? — O entusiasmo das criaturas era perigoso. Chifres dourados esbarravam nas pernas deles e cutucavam suas mãos.

— Al-mirajs — disse Mal. — Nunca os vi agindo assim na vida. Costumam ser bem tímidos.

— Deixe eles, Christopher — disse Nighthand. Um se aproximou dele e ele o afastou com o pé. — O Senado vai pousar.

Com relutância, ele os deixou. Os al-mirajs seguiram em uma longa fila única, a ponta do chifre de um al-miraj apenas roçava a cauda branca do outro à frente. Brotos de grama germinavam atrás deles, deixando um rastro, para mostrar onde haviam pisado. Uma jovem ratatoska agachada no parapeito de uma janela viu e prestou atenção.

Eles contornaram um grupo de marinheiros e entraram em um mercado. Os al-mirajs ainda seguiam Christopher. Ele olhou ao redor do mercado, admirado: havia dezenas de barracas de frutas, com carrinhos de mão empilhados de ameixas gigantes do tamanho de melancias e laranjinhas minúsculas do tamanho da unha do polegar.

— Sigam por aquela rua até o Senado. Vou embora antes de ser visto por algum daqueles funcionários que ficam agitando papéis de cobrança — disse Nighthand. — Eu até desejaria boa sorte para quando vocês contarem sua história para o Senado, mas seria um desperdício. Você parece que cortou a franja com uma faca de peixe enferrujada, Mal, e o grifo comeu parte de seu suéter, Christopher. Além disso, um comboio de coelhos dourados está te seguindo. Nenhum de vocês inspira confiança. — Ele balançou a cabeça, movimentando com força. — Então, adeus.

Nighthand foi embora antes que eles pudessem responder, trombando com uma barraca de laranjas. Christopher estremeceu ao observá-lo se afastar.

— O que você vai falar para eles? — perguntou Christopher. — Para o Senado?

— Vou falar a verdade. Que tenho ido à floresta por meses, e que o solo e as criaturas estão morrendo. Não é só o assassino, é algo muito maior e pior do que ele. Encontrei o corpo de um boi-marinho na costa. Era um filhote. Eles não deveriam morrer até ter, pelo menos, cem anos. Estava inchado de água, como se tivesse se afogado, mas como é que um boi-marinho pode se afogar, quando eles *nascem* na água? Contei para a minha tia-avó, e ela disse que eu tinha que deixar essas coisas para os adultos.

Enquanto ela falava, o relógio começou a bater.

— Vamos! — disse Mal. — Estão chegando.

Eles correram para a praça. Os al-mirajs seguiram. A praça estava rodeada de enormes postes de metal, com o topo feito para lembrarem maçãs, e salpicada com algumas árvores de aparência antiga. Administradores de terno afastavam a multidão de onde o edifício pousaria. Christopher olhou com atenção, protegendo os olhos do sol do fim da tarde.

— Ali está! — gritou uma voz na multidão.

O edifício era um ponto no céu. Era circular, construído em pedras amarelas extraídas pelas esfinges, com um grande telhado abobadado e venezianas pintadas de cores vivas fechadas com segurança sobre as janelas.

Acima dele voavam vinte cavalos-alados com escamas, cada um usava um arnês e batia as asas no céu. Os al-mirajs os viram, assustaram-se e sumiram na multidão.

O edifício balançou no ar. Os longmas o seguraram firme, até que ele ficasse completamente imóvel, dez metros acima da praça. Então, com muito cuidado, como se estivesse colocando um bebê para dormir, os longmas abaixaram o grande edifício de pedra no lugar. Ele pousou com uma precisão tão perfeita que os galhos de uma das árvores ficaram pertinho de uma janela, como se estivessem estendidos para acariciar o vidro.

Logo ouviu-se um grito e parte da multidão se aproximou, de uma maneira bastante eficiente. Um homem e uma mulher subiram uma escada presa à parede, sem se preocuparem com a altura vertiginosa, até o telhado, onde começaram a soltar os longmas de seus arneses. Eles jogaram pedaços de carne no ar e os longmas mergulharam para pegá-los, circularam uma vez e desapareceram.

— Os longmas voltarão, quando for hora de viajarem outra vez — disse Mal.

As venezianas do edifício do Senado estavam sendo abertas, e um bando de homens e mulheres vestindo macacões se moveram para prestar atenção nelas, verificando se havia danos causados durante a viagem.

Christopher espiou pela janela mais alta. Viu uma sala grande e de teto alto, forrada de pinturas a óleo — algumas de humanos, algumas de criaturas, algumas dos dois, lado a lado. Ele apenas conseguia vislumbrar, na outra extremidade, uma fila de seis homens e seis mulheres, alguns encapuzados, outros com a cabeça descoberta, uma delas com uma linha tatuada no queixo, sentados em 12 cadeiras enormes. A maior cadeira era ocupada por um homem na casa dos cinquenta anos, de pele marrom escura, uma toga acadêmica e uma aparência formidável de poder. A maioria deles tinha cabelo grisalho e rosto marcado pelo tempo e pelo aprendizado: eles pareciam imponentes, impecáveis.

Na lateral do edifício, um sino começou a badalar, e um grande aglomerado de pessoas avançou para entrar no Senado.

Mal e Christopher tentaram avançar com a multidão, de cabeça baixa, com Gelifen escondido dentro do casaco de Mal, tão discretos quanto podiam, mas foram impedidos por um guarda senatorial que vestia uma jaqueta preta com tranças douradas.

— Crianças não são permitidas.

— Mas precisamos entrar! — disse Mal.

— Não viu o aviso?

Pintadas sobre a porta, em cinco línguas diferentes, estavam as palavras: *Devido à natureza do trabalho do Senado, menores de nenhuma espécie são permitidos.*

Mal ergueu o queixo com tanta força para o homem que parecia que ela com certeza deslocaria a mandíbula.

— Não somos menores, nenhum de nós. Só somos mais baixos do que os adultos comuns. E hidratamos nossos rostos de hora em hora, para não ficarmos enrugados.

O guarda não estava convencido nem contente. Apenas sinalizou para o outro guarda — este mais alto e mais velho, que disse:

— Saiam da frente, ou teremos que prendê-los. Este não é um local para brincadeiras.

Eles se afastaram e contornaram a lateral do edifício curvo, parando do lado de fora de uma das janelas. Mal teve que ficar na ponta dos pés e se apoiar no parapeito para enxergar. Do lado de dentro, as fileiras de lugares estavam cheias e a primeira sessão da corte já tinha começado.

Uma mulher estava se aproximando dos senadores. Ela usava roupas pesadas e cuidadosas: sapatos de amarrar e uma saia de lã cinza-escura com fiapos. Tinha a pele negra, com um brilho intenso, e cabelo curto que também brilhava à luz. Ela tinha um olhar de grande seriedade quando subiu ao tablado de madeira para falar.

Se eles se esforçassem, poderiam ouvir a voz dela, ecoando pelo salão.

— Senadores, meu nome é Irian Guinne. — Sua voz era profunda e musical. — Sou uma cientista marinha, uma estudiosa dos oceanos, com um cargo na Universidade de Alquon, no oeste de Antiok.

Christopher afastou-se um pouco mais, indo até a janela perto da árvore. Essa era menor, mais alta, posicionada bem na parte de trás da sala e parcialmente coberta por uma cortina de veludo verde. Para sua surpresa, ela se abriu alguns centímetros quando ele a empurrou para cima.

Do lado de dentro, a mulher ainda falava.

— As águas estão sofrendo. Todos nós que estudamos os oceanos percebemos, mas poucas pessoas acreditaram em nós. O último ano foi o pior. A vida das águas está morrendo: as nereidas, as náiades, as sereias. Elas estão sufocando na água. Famílias inteiras de sereias nas regiões do Norte, até perto de Tār, foram encontradas mortas. Acreditamos que seja um enfraquecimento do glimourie. As criaturas do Norte que não migram estão vindo para o Sul, o Oeste e o Leste: krakens e bois-marinhos. Um ecossistema inteiro foi rompido.

— Mal — sussurrou Christopher. — Escute só!

Mal veio correndo. Lá dentro, Irian Guinne continuou:

— Precisamos de mão-de-obra para monitorar o que foi perdido, em todo o Arquipélago. Precisamos que o Senado disponibilize verba para enviar uma expedição ao local da colônia dos grifos para descobrir o que os matou.

O senador geral falou:

— Obrigado por seu depoimento. — Sua voz era precisa e afiada. — Levaremos seis meses para consultar as autoridades competentes, como é o procedimento, e informaremos o que foi decidido.

Eles empurraram a janela um pouco mais, que se abriu sem fazer barulho. Um homem com uma capa olhou na direção deles dos bancos internos e eles se abaixaram para ficar fora da vista.

Lá dentro, as vozes ficavam mais altas.

— Em seis meses será tarde demais! — disse Irian Guinne.

Christopher articulou para Mal: *"Podemos escalá-la."*

— Controle-se, madame! Não podemos aterrorizar a população do Arquipélago com base em uma reunião preliminar. Seria o caos.

Mal concordou com a cabeça. "*Você primeiro.*"

— O caos já está instaurado! Acontece que é um caos que atualmente os humanos são capazes de ignorar. As criaturas, as criaturas que dependem do glimourie, não podem se dar a esse luxo!

Ele esperava que a árvore o protegesse dos olhares. Christopher subiu no parapeito e, pouco a pouco, foi erguendo a janela mais alto. Dali, pôde ver o rosto dos senadores. Havia uma verdadeira erudição ali, e uma grande variedade de conhecimento. Mas também havia um amor pelos procedimentos e resistência à mudança. Havia arrogância estampada em algumas daquelas bocas.

— Por favor! — Irian Guinne desceu do tablado e passou pelo porteiro, caminhando em direção às cadeiras. — Permitam que eu mostre, permitam que eu mostre o que eu trouxe. Aqui! Vejam! — Ela tirou algo de bolsa. — Uma estrela-do-mar morta! Uma estrela-do-mar karkarana. Elas brilham como estrelas por centenas de anos! Morta, mal havia crescido! O osso de um hipocampo recém-nascido!

— Madame! Não se aproxime dos senadores!

Irian ficou de joelhos.

— E se eu me ajoelhar diante dos senhores? E se eu implorar?

Christopher moveu-se com cuidado atrás da cortina, preparando-se para descer no salão.

— Por favor, retirem essa mulher — disse outro senador, um homem com ombros largos e taurinos e algumas gotas de suor na pele pálida.

— Não posso ir embora! — disse Irian. — Por favor, os senhores são a última esperança.

— Você será acusada de desacato à justiça.

Um guarda se aproximou dela, mas antes que Christopher pudesse ver mais, sentiu uma mão se fechar em volta de seu tornozelo e a voz de um homem atrás dele disse:

— Invadir e entrar em um tribunal de justiça, garoto, é uma péssima ideia.

* * *

Cinco minutos depois, Mal e Christopher estavam diante do edifício do Senado, cada um nas mãos de um guarda senatorial. Os dedos do guarda estavam cravados com força no ombro de Christopher. Um terceiro homem, com a jaqueta bem esticada sob o peito, tinha se apresentado sem entusiasmo como guarda Carr, chefe da proteção do Senado.

— Leve-os para as Celas do Pavilhão — disse ele —, até que encontre um dos pais.

— Vocês vão ficar procurando por um tempo — murmurou Mal.

Carr olhou para Mal, com os lábios apertados e as narinas dilatadas, mas antes que pudesse dizer alguma coisa, houve uma agitação do lado esquerdo. As grandes portas do Senado se abriram e Christopher virou-se para ver Irian Guinne sendo arrastada e conduzida para fora do edifício por um quarto guarda.

— Pelo Imortal! Leve-a também — disse Carr. — Será acusada de perturbação no tribunal, e mande um alerta pelas crianças. Deve ter alguém responsável por elas.

E então, bem quando o dia parecia desesperador e o mundo começava a se parecer com areia movediça, de repente, uma voz gritou:

— Cavalheiros! — O grito veio do outro lado da praça, e foi alto o suficiente para assustar os pássaros das árvores. — Um momento de atenção.

Nighthand caminhava depressa em círculo ao redor da praça, parando a cada poste de luz. O coração de Christopher deu um salto, e ele ouviu Mal arfar quando ela percebeu o que ele estava fazendo, e viu seu rosto se abrir em um sorriso repentino e franzido.

Ele parou no poste mais próximo dos guardas. Uma pequena adaga, com uma lâmina de apenas 15 centímetros, estava em sua mão. Com um golpe fácil, ele cortou nove décimos da circunferência do poste.

Estendeu um único dedo do tamanho de um cano de arma e o empurrou. Ele tombou com um som agudo de metal e acertou o próximo poste, que caiu de lado no outro. Como dominós, um a um, o grande círculo de postes foi desabando. O barulho foi sensacional: como se uma orquestra de metais estivesse sendo serrada ao meio.

Os guardas ficaram boquiabertos de espanto, com as amídalas visíveis para o mundo. Nighthand virou-se para os guardas.

— Parece que eu descobri uma falha de design nesses postes.

Carr recobrou-se primeiro.

— Jerim! Pegue-o!

Nighthand virou-se para Christopher e Mal.

— Sugiro que este seja o momento para correr. — E, então, enquanto eles encaravam a ruína ao redor, falou: — Eu disse para *correr*!

O ESTABELECIMENTO DE BEBIDAS FAVORITO DE FIDENS NIGHTHAND

Eles correram. Deixando Nighthand e os outros quatro homens para trás, Christopher, Mal e Irian Guinne correram para fora da praça e desceram uma das ruas laterais. O bando de al-miraj surgiu de trás de uma banca de jornais e os seguiram, brotos verdes irrompiam atrás deles.

Em um minuto, Nighthand estava com eles, ofegante.

— Não fiquem enrolando — disse ele. — Eu atrasei o progresso deles, mas não queria machucá-los muito. Pode ter mais deles vindo. Rápido. Por aqui. — E os guiou até uma estrada estreita e sinuosa. Ele se virou para Irian. — E quem é essa aí com os sapatos de bibliotecária?

— Eu sou uma cientista marítima — disse Irian.

Ela falou baixinho, mas era o tipo de voz que fazia as pessoas se calarem para ouvir. Nighthand piscou algumas vezes ao ouvir isso.

— E por que eles estavam te prendendo?

Ela explicou às pressas, e Nighthand grunhiu.

— Eu falei para as crianças que o Senado não ajudaria em nada. Andem mais rápido. E mantenham os olhos atentos. Se seu assassino viu você pular no meu barco, ele vai saber onde está atracado agora.

Um lampejo de medo cruzou o rosto de Mal.

— Mas como?

— Relatórios da Guarda Costeira. Você tem que se registrar quando chega. Tentei evitar, mas era impossível e eu não estava disposto a causar mais caos e confusão.

— Sério? — perguntou Irian. — Não era necessário registrar barcos particulares da última vez que estive aqui.

— É uma lei nova. Tem acontecido muitos ataques no mar; eles estão tentando melhorar os registros. — Ele olhou para trás e os conduziu por uma rua lateral escura, de paralelepípedos e com muros altos. — Criaturas marinhas andam atacando navios. Gárgulas, em alguns lugares, e um bridgi. — Então, vendo o rosto de Christopher, disse: — É uma espécie de tubarão; ele suga os navios para o fundo do mar. Não costumava haver tantos, um ou dois no ano, talvez. Mas os números andam crescendo. Por aqui.

Irian caminhou depressa ao lado de Christopher. Ela tinha uma bolsa pendurada em um dos ombros, mas andava ereta e rápido. Seus olhos eram bem escuros, com manchas prateadas nas írises castanhas.

— O que você vai fazer agora? — Nighthand perguntou a ela.

— É uma boa pergunta. Eu pretendia voltar para meu posto de pesquisa hoje à noite, na balsa noturna, mas só se eu tivesse sucesso. Agora, já não sei. De que serve a pesquisa se ninguém vai ouvir?

Nighthand virou-se para olhá-la.

— Esses sapatos — disse ele para a mulher. Falou todo sem maldade. — Explique para mim. Você perdeu algum tipo de aposta?

Ela riu. Christopher não sabia dizer se ela estava magoada; e se estava, escondia muito bem.

— Ah! Eu costumo ficar descalça em casa — respondeu ela. — Mas esses são bem confortáveis, e baratos. E eles fazem com que as pessoas parem de olhar para mim, o que aprecio.

— Por quê?

— É mais fácil pensar quando não estou sendo observada. E pensar é o que me importa.

As ruas ficavam mais estreitas e menos iluminadas quanto mais longe Nighthand os levava. Ele abriu uma porta na parede.

— Aqui. Você também — disse para Irian. — A Cauda da Náiade. Meu boteco favorito.

Um boteco, ao que parece, era como um bar em seu mundo, pensou Christopher. Era pequeno, com paredes aconchegantes de painéis de madeira e pouca iluminação. Havia grupos de clientes, em sua maioria pescadores e pescadoras mais velhos, e um piano. Um homem baixo estava sentado ali, tocando algo lento e suave nas teclas sem olhar para as mãos. No lugar de uma partitura, ele tinha um livro apoiado. De vez em quando lambia o dedo e virava a página.

Nighthand gesticulou para a garçonete, que lhe lançou um aceno de cabeça.

— O de sempre, Felia, por favor.

Eles acharam uma mesa vazia no fundo do salão. As pessoas se viraram para encará-los enquanto caminhavam até lá. Christopher ouviu um sussurro: "Aquilo é um *grifo*?", mas Mal manteve a mão protetora nas garras de Gelifen e o grifo permaneceu com a cabeça enterrada em seus braços.

Quando se sentaram, uma criaturinha, de pelo liso e marrom-avermelhado, que parecia uma raposa do tamanho de um rato, com uma longa cauda que se dividia em duas, saiu de trás do bar e cheirou os tornozelos de Christopher.

— É um kanko! — disse Mal. Seu rosto, tenso desde o encontro com o Senado, iluminou-se e ela sorriu para Christopher. — Raposas da luz! Elas dão sorte, não lembro muito bem como, mas dão.

— Cuidado, Christopher — disse Nighthand. — Elas gostam de fazer ninhos em coisas vivas: na cabeça de javalis ou no cabelo das pessoas.

Irian sorriu.

— Meu primo já acordou com kankos tentando rastejar até as orelhas dele para fazer um ninho lá. Então, cuidado com seus ouvidos.

O kanko ergueu-se nas patas traseiras, cravou as garras na calça jeans de Christopher e escalou até a mesa. A criatura lambeu seu pulso e a saliva brilhou como um vagalume em sua pele. A presença dessa criaturinha minúscula percorreu Christopher como uma descarga elétrica.

— É bom. — Foi tudo o que Christopher disse.

Os olhos de Nighthand varreram a sala. Ele sacou a adaga, ainda na bainha, e a colocou sobre a mesa, só por garantia.

— Posso dar uma olhada? — perguntou Irian. O tom suave de sua voz era ainda mais notável no relativo silêncio do bar. Um grupo de clientes virou-se para escutar, até Nighthand encará-los: o som pareceu fazer com que até o vento da chaminé diminuísse.

Nighthand concordou, e ela levantou a faca nas mãos.

— Como você fez aquilo lá trás? — perguntou ela. — Com os postes?

— Essa é a lâmina glamry — respondeu Nighthand. — O Velejador a vendeu para mim. Dizem que corta qualquer coisa no Arquipélago. Tenha cuidado! — alertou ele, quando ela desabotoou a bainha. Ele estendeu a mão enfaixada. — Dei uma batidinha no polegar para testar, ela cortou até o osso.

Christopher olhou para a lâmina nas mãos da mulher. Tão afiada que era impossível focar os olhos na ponta: parecia desaparecer no nada.

— Você precisou de pontos? — perguntou ele.

— Eu mesmo fiz — respondeu Nighthand. — Sempre carrego linha e agulha.

A garçonete Felia trouxe uma garrafa de vinho.

— Doeu? — perguntou Mal, interessada.

Ele deu de ombros.

— Eu sou um berserker — disse ele como se fosse uma resposta.

Mal ficou ansiosa.

— Um *de verdade*? Jura?

Irian inclinou-se para frente. Ela tinha a serenidade de alguém acostumada a ouvir bem e com atenção.

— Nunca conheci um berserker. Tinha a impressão de que estavam todos mortos.

Nighthand franziu o cenho e serviu vinho em duas taças, fazendo-as transbordar.

— Bom, é claro que não estão. — Ele se virou para Christopher. — Berserkers são guerreiros, os melhores que o mundo já viu.

— Eles não sentem dor — comentou Mal.

— Não. Não é isso. Até sentimos dor. Mas não sentimos *medo*. Daí a dor não é um problema, a menos que piore muito a ponto de o corpo não querer cooperar.

— Quando você diz que não sente medo — disse Christopher —, quer dizer que fisicamente não sente?

— Sei lá. Ainda não senti.

— É por isso que seu barco se chama *Nuncatema*? — perguntou Mal.

Ele deu de ombros e tomou um longo gole.

— É. Eu não o batizei, foi Ratwin. Por mim, se chamaria *Barco*, mas ela não gostou.

Irian devolveu-lhe a lâmina.

— É uma arma e tanto. Dá para sentir o glimt nela. E ela corta tudo mesmo?

Nighthand encheu novamente a taça e bebeu o vinho. Ele fez que sim para Irian; algo no rosto dela parecia incitar a imprudência nele.

— Quer vê-la em ação? — Ele a girou nos dedos e com um único movimento fatiou os cinco centímetros superiores da taça do vinho. O vinho derramou-se na mesa de madeira. Não fez barulho, nenhum chiado do metal no vidro: o corte foi perfeito.

— É melhor você pagar por isso, Nighthand — gritou a garçonete. — Ou vou chutar esse seu enorme traseiro pra fora daqui.

Nighthand deu um meio sorriso.

— Eu seria mais educada, se fosse você, com o homem com a lâmina glamry.

— Com ou sem glamry — disse ela, aproximando-se com um pano —, ninguém corta meus copos sem pagar.

— Sabia que está falando com um berserker?

— Sei, sim — respondeu ela com sarcasmo, mas não sem afeição. — E tudo bem ser destemido e tal, mas um pouquinho de ansiedade em sair ofendendo todo mundo com quem você conversa pode fazer você parecer um pouco menos criminoso.

— Berserkers não precisam de bons modos.

— Já sei tudo sobre os berserkers, valeu. — Ela limpou o líquido e bateu com uma nova taça na mesa, com um prato de queijo e um frasco de alguma coisa em conserva. — Mas não tem um Imortal para você proteger, tem? Há cem anos pelo menos, então o que você é, *senhor*, é um bêbado desempregado que, por acaso, é excepcionalmente grande. E é melhor que esse bêbado desempregado tenha dinheiro suficiente para pagar por aquela taça.

O kanko cheirou o prato. Christopher dividiu o maior pedaço de queijo em dois, deu metade para a criatura e comeu a outra. Era firme, salgado e delicioso.

— Ei! Não dê tudo para o kanko — reclamou Mal. — Quero um pouco e Gelifen também.

— Tem muito sobrando! — disse Christopher. — De qualquer forma, um grifo pode comer queijo?

— Se ele quiser, pode — respondeu ela. Gelifen queria o queijo. Subiu na mesa, feliz e faminto, e devorou metade do prato antes que Mal levantasse seu corpo relutante e agitado dali. Houve um breve intervalo, no qual Gelifen se opôs e suas penas foram alisadas, e Mal comeu mais do que a parte justa do restante do queijo, levantando as sobrancelhas para Christopher, desafiando-o a reclamar.

— E agora? — perguntou Nighthand. — Agora que eu mantive todos vocês fora da prisão, o que estão pretendendo fazer?

— Não vamos desistir — disse Mal. — Vamos para outro lugar. Vamos encontrar alguém que saiba *de verdade* o que está acontecendo.

— Tem as esfinges — comentou Irian.

Mal franziu a testa.

— Mas minha tia-avó diz, *dizia...* — e ela sussurrou — *Dizia, dizia, dizia.* — Engoliu em seco. — Ela dizia que é impossível chegar lá.

— Não é impossível — disse Irian. — Mas são águas perigosas e é preciso escalar um penhasco para chegar até lá. Elas são bem protegidas.

— E — disse Nighthand, esvaziando sua taça outra vez e espiando dentro da garrafa vazia — elas comem os visitantes.

— Elas raramente fazem isso — comentou Irian. — Não devemos exagerar, senhor Nighthand.

— Com que frequência? — perguntou Mal.

— Uma a cada cem vezes — respondeu Irian.

— Se uma em cada cem vezes que você consultasse um livro — disse Nighthand —, o livro te comesse, você leria menos livros. Então a maioria das pessoas prefere ficar longe.

— Elas não vão atacar logo de cara — continuou Irian. — Elas não são assim. Não são impulsivas. São milenares, têm rituais e leis, e considerações que estão além de nossa compreensão. Elas sempre perguntam o enigma antes. Se fosse para alguém saber qual é essa doença que tomou conta do glimourie, seriam elas. Ou os dragões, mas os dragões não são estudiosos.

— Podemos ir lá? — perguntou Christopher. — Até as esfinges?

Nighthand soltou um arroto.

— Estou com cem caixas de vinho-fogo para levar para o Leste, e pérolas ouropel para levar para Archos.

— Isso pode esperar — disse Christopher. — Não pode? Vinho e pérolas não estragam.

— Não pode não. Não posso mantê-las no barco por muito tempo. Não preciso que alguém venha bisbilhotar atrás da papelada.

— Se você é comerciante — disse Mal —, por que a dona do bar disse que estava desempregado?

Antes que ele pudesse responder, Gelifen vomitou o queijo nos sapatos de Nighthand.

— Eca, pelo Imortal! É por isso que eu não gosto de crianças. Elas são arautos do vômito e ficam fazendo perguntas idiotas!

— O que ela quis dizer com... — começou Mal, mas Nighthand olhou para ela com toda a força de suas sobrancelhas violentamente vigorosas e ela ficou em silêncio.

— Ela quis dizer, imagino — disse Irian com gentileza, e bebericou seu vinho —, que, historicamente, o trabalho de um berserker é proteger o Imortal. Todo o resto, trabalhar em barcos, ou construí-los, ou ser um soldado, não é trabalho de verdade para um berserker.

Nighthand resmungou, e pediu outra garrafa de vinho.

— Tem certeza? — perguntou Irian. — Não deveríamos manter a cabeça no lugar?

— Não vejo por quê. O mundo é melhor quando estou bêbado. Me decepciona menos.

Mal trouxe o assunto de volta.

— Christopher não sabe sobre o Imortal — disse ela. — Você é uma cientista, Irian, não é? Conte para ele.

Irian concordou.

— O Imortal — começou ela — foi uma alma nascida da primeira maçã do mundo, na primeira árvore do mundo: a Árvore Glimourie, a árvore da qual provém toda a magia. E da maçã, a alma passou para um peixe. Quando o peixe morreu, a alma renasceu como um falcão, um pardal, um lobo e milhares de outras criaturas, e por fim como um humano. Uma mulher.

— E então — continuou Mal —, a cada morte, o Imortal renasce. Pode nascer em qualquer família: de camponeses, políticos, príncipes, pastores, guerreiros. É a alma Imortal num corpo humano.

— Exato. Ela vive — disse Irian — desde o início da vida humana, e viverá até o final da existência humana. Talvez até mais. E ela não se esquece.

— E os berserkers sempre protegeram o Imortal — disse Nighthand. — Eu sou um dos últimos berserkers vivos. — A garçonete colocou uma nova garrafa sobre a mesa.

— Perdão... uma *maçã*? — perguntou Christopher.

— Olhe, eu não inventei nada — disse Nighthand. — Reclame com o infinito.

— E é *verdade*? — perguntou Christopher. — Ou uma metáfora?

— De verdade — respondeu Mal.

— O Imortal se lembra de tudo que viu, em cada vida. Ele é a memória viva e o conhecimento vivo — disse Irian. — Ele viu todos os nossos possíveis caminhos. Isso significa que pode prever um desastre antes que aconteça, pode impedir um erro antes que seja cometido. Ele se lembra do que foi feito para salvar vidas, do que foi feito para destruí-las. Dá conselhos para regentes, ministros e estudiosos.

— E... — Nighthand tomou um gole direto da garrafa e a segurou na boca, pensativo — Ele nos *conhece*. Ele nos guarda. Sabe de coisas tão profundas e distantes que nós nos esquecemos que nos esquecemos que nos esquecemos delas. As pessoas das Outras Terras, seu mundo, também sabem disso. Um dos seus antigos poetas, John Dun, John alguma coisa, escreveu sobre isso, e está em algumas canções antigas também. É verdade, garoto.

Parecia profundamente improvável para Christopher. Uma maçã, um lobo, um pássaro: uma alma imortal.

— Mas se você é o guardião do Imortal, por que não está com ele?

Nighthand não tinha o olhar relaxado de um homem de férias.

— Porque o Imortal desapareceu — disse ele com pesar. — Já faz cem anos que não existe um Imortal. Foi quando meu tatara... — E, de repente, cada pedacinho de seu corpo se enrijeceu.

Seus olhos seguiram os do kanko. A criaturinha tinha ficado de pé e encarava a porta. Seus pelos estavam eriçados ao longo de suas minúsculas costas cor de raposa. Essa era a sorte que concedia: a sorte da atenção.

O álcool deixou a voz de Nighthand arrastada.

— Mal. Christopher. Irian. Tem uma saída nos fundos que dá para a rua lateral. Venham. Agora.

— Por quê?

— Cabelo loiro, você disse, não é? Corte na bochecha?

Todo o sangue do corpo de Christopher esvaiu-se.

Uma sombra passou pela janela e a porta começou a se abrir.

— Adam Kavil. O assassino. Está do lado de fora.

FOGO NO CÉU

Nighthand jogou umas moedas sobre a mesa e eles correram, em uma agitação de penas de grifo e vinho derramado, pela porta dos fundos para a rua. Nighthand olhou para trás.

— Para o barco. Rápido.

— Mas por que estamos fugindo? — perguntou Mal. — Você poderia matá-lo com a lâmina glamry!

— Eu poderia matá-lo sem a lâmina também. — Ele os guiou por um beco, passando por um alpendre de ferro corrugado, em direção ao cais. — Mas em uma cidade, sem motivo, com uma dúzia de testemunhas? Eu acabaria na prisão e vocês dois num orfanato. E se ele foi enviado para te matar, o que impedirá quem quer que esteja por trás disso de usar outra pessoa? Não. Matá-lo não é a resposta.

— Como... ele encontrou a gente? — Mal ofegou.

Um pensamento passou pela cabeça de Christopher e ele fez careta.

— Acho que os al-mirajs deixaram um rastro — disse ele. — Verde, nas rachaduras das calçadas. Tipo migalhas.

Eles chegaram a uma rua cheia de pessoas vestindo trajes de gala e tiveram que parar de correr por medo de chamarem a atenção. Em vez disso, eles andaram, os quatro, o mais rápido que podiam, pelas ruas escuras.

Sob o brilho dos postes da rua — com chamas de verdade, Christopher notou, que queimavam sem parar, sem tremeluzir — o *Nuncatema* aguardava. O cais estava, em grande parte, deserto, os barcos, guardados para a noite, exceto por um grupo de homens na doca, bebendo café de uma garrafa térmica.

Warren estava sentado em um caixote com sua faca de bolso e uma pedra de amolar e ergueu os olhos, assustado, quando eles chegaram.

— O que está acontecendo? — perguntou ele. — Pensei que a gente navegaria amanhã. E o que *eles* ainda estão fazendo aqui?

— Mudança de planos — respondeu Nighthand. Virou-se para as crianças. — Subam.

Mal subiu a prancha correndo, seguida por Christopher. Nighthand virou-se para Irian.

— Você vem com a gente?

— Até as esfinges? Então você vai levá-los? Acho que...

— Uma estudiosa seria útil — disse Nighthand. — Para responder aos enigmas. Não sou filósofo e, em um mundo ideal, preferiria não ser comido. E você me deve uma, pelo negócio dos postes.

— Mas... estou toda despreparada! Não trouxe bagagem, não tenho nada.

— Nenhum de nós tem. Não estávamos esperando por isso. Em geral, essa é a natureza das aventuras. Os aventureiros tendem a feder. As grandes histórias épicas fediam, imagino, mais do que os historiadores dão crédito.

Ela titubeou apenas por um momento — um momento no qual risco e razão, medo e uma espécie de curiosidade animada e ansiosa colidiram visivelmente em seu rosto. Então concordou.

— Isso me parece bom — disse ela, e correu para embarcar, com passos firmes.

Nighthand a seguiu; qualquer um que olhasse com atenção poderia ter visto um rubor rosado, como a cor do nascer do sol, surgir em seu pescoço e bochechas. Ele chamou Warren:

— Cadê a Ratwin?

— Ela deve voltar a qualquer momento.

— Não podemos navegar sem ela. Prepare-se, vamos partir assim que ela chegar.

De repente o estômago de Christopher embrulhou. Ele agarrou o pulso de Mal e puxou-a para baixo no convés.

— Ai! Por que você fez isso?

— Ele está aqui! — sussurrou Christopher. — O homem. Kavil. — Ele espiou por cima da borda do barco. Kavil estava na esquina de uma das ruas ao lado do cais, olhando de um lado para o outro. Sua pele parecia acinzentada à luz da lâmpada, e seus olhos tinham manchas roxas debaixo deles.

— Nighthand! — sibilou ele. — A gente precisa ir.

— Não sem a Ratwin — disse Nighthand. — Ela é a melhor navegadora que já tive.

— Aí está ela! — disse Warren. — Ratwin! Rápido! Não, não pare para limpar seus bigodes!

A ratatoska subiu a prancha, com um mapa na boca, e Nighthand levantou a prancha quando Ratwin passou.

— Levantar âncoras! — gritou Nighthand.

O barco saiu do cais para a grande escuridão da baía.

Ratwin cuspiu o mapa no convés. Olhou para Christopher de cima a baixo e farejou.

— Você ainda aqui?

— Sim — respondeu ele. — Estou, sim. Esse mapa é de onde?

— De todo o Arquipélago. Mas este tem os corais marcados, corais que crescer tão alto quanto árvores embaixo da água, que deixam um barco em pedaços se tentar navegar por cima deles.

— Sério? — perguntou Christopher. — Florestas de corais?

— Eu nunca contar as longas lorotas elaboradas das ratatoskas sobre navegação.

* * *

Christopher abriu os olhos na manhã seguinte e deparou-se com uma escuridão. Ele tossiu e se endireitou num emaranhado de penas. Gelifen tinha pegado no sono todo esticado sobre seu rosto. Mal estava a seu lado, começando a se mexer à primeira luz.

Gelifen mordiscou os dedos de Christopher para cumprimentá-lo, arrancou uma de suas penas com o bico e a ofereceu a ele.

— Ele quer que você use como palito de dente — disse Mal, tirando a franja dos olhos e se sentando. Sorriu e começou a refazer a trança, passando o longo fio de ouro por ela. — Já que não temos escovas de dente.

A alguns passos de distância, Ratwin estava empoleirada na lateral do barco, conversando com Nighthand.

— Warren e eu não tivemos tempo de pegar suprimentos em Bryn Tor — disse ele. — Então vamos ter que parar no próximo porto para conseguir água e comida. Qual é o mais próximo?

Ela olhou para o mar e para o mapa, e seu rosto de esquilo refletiu sobre isso.

— Com esses ventos, e climas? A Ilha de Vistaia é o melhor.

— Vai servir — concordou Nighthand. — Faz anos que não passo por lá, mas eu tinha um bom amigo na cidade, um vendedor de fogo de salamandra. — E ao ver que Christopher estava ouvindo, ele acrescentou: — O fogo soprado no último suspiro de uma salamandra. Se você conseguir pegá-lo com um pedaço de madeira, papel ou palha, ele nunca se apaga. É usado nas lâmpadas do cais.

Mal colocou Gelifen no ombro.

— E o café da manhã? — perguntou ela.

Estava pronto. E eles comeram, os cinco humanos, o grifo e a ratatoska, sentados no convés sob o sol nascente. Havia um pão escuro achatado, que eles comeram mergulhado em azeite de oliva. Havia um pedaço de peixe seco tão delicioso e salgado que era como comer o próprio mar. Gelifen recebeu o que chamavam de "parte do leão" — ou "parte do grifo" de acordo com Mal — que era o maior pedaço. Ele os agradeceu com cortesia, batendo em cada um com a ponta do bico.

— Estou imaginando coisas ou ele está... crescendo? — perguntou Christopher. O grifo, aninhado em seu colo, parecia mais pesado.

— Você não está imaginando — respondeu Mal. — Eles crescem rápido, em estirões repentinos. Ele está com seis meses agora, estará maior do que eu quando for adulto.

Christopher deu a Gelifen o último pedaço de seu peixe, só para vê-lo vibrar de alegria. Uma grande borboleta, cinza e azul, pousou no convés e Gelifen lançou-se atrás dela.

— Eles são pássaros alegres, os grifos — disse Irian. — Admiradores da vida em abundância.

Ratwin empoleirou-se sobre uma pilha de cordas, limpando suas orelhinhas verdes.

— Fortes asas, os grifos. Certa vez conheci um grifo — disse ela — que voar até a lua, e comer um pouco de café da manhã, e voltar para o jantar.

— Sério? — perguntou Christopher.

Ela tirou um pedaço de cera do ouvido com uma de suas garras.

— Não.

O rosto de Mal estava tenso enquanto observava Gelifen.

— Acho... — as palavras saíram com dificuldade e pareciam doloridas em sua garganta — que ele é o último.

Christopher percebeu, olhando para Mal, que ela nunca tinha dito isso em voz alta, o que fez todos se calarem, e eles observaram o grifo saltar atrás da borboleta e errar.

Ratwin rompeu o silêncio:

— Um pouco mais para o Oeste. — E Irian pegou o leme. Sua mão era leve ao pilotar através da folha azul do oceano. Nighthand parecia surpreso.

— Este é um barco teimoso — comentou ele. — Não costuma obedecer a nenhuma outra mão além da minha.

— Já passei muito tempo no mar, estudando o glimourie para o meu trabalho — disse ela, baixinho. — Veleiros, barcos de pesca, coracles. Sou mais feliz em barcos ou em bibliotecas, esses são meus lugares.

Warren a observou, uma admiração perceptível em seus olhos entusiasmados.

— E quais *não* são seus lugares?

Para Christopher, parecia que Irian estava prestes a dizer algo sério, mas então ela balançou a cabeça.

— Festas — respondeu e sorriu. — Falo quatro idiomas muito bem, mas me coloque numa sala cheia de estranhos e nenhuma palavra me vem à mente. — Ela virou o leme. — Uma vez entrei em pânico e perguntei a um homem se ele tinha um tipo preferido de texugo.

Nighthand pareceu perplexo.

— Nunca na vida fiquei sem palavras.

— Nós saber — disse Ratwin. — O destemor faz do homem um tagarela — comentou ela para Irian. — E ele luta como uma tempestade de raios num chapéu, mas também já nos fez ser demitidos de oito empregos diferentes, e qualquer um deles nos teria feito muito bem.

— Em fevereiro passado, ele montou um boi-marinho e atravessou os Estreitos de Semper, durante uma tempestade, para resgatar um filhote de unicórnio que tinha sido arrastado para o mar — disse Warren. — O que pode parecer muito generoso e nobre, só que o homem estava bêbado, e abandonou o navio que ele deveria estar conduzindo sem aviso, e o navio encalhou, e eles perderam um estoque no valor de mil peças de ouro.

Nighthand olhou feio para ele, e fez um gesto em direção a uma pilha de caixas empilhadas, que caíram com um estrondo.

— Você teria deixado o unicórnio se afogar?

Ratwin bufou e retornou para seu posto de vigia, na metade do mastro.

— Um pouco mais para o Leste — gritou ela — e chegaremos com tranquilidade e rapidez à Baía do Anzol. — Seus olhos eram mais poderosos do que os dos humanos. Christopher só conseguia ver um borrão verde em meio ao azul brilhante do oceano.

— É uma das ilhas mais bonitas — disse Irian para Mal e Christopher. — Eles têm uma espécie rara de ouriços-do-mar que não dá para achar em nenhum outro lugar do Arquipélago. Os espinhos têm 30 centímetros e eles ficam vermelhos na presença de predadores. — Seus olhos estavam entusiasmados enquanto ela falava. — Mas fascinante mesmo é o excremento que eles produzem. Tem cheiro de urina de gato e é usado por alguns centauros em trabalhos de poções mais antigos e selvagens, mas os componentes químicos sugerem... — Ela parou quando o rosto de Mal assumiu uma expressão de aluna, e riu. — Me desculpem. Às vezes esqueço que falar sobre ouriços-do-mar não é fascinante para todo mundo.

Nighthand a observava do outro lado do barco. Ele não reclamou sobre a conversa de ouriços-do-mar.

O barco passou com rapidez sobre as ondas, e Christopher atravessou o convés para ter uma visão melhor da ilha. Warren passou com um rolo de corda no braço.

— As pessoas são legais por aqui — comentou ele. — É como dizem: águas gentis, almas gentis.

Christopher virou-se, ansioso para ouvir mais.

— O que mais eles dizem?

Warren ficou surpreso com seu interesse.

— Ah, bom... existe um tipo bem específico de pessoas das ilhas dos dragões. Elas crescem perto do fogo e do caos. As crianças lá não vão para a escola; algumas delas vivem junto com os dragões, nas montanhas, até virarem adultas. E no Norte, elas são mais severas, falam menos. E nos mares do Centro-Oeste, a água é gentil e as pessoas falam manso. É onde estamos agora, e vamos atracar daqui a pouquinho.

Eles estavam perto o bastante para distinguir formas. À beira da água, havia um conjunto de edifícios quadrados de pedra. Nenhum deles tinha a alocação completa de paredes e teto. Estavam carbonizados. Um pequeno grupo de bodes tentava pastar na grama queimada. Seus longos pelos marrons estavam cinza de pó de carvão. Não havia outros sinais de vida. Não havia música, nem crianças gritando, nem os berros e empurrões da humanidade. Apenas os bodes.

Houve um momento em que ninguém realmente absorveu a importância do que haviam visto. E então Mal entendeu.

— Rápido! — gritou ela. — Deem a volta! Ele vai voltar!

— O quê? *O que* vai voltar? — perguntou Warren.

Houve um estrondo no céu. Christopher ficou boquiaberto.

— Abaixem-se! Vocês dois! Fiquem deitados no chão! — gritou Nighthand, e ele ergueu as velas enquanto Irian girava o leme com mãos rápidas e urgentes.

Christopher agachou-se, mas não desviou o olhar. Uma imensa figura planava no céu, batendo as asas com preguiça. Era de um preto profundo, e suas asas eram vermelho-sangue na parte de baixo. Era — bem como o bestiário dizia — tão grande quanto uma catedral.

— Não olhe nos olhos dele, Christopher! — disse Mal, puxando-o para fazê-lo cair de joelhos.

— Eu tenho que ver isso! — disse ele. Christopher rastejou por toda a extensão do barco e pressionou-se na lateral mais próxima da ilha, só com seus olhos e topo da cabeça à mostra. Mal hesitou, depois rastejou atrás dele.

Eles observaram o dragão mergulhar sobre o rebanho de bodes, com as patas traseiras esticadas. Os bodes se espalharam, balindo como loucos, e ele desceu ainda mais, até quase tocar o chão, e agarrou um deles com as garras.

Com um movimento, ele jogou o bode no ar, soltou uma grande rajada de fogo sobre ele e o engoliu inteiro enquanto ainda estava em chamas.

Eles navegaram em silêncio. Passou-se muito tempo antes que alguém falasse.

Irian engoliu em seco.

— Dragões não viajam para tão longe de suas montanhas, pelo que sei.

— Não — disse Nighthand. — Mas fomos muito além do que sabemos.

CONSERTO

Mais tarde, naquele dia, Christopher foi procurar Mal. Ela estava sentada na proa do barco, abaixada o suficiente para estar protegida dos ventos por suas laterais altas. Ao se aproximar, ele viu que o tecido no colo de Mal era o casaco dela.

— O que você está fazendo? — perguntou ele.

— Costurando, é claro. O que você acha? — O dragão a deixara trêmula, e mesmo agora ela ainda tremia com a adrenalina, embora sua expressão o desafiasse a comentar sobre isso.

Suas mãos eram pequenas e não tinham força para empurrar a agulha pela espessura do tecido, e seus dedos estavam manchados de sangue onde a agulha havia escorregado.

— Sei lá. Parece que... — e Christopher sorriu — você está tentando doar sangue, um pouquinho de cada vez?

— Você costura bem?

— Nunca tentei antes, mas é só furar com maior precisão.

— Então por que você não faz isso? — E ela entregou o casaco a ele, de queixo erguido.

Ele enfiou a linha na agulha, com dificuldade devido ao balanço do barco, e começou a costurar o rasgo com pontos justos e sobrepostos. Mal se inclinou para observar, ofegante.

— As partes precisam se sobrepor — disse ela. — Não, mais do que isso. Para que nenhum vento passe por elas. — Mal franziu a testa. — Não sei se vai voltar a funcionar.

— Claro que vai funcionar. A menos que você esteja indo para um lugar incrivelmente frio.

— O casaco não tem nada a ver com o frio. É um casaco voador.

— Voador! — Um arrepio percorreu o corpo dele. — Como assim?

— Vou te mostrar quando estiver pronto. O homem que me deu disse que eu nunca deveria descosturar o material extra da bainha, veja, aqui, ou então o casaco me faria voar muito alto. Eu morreria, foi o que ele disse. Queria que ele tivesse me contado mais sobre isso, mas minha tia-avó Leonor não foi com a cara dele, ou com o cheiro, nem nada disso, então ela o expulsou.

— Que homem te deu isso?

— Um viajante, num barco do oceano, quando eu nasci. Ele foi meu nomeador. Sabe, a pessoa que me deu meu nome. — Ele balançou a cabeça e ela continuou: — Bom, então como é que *vocês* escolhem seus nomes?

— Nossos pais apenas escolhem os que eles gostam. Ou então está na família, o nome de um avô, ou tia-avó. Costuma ser de alguém que já morreu. — Christopher recebeu o nome de seu tataravô escocês: um velho excêntrico, que passava o dia todo ao ar livre, no topo de uma colina. E ele percebeu, chocado, que o homem deveria ter sido um guardião do entrecaminho.

As sobrancelhas de Mal expressaram uma opinião desfavorável sobre esse método de nomeação.

— Bom, no Arquipélago, levamos o bebê ao nomeador, então eles entram em transe e nomeiam a criança. É uma tradição bem antiga, mas está morrendo. A maioria dos nomeadores são umas grandes fraudes, e podemos dar duas moedas de prata para eles e eles vão dizer o que a gente quer ouvir. Mas não o meu nomeador. Ele era um vidente. A tia-avó Leonor disse que sabia, porque ele era pobre.

— Mal é seu nome todo então? Ou é um diminutivo de, sei lá... Mallory? Malinda?

Ela riu.

— Não! Mallory é um nome? É o diminutivo de Malum. Minha tia-avó costumava dizer que era profético. Porque significa "travessura". — Ela sorriu para ele. — Sabe como é, latim. A maioria dos nomes têm um significado nas línguas antigas. Latim, nórdico antigo, centauro antigo, árabe antigo. Mantícora antigo se seus pais te levarem a um nomeador meio arrogante.

Christopher tinha, de má vontade, aprendido um pouco de latim na escola, e ele tinha a impressão de que *malum* significava algo bem diferente. Mas não se lembrava o quê.

— Como vai o meu casaco?

— Quase pronto.

— Então vamos! — Ela sorriu para ele. — Você disse que era mais rápido do que eu.

A costura exigia esforço: o tecido era resistente, enrijecido pelo tempo, e várias vezes espetou a agulha no espaço debaixo das unhas, mas ele achou o trabalho inesperadamente satisfatório. Ratwin observava ao longe, parecendo aprovar.

Quando terminou, Mal sorriu enquanto o tirava dele e o agradecia, mas ela tinha mordido o lábio com tanta força que estava sangrando.

— Se eu cair no mar, seu trabalho é me resgatar, beleza?

— Beleza.

— Jura? Jure pelo Imortal que você não vai me deixar afogar!

Ele deu risada.

— Juro pelo que você quiser. Vai! Estamos esperando!

Ela colocou o casaco, entregou Gelifen a Christopher e subiu na proa do barco, ficando por cima da figura esculpida, que tinha o formato de uma maçã. O vento bagunçava a franja em seu rosto.

Ela agarrou as pontas do casaco, abriu os braços e saltou no ar.

Christopher deu um berro, o que fez Nighthand virar-se para olhar Mal, de braços esticados, de repente voando tão alto quanto o mastro, o tecido de lã do casaco balançando com o vento.

Christopher ouviu uma risada de pura alegria, e Mal voou para o Oeste, por cima das ondas cortantes, mergulhou, ficando a poucos metros acima da água, os respingos salgados molhavam suas roupas, e depois subiu outra vez, quase em vertical, até o céu coberto de nuvens brancas.

— Garota doida! — berrou Warren, dizendo mais alguma coisa desconhecida, que sem dúvida era um palavrão.

Christopher nunca tinha visto nada parecido, uma parte dele queria gritar para que ela voltasse, mas ela tinha o controle absoluto. Então ele apenas gritou um encorajamento, alto o bastante para abafar Warren.

— É isso aí, Mal! Mais alto!

Ela fez uma volta enorme e rápida ao redor do barco, pairou por um momento no topo do mastro e então desceu em espiral, girando ao redor do mastro como uma fita, com tanta facilidade que até mesmo Warren soltou um rugido de satisfação.

Ela aterrissou com um baque de botas na madeira, na frente de Christopher, apoiando-se em seu cotovelo.

Warren balançou a cabeça.

— Estou há 48 anos no mar — comentou ele. — E achei que já tinha visto tudo o que era para ver. A maioria das coisas, centenas de vezes. Todas as minhas surpresas estão esgotadas e pagas, sabia? Mas nunca vi ninguém que voasse assim.

Ela combinava com o céu, Christopher via isso agora: seus ossos leves e cotovelos acentuados tinham certas características de pássaro. No céu, ela parecia livre de uma maneira que não parecia na terra.

— Como eu disse, o casaco não tem nada a ver com o frio — comentou ela. — Tem tudo a ver com o céu. — E seus olhos estavam mais brilhantes do que ele já os havia visto, e ela parecia, de uma nova maneira, pronta para enfrentar o mundo.

KRAKEN

— Noroeste, mais adiante! — A voz de Nighthand era alta e afiada, e Irian ergueu os olhos dos seus papéis para encará-lo. — Tem alguma coisa na água! Um recife?

Era fim de tarde agora. Warren olhava para a água.

— Não seja louco — disse ele. — Não vejo nada por quilômetros.

Mal e Christopher correram para a frente do barco. Nighthand apareceu atrás deles, protegendo os olhos com a mão enorme. Foi Ratwin que avistou a coisa outra vez.

— Ali! Entre o Norte e o Noroeste, a uns 15 metros. Uma criatura. Bem onde a onda se ergue, ali.

— O que é? — Eles podiam ver apenas o borrão de uma sombra que avançava por baixo das ondas.

— Um beemote? — perguntou Ratwin.

— Pelo Imortal, tomara que não — respondeu Warren.

— Não pode ser. Estamos longes demais da costa — disse Irian. — Hipocampo?

— Será um makara? — perguntou Mal.

— É dez vezes maior do que um makara — respondeu Nighthand.

— Monstro cetus? — perguntou Irian.

Então ele saiu da água, como se ganhando altura para olhar para além do horizonte, e todos eles viram o que era.

— *Kraken* — sussurrou Mal.

Era tão largo quanto o próprio barco, cinzento, com forma de polvo e terrivelmente veloz. Christopher havia visto um em um desenho medieval uma vez, no qual ele parecia manso e cômico: dois olhos grandes, os tentáculos pretos balançando na extensão azul que representava o oceano. Ele não parecia nada engraçado agora.

Warren tropeçou para trás, suas bochechas tremiam.

— Não tem krakens nessas águas!

Nighthand olhou para o mar.

— Parece que tem sim — disse ele. — Eu não tinha isso em mente. — Ele poderia estar discutindo sobre um aguaceiro em um piquenique.

Mal agarrou-se ao corrimão da proa do barco. Os nós dos seus dedos ficaram brancos.

— Não podemos ultrapassá-lo?

— Duvido muito — respondeu Nighthand. — Na vela, Warren. Irian, o leme. Ratwin, suba no mastro, procure por outros. Entrem na cabine, vocês dois, Mal e Christopher. — Ele tirou a lâmina glamry do cinto.

— Você não pode lutar contra um kraken com uma faca! — disse Mal.

— Pode até ser verdade. Nunca tentei, mas estou prestes a fazer isso.

O formato cinzento do kraken aproximou-se por baixo das ondas. Mal virou-se, com os olhos desesperados.

— Cadê o Gelifen? Christopher! Você está com ele?

— Não! — Christopher correu pelo barco, chamando o nome do grifo. — Gelifen!

— Crianças! — chamou Irian. — Para a cabine! Agora!

Irian e Warren puxaram as cordas da vela. O barco deu um impulso de velocidade e saltou, avançando na água, mas não foi o bastante.

Com um grito como o de uma gaivota, o kraken se ergueu, rompendo a superfície da água a 60 metros do barco. Dez tentáculos pretos balançaram no ar em direção a eles, pingando água. Eles se agarraram às laterais do barco, e o barco virou de lado, levando o bombordo até quase a água. Christopher agarrou-se ao mastro e sentiu o terror crescer em seu corpo.

Um tentáculo tão grande quanto o tronco de uma árvore passou por cima da parte traseira do barco. Nighthand abaixou-se e acertou-o com a lâmina glamry. O kraken gritou e retraiu os tentáculos. O barco se endireitou, balançando loucamente.

Gelifen subiu cambaleando os degraus da cabine, chorando de terror.

Quando fez isso, o kraken ergueu-se outra vez; um tentáculo passou pelo convés. Acertou Gelifen nas costas e o atirou contra o mastro. Christopher disparou para o lado.

— Deixe-o! — disse Warren.

— Não! — gritou Mal. — Não posso! — Ela se lançou para o mastro. Três tentáculos grossos, cinza e que gotejavam vieram tateando, vasculhando em direção a eles. Christopher jogou-se contra o convés, puxando Mal com ele.

— Gelifen! — gritou ela outra vez. Mal atravessou o barco e pegou o grifo, enfiando-o na parte de dentro de seu suéter.

A água se elevou e a cabeça do kraken surgiu na frente deles. Dava para ver seu rosto, pontudo como o de um polvo. Seus olhos vasculharam o barco, eram olhos famintos, globulares e salientes. Olharam direto para Mal. Sua boca se escancarou, ampla como uma porta aberta, e Warren foi arrancado do convés e jogado de lado.

Nighthand rugiu, um grito de fúria que alcançou o horizonte em todas as direções. Ele arrancou um pedaço de madeira da parede rachada da cabine e arremessou-a no kraken. Sua borda afiada atingiu a criatura no olho.

O kraken deu um urro de raiva como um gato em chamas. Então agarrou o barco e toda a estrutura foi erguida no ar, quebrando e rachando ao pousar novamente nas ondas. Ratwin foi arremessada na água; Mal e Christopher foram jogados de lado, para a direita e para a esquerda; ele atingiu a parede da cabine e ela bateu a cabeça ao cair no convés, ficando inconsciente.

O kraken torceu a cabeça para olhar. Por um instante, ficou ali boiando na água, piscando seus enormes olhos cinzentos. E então o kraken esticou o tentáculo e arrancou o corpo de Mal do barco. Nighthand se lançou atrás dela, com faca em mãos.

— Não! — rugiu ele.

— Mal! — gritou Christopher.

O kraken a colocou em um pedaço de madeira flutuante, com o mesmo cuidado que uma criança deita uma boneca. E, então, antes que Christopher pudesse entender o que tinha acontecido, os dez tentáculos foram atirados contra eles, e o barco todo foi esmagado e puxado para baixo da superfície. A sucção arrastou Christopher para um caos escuro e rodopiante.

Pelo que pareceram alguns minutos, ele girou, várias vezes, no mar agitado. Christopher lutou, enquanto seus pulmões gritavam para voltar à superfície. Um pedaço de madeira, parte de uma mesa, balançava com as ondas; ele se arrastou até lá. Havia espuma do mar por toda parte, ele não conseguia ver nada, mas, de repente, lá estava Mal. Enquanto Christopher observava, o pedaço de madeira flutuante mexeu-se e ela escorregou; seus olhos estavam fechados e ela estava caindo.

O coração dele disparou. Não era coragem, mas algo mais selvagem e mais urgente que o impulsionou para fora da mesa. Christopher mergulhou, batendo as pernas, encarando o azul profundo e turvo — quando uma mão o agarrou e o puxou para cima e para longe do turbilhão de destroços. Não era uma mão humana.

Debaixo d'água, ele gritou. E então ficou acima da superfície, engasgando-se e gritando o nome de Mal.

— Não precisa gritar — disse a criatura. Seu cabelo era mais longo do que seu corpo e era prateado. A cor do mar à luz da lua. Seu rosto era a coisa mais selvagem que ele já havia visto, e ela estava com Mal nos braços. Gelifen estava apertado dentro do suéter de Mal, cuspindo a água do bico.

Seu primeiro pensamento foi: uma *sereia*. Mas ela tinha pernas, não uma cauda. A maresia estava ao redor deles; enquanto ele se debatia um pouco na água, ofegando por conta do esforço, ela flutuava sem dificuldade nas ondas, apenas seus pés se mexiam. Ele pensou no livro de criaturas do avô. Uma *nereida*.

A criatura falou:

— *Lóclóca! Su arstafasa? Su āndgietu glimt?* — E ela o agarrou pelo pulso e o arrastou pela água.

— Essa é a minha amiga! — Ele lutou contra ela, até perceber que ela o estava afastando da espuma que o kraken tinha deixado para trás. O tampo da mesa passou girando e ele o agarrou. — Deixe ela comigo.

A criatura falou de novo, dessa vez na língua dele.

— Eu não vou machucá-la. — A voz da criatura era bem baixa e muito bonita; parecia um banho de mar. Era familiar, mas ele não sabia dizer por quê. — Meu nome é Galatia. Essas águas são minhas e do meu clã. Senti o cheiro do glimourie nela. U *gehygd*. Eu a reconheci pelo que ela é. *Sáwoll*. Então vim.

A nereida não fez nenhum movimento para entregar Mal. Os olhos da garota estavam fechados e sua cabeça descansava no ombro da criatura. Ela respirava de leve.

— Por que vocês estão no meu oceano? — perguntou Galatia. — É perigoso hoje em dia. O cheiro das minhas águas está diferente.

— Diferente como? — Ele nadou mais perto, puxando o pedaço de madeira consigo. Ele procurava por sinais do barco, de Nighthand ou Irian, mas só conseguia ver as ondas. Ele se perguntou se conseguiria pegar Mal.

— Vazio. *Leasunga*. A magia, o glamry está se perdendo. Ou... não, palavra errada: roubada. *Blómaan*. Roubada, se é que tal coisa pode ser roubada. Pode, humano?

— Parece que pode, sim. — Ele se aproximou mais, com a mão ainda na madeira.

— Nós, criaturas do mar, respiramos o glamry na água para sobreviver. Bois-marinhos, kappas, makaras...

— O que é um makara? — Ele foi se aproximando, quase o bastante para agarrá-la.

— Um makara. Mandíbula de crocodilo. Tromba de elefante. Escamas de peixe. Mais generosas do que a aparência indica. Os kappas, os makaras, os hipocampos, estão todos entrando em pânico de fome. *Krakens*. Não deveria haver krakens nestas águas.

— Ah, é? Por que tem então? — Ele se preparou para lançar-se sobre ela.

— O glimourie dos mares do Norte sumiu, então eles se moveram. Quando os krakens entram em pânico, então todos nós temos motivos para temer. E agora, ela. Aquela que estão procurando. No meu oceano.

Sem aviso, a nereida entregou Mal a Christopher e desapareceu debaixo d'água. Houve um chamado, longo e baixo, vindo da água. Quando Galatia ressurgiu, havia outras oito cabeças ao redor dela, todas com cabelo prateado. Das profundezas também surgiu uma manada de cavalos-do-mar, dourados e verdes. A nereida estendeu o braço e colocou Mal nas costas do hipocampo.

— Suba. Atrás dela — disse Galatia.

— Não! Não posso deixar meus amigos.

A nereida deu um repentino sorriso cheio de dentes afiados e assobiou, e das ondas emergiu Nighthand e Irian, cada um cavalgando um hipocampo. Nighthand segurava uma Ratwin molhada e furiosa.

— Precisamos ir. Ele pode voltar. Prontos? — disse a nereida. — Vamos por baixo. *Brimum*, sim?

— Eu não consigo respirar debaixo d'agua.

— Você vai respirar enquanto estiver no hipocampo. A pele dele na sua pele. Será o suficiente.

E eles mergulharam na água e partiram.

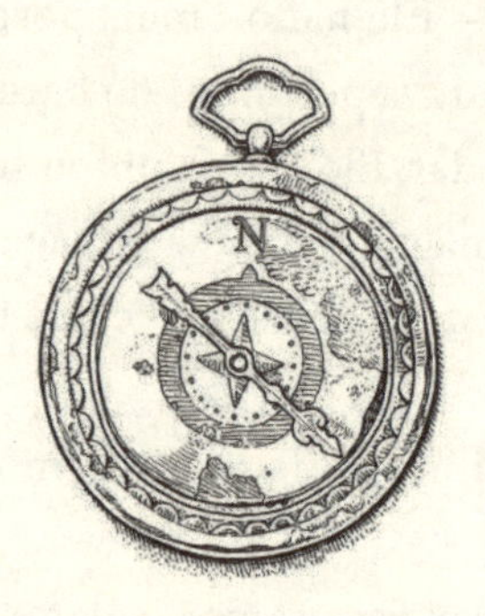

A CIDADE DOS ERUDITOS

O impulso da água era feroz no rosto de Christopher. Ele tentou manter os olhos abertos, mas a ardência do sal e a velocidade significavam que ele só via as outras nereidas ao redor, avançando como búfalos em debandada.

Elas carregaram os náufragos através do oceano em direção a uma cidade que se erguia em pedras amarelas fora da água de uma lagoa. Conforme os hipocampos contornavam barcos e botes, Christopher esperava ser lançado na água a qualquer momento. Mas foram carregados por um canal, e os transeuntes se viravam para olhar enquanto eles eram carregados pela água. Então houve uma grande agitação e os humanos foram deixados em uma ampla praça, cercada dos dois lados pelas alas do que parecia ser uma antiga biblioteca de pedra.

— Aqui — disse a nereida. — Esta é a segunda capital de Lítia, a Cidade dos Eruditos. Nós os deixamos bem no limite. Não podemos levá-los mais longe, as nereidas não caminham, exceto em grandes emergências.

— Por que aqui?

— Seria bom um pouco de conhecimento, garoto. *Andgietu*, não? Há coisas para serem descobertas.

Christopher olhou ao redor. Nighthand estava de joelhos ao lado de Mal, que cuspia água e estava se sentando. Irian, no entanto, tinha se afastado das nereidas e caminhado do canal para a praça. Uma nereida a chamara em nereidês, algo alto e estranhamente suplicante, mas ela não se virou. Apenas olhou para as mãos e as enfiou fundo nos bolsos.

— Mantenha os olhos bem abertos a partir de agora — disse Galatia a Christopher. — São tempos perigosos, e é preciso ter cuidado.

— Espere! Antes que você vá, preciso perguntar, o kraken! Por que o kraken não comeu a Mal? Ela estava lá, mas...

Mas ela já tinha ido embora, desaparecendo debaixo da água no canal.

Na praça, eles torceram as roupas e avaliaram uns aos outros em busca de machucados, e por um momento, o prazer leviano de não estarem mortos transcendeu tudo.

Mas quando Mal disse:

— Warren. Tem algum jeito de ele ter sobrevivido? Ele com certeza...?

— Se foi — respondeu Nighthand. Sua voz estava seca como areia, e áspera.

Ela olhou para o rosto de Nighthand.

— Por que você não está mais triste? Ele era seu primeiro marujo!

Mas Nighthand virou-se, para que ninguém pudesse ver seu rosto.

— Berserkers não choram. E não amam. Como poderiam, se não devem ter medo? O amor carrega medo. — Ele apontou para a rua logo à frente, com olhos tão vermelhos e tão fixos que pareciam cegos. — Vamos. Temos que ir até o cais procurar um novo barco.

Irian inclinou-se para Ratwin.

— Devemos informar a família de Warren. Pode mandar uma mensagem para eles?

A ratatoska acenou com a cabeça, com o rosto cheio de tristeza, e saiu em disparada.

Nighthand caminhou duas vezes mais rápido do que o normal. Ele os conduziu em uma marcha pela bela cidade sobre a água, passando por pontes, através de praças e avançando por multidões que se viravam para encarar suas roupas molhadas e a cara emburrada de Nighthand.

— Irian — chamou Christopher, depois de caminharem por meia hora. — O que aquela nereida estava tentando te falar?

Irian hesitou.

— Não é importante.

— Mas ela parecia te conhecer. E disse alguma coisa sobre a Mal... "Eu a reconheço pelo que ela é". — Ele disse a Irian o que aconteceu.

— Nereidas seguem suas próprias leis, Christopher. Elas são bastante racionais, mas da mesma maneira que o mar é racional. Muitas coisas do idioma delas, o nereidês, não têm tradução nenhuma para qualquer idioma humano. — Ela balançou a cabeça. — Elas são muito orgulhosas. Em grande parte, são reservadas. Não sei por que salvaram Mal.

Mas tinha sido mais do que isso, pensou ele. O kraken também: mesmo em meio ao terror, ele tinha certeza de que havia visto o kraken colocar Mal em segurança.

Eles estavam passando por uma praça particularmente bonita, com uma fonte em forma de sereia no centro, quando ouviram um som vindo do alto, de asas batendo, e o céu chamou o nome de Nighthand.

— Nighthand! Fidens Nighthand, como ousa vir à minha cidade sem me informar! Eu teria preparado um banquete!

Sobre os telhados voava uma criatura, agora familiar, parecida com um cavalo, suas asas batiam no ar. Seu corpo era coberto de escamas iridescentes verde-acinzentadas, e brilhava. Suas asas também tinham escamas; escamas tão finas que membranas rosa delicadas brilhavam na parte inferior. Sua crina, porém, era de cavalo, e selvagem.

Nighthand deu um rugido de alegria tão alto que fez o longma recuar e pinotear no ar.

— Anja!

O longma precipitou-se. A mulher que desceu das costas da criatura, segurando seu pescoço para ter algum apoio, era surpreendente, pensou Christopher.

Ela parecia ter oitenta anos ou mais, e se movia com uma cautela rígida e artrítica. Seu cabelo grisalho estava arrumado em uma grande trança na base do pescoço. Suas roupas de montaria eram azuis, com detalhes em seda avermelhada, e ela usava rubis em braceletes que subiam pelos braços e em brincos na orelha. Seu olhar era intimidante: irônico, e duro, e esperto. Ilegível, não era fácil estar na companhia daquele rosto.

— Nighthand! — Seu sotaque era o da cidade. — Venha aqui e me deixe olhar para você. — Ela o analisou. — Você não parece ter envelhecido nada.

Nighthand beijou a mão que ela ofereceu.

— Já você, parece.

— Um encanto, como sempre. O que aconteceu com você? Está péssimo.

— O *Nuncatema* naufragou — respondeu Nighthand. — Um kraken.

— Nestas águas?

A mulher tirou do bolso uma pequena figura de um pássaro adornado de joias, em ouro e esmeralda, com uma crista de penas cravejada de rubis no topo da cabeça. Ela desenroscou as penas da cabeça e despejou um pouco de líquido na palma da mão. Cheirava a algo rico, amadeirado e um tanto opressivo: como dinheiro destilado. Ela aplicou nos pulsos e no lábio superior.

— Perdão, mas vocês está com um cheiro desagradável de hipocampo. Quem são essas pessoas? Isso é um *grifo*?

Nighthand os apresentou.

— E esta — disse ele —, é Anja Trevasse. Ela é dona do palácio que vocês veem ali, com vista para o Grande Canal. E para grande parte da cidade, na verdade.

— E o palácio é para onde vou levar vocês agora — disse a senhora. Ela fez sinal para o longma, falou com ele e lhe ofereceu um pouco de carne de uma bolsa que ela usava apoiada no quadril. — Vou voar até lá. Minhas pernas não dão conta de me carregar. Vocês podem me seguir aqui embaixo.

Ela decolou. Irian e Nighthand trocaram olhares.

— Devemos ir? — perguntou Irian baixinho.

Nighthand deu de ombros.

— A comida valerá a pena. E ela conhece todos os comerciantes de barco da cidade. Perdi minha carga, então estou à procura de mais.

— Ah, Nighthand. Você ficará devendo dinheiro pelas mercadorias?

Ele apertou os lábios. Por um momento, ficou a cara de Ratwin.

— Só se eles me encontrarem. Vamos com ela. — Ele acenou para a mulher acima. — Apenas tenham cuidado com o que dizem para ela.

Ele avançou, gritando para conversar com Anja, enquanto ela circulava acima deles. Ratwin voltou, ofegante, e pulou no ombro de Irian, e juntas elas contaram a Christopher e Mal o que sabiam sobre a mulher grisalha.

— Anja Trevasse é uma das mulheres mais ricas do Arquipélago — disse Irian. Ela falava tão baixo que eles tinham que se esticar para ouvir. — Estudei aqui na Cidade dos Eruditos, anos atrás, e ela era famosa. Todo dia ela voa até o Palácio Joia, a maior joalheria da cidade.

— Todo dia ela fica sentada lá, entre as joias, como um dragão — comentou Ratwin. — Na maioria dos dias comprar algo, para ela mesma, ou para pessoas que ela quer que fiquem lhe devendo. Ela conhecer todas as pessoas ricas, famosas ou importantes da cidade. Ela gostar que cada um deles lhe deva alguma coisa.

Eles cruzaram uma ponte arqueada sobre o Grande Canal, e Christopher e Mal pararam para observar. Barcos passavam embaixo deles, cheios de eruditos, comerciantes e crianças. Em um dos barcos, ele viu que havia uma mulher com um kanko em cada ombro, e outro cavoucando em seu cabelo.

— Como ela conhece Nighthand? — perguntou Christopher a Ratwin. Não parecia uma dupla óbvia.

— Os Trevasses conhecer todo mundo. Todo mundo que pode ser útil para eles. Seu bisavô era governador da cidade; era tão rico que tinha moedas no lugar de dentes.

— Ele tinha um sócio poderoso, acredito, que morreu de repente e lhe deixou tudo. Então ele acabou herdando a cidade a preço de banana. Anja tem uma rede de pessoas que a deixam informada — disse Irian. — Com notícias da cidade, notícias do Arquipélago.

— E duas dezenas de ratatoskas — comentou Ratwin. — Elas também a informam.

— Ela coleciona segredos. Diz que é o tipo mais poderoso de tesouro — disse Irian.

Mal estremeceu. Ela ainda estava ensopada, e seus lábios estavam azuis nas laterais. Gelifen bateu as asas e calor começou a irradiar dele. Ela o abraçou, e o vapor começou a sair de suas roupas molhadas, e Mal sorriu junto às penas dele, pela primeira vez desde o kraken.

— Eles se conheceram quando Nighthand estava trabalhando em um barco em que ela estava — continuou Ratwin. — Ele foi expulso no final, o que era inevitável. Mas antes disso houve um grande acidente e ele salvou a vida dela. Ele lutou contra cem makaras, todos com dentes tão longos quanto espadas.

— Sério?

Ratwin suspirou.

— Sempre com esses *sérios*! Não, mas ele salvou a vida dela. Ela caiu na água e ele a pescou.

Christopher virou-se para ouvir Nighthand e Anja. Eles conversavam em voz baixa. A velha ficava quase coquete perto dele.

— Você ainda usa seu "fundo funerário"? — Ela fez um gesto, indicando os brincos de Nighthand.

— É claro.

— É mórbido ficar carregando a morte nas orelhas.

— Prático, eu diria. É uma tradição dos berserkers — disse Nighthand para Christopher, em resposta ao olhar dele. — Os brincos valem o suficiente para pagar por um caixão e um enterro, onde quer que eu morra.

— Eu sempre gostei dos berserkers — disse Anja. — Gosto de quem nasce bem ou nasce forte. Está fora de moda dizer isso, mas o nascimento é importante.

Christopher olhou para Mal, com as sobrancelhas erguidas por trás das costas da mulher e eles trocaram caretas.

O longma se inclinou e Anja disse:

— Aqui! Meu palácio. Meu bisavô o construiu. Ele não era o tipo de homem que fazia as coisas pela metade.

Ela voou por cima do muro e eles a seguiram, passando por uma enorme porta dupla de madeira. Do lado de dentro havia um pátio e um imenso edifício banhado pelo sol, com 18 janelas de largura e cinco de altura. Havia pesadas folhas douradas nas vidraças e dois dragões esculpidos guardando a porta.

O longma pousou na frente dela, e Anja desceu com a ajuda de Nighthand.

— Nighthand me contou o que vocês estão fazendo e por quê. — Devagar, olhos felinos observaram Christopher, Irian e Mal e ali permaneceram. — Estou me perguntando se devo emprestar meu navio para vocês.

— O *Dançarino das Sombras*? — perguntou Nighthand. — Você ainda o tem? Nunca vi um barco se mover tão rápido e ser tão silencioso.

— Tenho. Poderia ficar pronto em menos tempo do que levaria para vocês arrumarem roupas novas. Mas tem uma condição. Eu quero falar com a menina. Me deixem aqui com ela. O resto de vocês, entrem. Minha costureira está esperando.

Eles trocaram olhares; então Mal deu de ombros, e seu rosto assumiu uma expressão arrogante e inabalável.

— Tudo bem — disse ela. — Eu fico. — Christopher hesitou, e Mal franziu a testa para ele, um sinal claro de que ela estava com medo. — Podem ir. Levem o Gelifen.

* * *

Quatro horas depois, limpos, arrumados e alimentados, Mal e Christopher, Ratwin, Irian e Nighthand caminharam pela cidade em direção ao cais onde o barco de Anja estava atracado.

Christopher sentia-se inseguro em suas roupas novas — calça pretas, um suéter vinho e novas botas que passavam do tornozelo —, mas elas eram melhores do que as que ele usava antes. O mapa estava guardado em segurança no bolso, molhado e enlameado, mas ainda legível.

Nighthand estava resplandecente em uma jaqueta grossa azul-marinho. Vesti-lo tinha sido uma dificuldade, ele era tão largo nos ombros e bíceps que havia rasgado as costuras de três casacos consecutivos cada vez que flexionava os braços.

— Ele irrompe como kraken em todas as minhas roupas! Bah! O que devo fazer com um homem desses? — a costureira tinha dito. No fim, ela mandou chamar todo o seu estúdio de alta costura, e então costuraram para ele uma jaqueta na hora. Christopher viu Irian observando, a insinuação de um sorriso em sua boca, enquanto seis costureiras sérias rodeavam o berserker com alfinetes.

Irian usava botas de couro feitas com primor e calça de cintura alta. Ela tinha rejeitado a extravagante blusa prateada com babados com que tinham tentado vesti-la, e escolhido uma camisa verde-esmeralda fina, ajeitada dentro da calça. As roupas removeram um pouco de sua aparência cautelosa e reservada. O verde fazia sua pele brilhar.

— Ótimo — disse a costureira-chefe, e as outras cinco concordaram, um gesto sincronizado de aprovação firme. — Jogue fora aquela saia. É um talento aprender a se vestir como você mesma. A beleza é superestimada, mas não é um pecado. — Ela recolocou a almofada de alfinetes em um gancho do cinto. — É só uma das mil peças de sorte possível e você teve sorte.

Irian riu e olhou para o chão, e não viu Nighthand virar-se para olhar, nem a expressão no rosto dele.

Apenas Mal recusou-se a se trocar.

— Leonor que fez — disse ela sobre a camisa. Tinha secado, junto com o casaco, em frente a uma chama de salamandra, mas ainda cheirava a suas muitas e variadas aventuras. — Não vou tirar até que se desmanche. — E ninguém, vendo seu rosto, tentou argumentar.

Ela tinha dito a Christopher, enquanto caminhavam, o que Anja queria. Mal soava confusa.

— Ela só fez várias perguntas sobre o casaco. Sobre o vidente que me deu e outras sobre quando eu era mais nova. E então nos desejou boa sorte com as esfinges.

Eles chamavam menos atenção agora do que antes, mas ainda assim, uma jovem ratatoska magricela os observava da ponte. Seus olhos eram cautelosos e vigilantes. Christopher estava prestes a apontá-la para Mal quando uma mulher se aproximou deles.

Ela falou, primeiro em uma língua rápida e ritmada que eles tinham ouvido na cidade, e então, vendo a incompreensão em seus rostos, na língua deles.

— Querem ler a sorte? — Seu longo cabelo branco chegava à cintura, e ela usava um vestido e um casaco de veludo vermelho combinando. Ambos já tinham sido sofisticados, mas agora o veludo estava gasto no cotovelo e no quadril. Ela parecia com alguém que já tinha conhecido dias mais ricos e mais fáceis, pensou Christopher. Dois garotos, adolescentes altos e corpulentos, seguiam-na, vestindo ternos surrados, parecendo entediados e emburrados.

Um deles tinha a tatuagem de uma faca na parte de trás do pulso. Parecia que ele mesmo tinha feito, possivelmente no escuro com uma agulha cega.

— Uma moeda de bronze. Vocês não vão se arrepender, e dinheiro é difícil para uma vidente hoje em dia, com todo mundo ansioso, mas sem saber por quê.

— Está bem — disse Christopher, observando a tatuagem. — Mal, me empresta uma moeda?

— É golpe, sabe — disse Mal, mas emprestou a moeda de bronze mesmo assim.

A mulher pegou a palma da mão dele, cuspiu nela — ele se encolheu, mas ela a segurou —, esfregou-a com o polegar e começou a cantarolar.

— Você tem uma mão nobre, garoto! Vejo perigo, e amor, e maravilhas. Lugares sombrios, e grandes glórias. — Houve uma pausa.

— Só isso? — perguntou Christopher.

— Sim. — Ela pareceu irritada. — O que mais você quer? Eu disse amor e maravilhas, não disse?

Mal bufou.

— Você está parecendo mais como as últimas páginas de um jornal barato. Isso não vale nem uma moeda de bronze. — disse ela. — Vamos, Christopher.

Mas a mulher ficou no caminho deles. Antes que Mal pudesse tirar a mão, a vidente a agarrou.

— E você. Vejo um estranho alto e loiro, grandes aventuras.

— Dá para dizer isso pela palma da minha mão? — Mal passou a mão pela franja torta e deu seu sorrio mais cético. — Incrível. Estamos indo.

— Espere então. — A mulher fez careta para Mal. Seus olhos, pela primeira vez, pareceram de fato ver. — Dias estranhos aguardam pela frente. O talento humano mais perigoso é esquecer. — E, em seguida, ela olhou outra vez. — Sua linha da vida é...

Então, ainda segurando a mão de Mal, ela buscou no bolso e devolveu a moeda de bronze. Ela largou a mão de Mal e andou depressa na outra direção.

Mal observou-a ir embora com as sobrancelhas erguidas.

— O que foi aquilo?

A mulher chegou à esquina da rua, seguida pelos filhos. Ela olhou uma vez por cima do ombro. Seu rosto estava carregado de medo e fome. Fez Christopher estremecer. Fez com que ele pensasse no assassino e na faca dele.

A PENÍNSULA DA ESFINGE

O barco que Anja lhes emprestara era, de acordo com os homens no cais, "o barquinho mais requintado que tinham visto da década". Chamava-se *Dançarino das Sombras* — Ratwin torceu o nariz com o nome: que arrogância — e estava em perfeitas condições. Era branco, com velas ondulantes que brilhavam contra o céu noturno, um convés de proa arrumado e seis escotilhas. Era grande o suficiente para 12 pessoas dormirem, duas em uma cabine. Havia uma pequena cozinha, dois tanques de água potável e uma sensação geral de limpeza, completude e propósito.

As velas pareciam diferentes das telas do *Nuncatema* de Nighthand. Ratwin perambulou pelo navio, cheirando os cantos, esticando uma pequena língua verde-brilhante para sentir o gosto da tinta. Ela viu Christopher estender a mão para tocar no tecido delas.

— Você conseguir senti-las? — perguntou a ele.

— São tão leves.

— Velas de pégaso.

Irian surgiu atrás deles.

— Velas que pegam o mais leve dos ventos, feitas das asas de pégaso.

— O cavalo-alado?

— De asas brancas e tão veloz quanto o vento. Eles migram, todo verão, para o Sul. Já os vi voando uma vez, o suficiente para cobrirem o céu.

— Como eles fazem as velas?

— Já as vi serem feitas, anos atrás, em uma viagem de pesquisa para o Leste. Eles tiram o material emplumado, a barba, como chamam, da raque da pena e o transformam numa bola. Já vi uma mulher pesar uma bola do tamanho do meu corpo e a balança marcar 28 gramas. Então eles a transformam em uma linha e tecem a linha em velas.

— Incrível!

Ela sorriu com ironia.

— Também é muito caro, porque só dá para usar as penas que caem naturalmente do pégaso, caso contrário eles teriam morrido há muito tempo. Pode levar dois anos para um tecelão coletar o valor de uma única pena.

Ela assumiu o leme, Ratwin deu as coordenadas e eles se moveram rápido pela água. Christopher debruçou-se sobre as laterais do barco, e em poucos minutos a Cidade dos Eruditos ficou fora de vista. Eles passaram por navios grandes o bastante para 200 marinheiros e embarcações de uma pessoa só. Porém, em uma hora, as cidades deram lugar a cidadezinhas e vilarejos, e eles viram mais criaturas, menos pessoas. Mal e Christopher encontraram beliches debaixo do convés — o dele tinha uma colcha vermelho-escura bordada com um dragão; o dela, uma colcha amarela com um grifo estampado — e dormiram.

Eles acordaram com o sol a pino e uma doçura salgada no ar. Enquanto tomavam leite quente e mel no café da manhã em canecas esmaltadas brancas, passaram por um vilarejo. Era construído bem na costa, as casas eram cabanas de madeira baixas, com cores desbotadas. Uma multidão de crianças os viu passar e correu para a beira do mar para acenar e gritar. Christopher acenou de volta e então gritou:

— Mal! Venha ver isso, rápido!

Havia um menino na multidão, seu cabelo preto encaracolado solto ao vento, montado em um javali do tamanho de um cavalo de carroça. Mal deu um grito de alegria.

— Um twrch trwyth! — Ela pronunciou *torco trito.*

As presas do javali eram longas como tacos de beisebol e seu pelo, preto-azulado iridescente.

— Eles são bem difíceis de domar — disse ela, e havia uma inveja cálida em sua voz. — Mas se te adotarem, lutarão até a morte por você.

Conforme observavam, mais dois javalis se aglomeraram na beira da praia, cada um montado por uma criança com cerca de dez anos. Uma delas ficou de pé nas costas do animal e deu uma pirueta, seu cabelo balançou ao redor da cabeça. Mal e Christopher aplaudiram e a garota riu e fez uma reverência.

Mal balançou-se avidamente na borda do barco.

— Eu nunca tinha visto um. Não temos em Atidina. Tem tanta coisa que eu nunca vi!

— Pois é. Tem ainda mais coisas que eu não vi.

Ela estava tagarela e animada.

— Então vamos ver juntos!

O javali com a garota entrou na água azul profunda, com a menina ainda de pé nas suas costas, e nadou em direção ao barco. A garota se ajoelhou, sem se preocupar com a água manchando suas calças de algodão. Mal pegou um peixe seco de uma caixa e jogou para o animal. Ele não caiu muito longe, então ela deu um para Christopher, que puxou o braço para trás e arremessou o mais forte que conseguiu. O javali pegou-o com a boca e soltou um grunhido de prazer. A garota sorriu, tocou o peito com dois dedos e os estendeu para Mal e depois para Christopher. Mal retribuiu o gesto.

— É melhor do que qualquer coisa que eu já imaginei — disse Christopher. Ele sentia aquilo na pele, nos pulmões: uma espécie de maravilhamento. Sentiu-se mais alto, e mais forte, e agarrou a lateral do barco. Era disso, pensou ele, que seu avô era guardião; era isso que ele próprio deveria proteger.

* * *

Logo, as cabanas de madeira foram ficando distantes, e depois não havia mais humanos. A paisagem começou a mudar. De manhã, passaram por prados salpicados de flores roxas e vermelhas. Ele viu um grupo de criaturas do tamanho de humanos, com peles que pareciam casca de árvore, dançando ao som de uma música que ele não conseguia ouvir. E, conforme foram viajando para o Norte, ficava mais difícil. Com o passar do dia, a terra ficou rochosa.

Ratwin se lançou no mar para pescar, acabou enchendo um balde, cada peixe exibia um conjunto de marquinhas de dentes. Christopher e Mal encontraram facas e começaram a limpá-los. Ele esfregou a água do mar entre os dedos.

— Acho que está mudando — disse ele. — A água parece mais fria.

— As esfinges são resistentes — disse Irian. Ela raspava as escamas de um peixe com os dedos longos e elegantes. — E o frio mantém os predadores longe. Os dragões preferem brisas mais quentes.

Christopher a encarou.

— Você não está falando sério quando diz que os dragões não gostam do frio, está?

— Eles têm sangue-frio, mas sentem frio. No seu mundo, vocês contam histórias de dragões que vivem em cavernas úmidas. É absurdo. Eles anseiam pela luz do sol. Quanto mais frio, menos dragões, de modo geral. E fica mais frio quanto mais ao Norte.

— Exceto no extremo Norte — disse Mal. Ela deu as tripas para Gelifen, que as pegou com delicadeza de sua mão. — Em Arkhe. Lá é quente, por causa do Somnulum, óbvio.

— O Som o quê?

— O sol rebaixado. — Ela pareceu surpresa. — Você sabe! Onde Ícaro voou.

— Ícaro voou para o sol.

Ela bufou e sorriu para ele.

— Não para o sol de verdade.

— Sim! O sol de verdade, o literal. O pai dele fez asas de penas e cera para ele, e ele voou para o sol, e as asas derreteram e ele morreu. — Sua faca estava cega. Ele estendeu o peixe para Gelifen. — Geli, pode cortar aqui? — E pegou a garra do grifo com a mão e o ajudou a passá-la ao longo da barriga do peixe. — E é um mito grego, então, *na verdade*, ele não fez nada.

— Christopher. — A voz dela estava cheia de falsa pena e sarcástica. — Você está ciente de que o sol fica bem longe, não é?

— Estou sim, muito obrigado! Não sou idiota. — Ele arrancou as tripas e as colocou em uma pilha para o grifo.

Ela abaixou a cabeça e levantou as sobrancelhas.

— Ícaro não voou para lugar nenhum porque Ícaro é uma metáfora! — disse Christopher.

— Ícaro não é só uma *metáfora*! Ele era uma pessoa. Estava na ilha de Arkhe e voou muito perto do Somnulum.

Christopher estendeu outro peixe para Gelifen; o grifo cortou-o na frente.

— Ela tem razão — disse Irian. — Há bons registros históricos da vida de Ícaro. E o Somnulum não é de fato o sol, é a mais pura forma de calor, no céu acima da primeira árvore, acima do labirinto.

— Ele queima puro glimourie. Aprendemos na escola — disse Mal. Ela se cortou com a faca de abrir peixe e colocou o dedo na boca, e então estremeceu com o sabor. — *Eca*! Tripa de peixe.

— Ele se formou quando o anel de proteção ao redor do Arquipélago foi criado pelo Imortal — disse Irian. Ela trabalhava duas vezes mais rápido do que qualquer um deles. Ele percebeu que seus dedos eram bem mais longos e mais finos do que os de qualquer mulher que já tinha conhecido, e eram mais rápidos também. — A força gravitacional do Somnulum mantém a proteção estável — continuou ela —, da mesma maneira que a lua atrai as marés. Suas águas, é claro, tem um pouco do glimourie nelas também; uma pequena quantidade nos oceanos. — Ela colocou o último peixe na louça de cerâmica. — Pronto. Nighthand pode cozinhar esses aqui. Peguem um pouco de água e lavem as mãos nela.

Christopher se inclinou na beira do barco, carregando o balde. Ele tinha aprendido sobre a ciência da lua na escola. Se pensássemos bem sobre isso — pensasse mesmo, com força, de verdade — era tão surpreendente quanto o glimourie: que a lua podia mover as águas da Terra. Se o glimourie protegia o Arquipélago, o que protegia o restante da Terra?

Uma onda bateu contra a lateral do barco e ele se sacudiu. Não havia barcos por quilômetros, nem pessoas, apenas montanhas. A paisagem tinha um esplendor sombrio — falésias rochosas, salpicadas com árvores resistentes que cresciam, varridas pelo vento, em meio às pedras. Algumas das pedras eram pretas e algumas de ardósia, mas muitas eram prateadas, cintilando com o que parecia ser mica. Elas brilhavam. Era uma beleza feroz e destemida, mas não era acolhedora.

Ratwin apareceu, Nighthand com ela. Nighthand tinha bebido na noite anterior, debruçado sobre uma garrafa de uísque e dois copos. Um dos copos, do lado oposto ao dele, onde Warren deveria estar, permaneceu vazio. Seu rosto estava agora do mesmo tom de verde do pelo da ratatoska.

— Estamos muito perto — disse Ratwin, avaliando as montanhas na costa. — Ser impossível atracar no pé da montanha, então você vai ter que soltar a âncora mais longe. Vocês podem usar o barco a remo. Eu tomar conta do barco. Se saqueadores vierem, eu comer.

Christopher olhou para as águas rochosas.

— Parece que aquela baía ali é bem protegida?

Nighthand sorriu.

— É, mas quando Ratwin diz que não é possível, quer dizer que as águas não vão permitir. O mar no Arquipélago é teimoso. Só barcos pequenos podem atracar aos pés da montanha das esfinges.

— Algumas ilhas fazem com que seja impossível desembarcar — disse Irian, juntando-se a eles. — Você simplesmente iria navegar e navegar e nunca chegaria à costa.

— Na Ilha dos Assassinos — disse Ratwin — é o contrário. Qualquer barco pode se aproximar e atracar, mas ninguém, nenhum barco, homem, ratatoska, nenhuma criatura que voa ou nada, consegue sair dali. E isso — ela disse para Christopher —, antes que você pergunte com seu rosto de *mas o quê* e seus olhos de *sério*, é a mais pura verdade.

— Exceto madeira-dríade — disse Irian. — Certa vez li um texto antigo que dizia que barcos feitos de madeira-dríade podem entrar e sair, já que é uma madeira com um coração próprio.

— Isso é história para crianças. — Nighthand bufou. — E eu achando que você fosse uma erudita. Isso não existe. Vamos, antes que minha ressaca piore. É como se um lavellan estivesse comendo meus olhos por dentro.

Nighthand remava, segurando os remos que pareciam como talheres em suas mãos enormes, e Gelifen empoleirou-se na proa. Quanto mais perto chegavam, mais selvagem e ameaçadora a montanha parecia. Uma praia curta com areia branca-acinzentada levava à borda do penhasco, que se erguia, como uma grande face de rocha diversificada, por 15 metros. Havia arbustos agarrados à superfície, e pássaros empoleirados em afloramentos ocasionais — corvos, um ninho de andorinhas-das-barreiras e um bando de quatro pássaros cinza-prateados semelhantes a falcões que Christopher nunca tinha visto antes.

Nighthand saltou para a água que chegava até a coxa e puxou o barco até a costa. Irian se aproximou da rocha e passou os dedos com cuidado por ela.

— Vamos ter que escalar. — Uma pesada vinha marrom serpenteava sobre a rocha, e Irian quebrou com um estalo um pedaço dela. — É hera. Não deveria estar marrom, ela é sempre perene. Viva o ano todo.

— E isso significa...?

Irian meneou a cabeça. Ela colocou o pedaço de vinha no bolso.

— Eu nunca a vi morta assim. Isso me deixa preocupada.

Christopher se aproximou da rocha. Tinha boas agarras, mas elas estavam distantes. Ele era quase tão alto quanto Irian, mas ambos teriam que se esticar. Para Mal seria impossível. E a queda, se caíssem, seria mortal.

— Mal irá nas minhas costas — disse Nighthand. Ele se virou para o paredão com o rosto impassível como granito. — A menos que você possa voar.

Mal lambeu o dedo e o ergueu no ar, estava cautelosa: uma conhecedora do vento.

— Acho que não posso — respondeu ela. — Não por mais do que alguns segundos. Está muito errático.

— Então suba. As esfinges esperam!

Ele se inclinou para que Mal subisse em suas costas enormes. Ele era tão alto e tão grande que foi uma escalada para ela.

Ela se segurou com cuidado em seus ombros, Gelifen agarrado a ela. Nighthand sacudiu-se com impaciência.

— Segure-se ao redor do meu pescoço, você não vai me machucar.

— Precisamos ir rápido — disse Irian. — As esfinges vão saber que atracamos. É melhor não as deixar esperando. Uma esfinge impaciente é perigoso.

Nighthand escalou primeiro. Ele subiu com a confiança e velocidade como lhe era costumeiro: uma pessoa que nunca na vida contemplou a ideia de cair. Ele parecia não sentir o peso de Mal.

Irian foi depois e Christopher a seguiu. Era um trabalho doloroso e difícil. As agarras eram muitas vezes pontiagudas e cortavam seus dedos. Mas ele progrediu, devagar ele ascendeu, com a respiração ofegante. Três, cinco, seis, nove metros.

Então, quando estava chegando ao topo, um pedaço de pedra que ele havia agarrado com a mão esquerda começou a despedaçar em seus dedos. Ele se virou para a esquerda para olhar; a hera tinha se embrenhado nela, pelas rachaduras, e agora a pedra estava se desintegrando. Ele só teve tempo de registrar que a pedra estava escorregando de sua mão quando seu pé escorregou sob ele.

Ele caiu.

O OPOSTO DE CAIR

O pensamento passou por sua cabeça, muito mais rápido do que a fala: *Isso não pode estar acontecendo.* E: *Eu vou morrer.* E: *Papai nunca vai saber. Ele terá que esperar, para sempre, sem saber se vou voltar.*

E então ele deu um solavanco de repente, parando de maneira brusca e dolorosa.

Ele havia pousado em um arbusto que crescia na rocha. Segurou-o com uma das mãos, agarrou-o com a outra e ficou ali. Seus pulmões estavam na garganta, seu estômago, em algum lugar próximo dos joelhos. O arbusto — que, de perto, era uma arvorezinha atrofiada, menor do que ele — crescia de uma saliência: pouco mais de um metro de largura e 25 centímetros de profundidade. Ele procurou por um apoio para os pés e ficou parado, esperando a respiração voltar ao normal, com ambos os braços abraçando a árvore.

Ele se forçou a ficar firme; trabalhou dos dedos dos pés aos joelhos e cotovelos, desejando que cada junta e músculo parasse de tremer.

— *Estou vivo* — suspirou.

Olhou para baixo, o que foi um erro. A queda era de 12 metros. Mas antes que o terror se apossasse dele outra vez, ouviu gritos vindos de cima, onde os outros tinham completado a subida.

— Christopher! Você está machucado? — gritou Irian.

Apenas Nighthand parecia despreocupado.

— Esse aí parece um lugar excêntrico para um descanso.

O rosto de Mal apareceu. Ela se agachou bem na beirada do penhasco, segurando-se na rocha.

— *Não* faça isso! Achei que eu fosse vomitar. Me virei e você estava caindo — disse ela. Por baixo de seu tom imperioso, ele pôde ouvir um tremor. Havia lágrimas de pavor nos olhos dela.

— Não estou machucado — disse ele. Não era verdade, ele estava sangrando nos dois joelhos e teria um hematoma que deixaria sua canela toda roxa, mas estava vivo.

A voz baixa de Nighthand veio com o vento:

— Você vê algum apoio? Consegue ficar de pé?

Christopher deu uma olhada. Todas os apoios ao alcance acima e abaixo haviam colapsado com a rocha; os únicos apoios pareciam que se desmoronariam se ele os tocasse.

— A pedra está instável — disse Christopher. — Não vai aguentar. — Ele estendeu a mão e agarrou a rocha. Puxou-a com força e ela se soltou em seus dedos.

— Então vou ter que descer — disse Nighthand.

— Não! — exclamou Irian. Sua calma habitual estava abalada. — A pedra não vai aguentar os dois, vocês vão acabar caindo!

Então houve um chiado e um "Ah!" — o som de uma ideia tomando forma — e Mal disse:

— Christopher! Eu vou jogar o meu casaco. Está pronto?

Ela ficou de bruços, com a cabeça e os ombros pendurados sobre a borda.

— Espere! — gritou ele, quando o vento soprou, levando poeira da rocha para seus olhos e boca, mas era tarde demais. Ela o havia soltado.

O vento pegou o casaco e o puxou para o lado. Ele soltou uma das mãos do arbusto, lançou-se e agarrou uma das mangas enquanto o casaco caía.

Ele ouviu Mal arquejar e sibilar de medo, e depois disse com aprovação:

— Agora vista, mas não o feche.

Com uma das mãos de cada vez, ele fez o que ela disse. Tentou não olhar para baixo.

— Agora segure as pontas, onde você o fecharia, e abra os braços, o vento vai te carregar. Não é um bom vento, mas é melhor do que cair.

— Tem certeza de que ele funciona para outras pessoas? Não só para você?

— Claro que tenho. — Era uma mentira, embora ele só fosse descobrir mais tarde. Mal nunca havia compartilhado o casaco antes. Não havia ninguém com quem valesse a pena compartilhá-lo. Ninguém com quem ela se importasse o bastante, até agora.

O pior momento foi quando ele se soltou da árvore para segurar as pontas do tecido.

Ele abriu os braços e sentiu o vento bater no casaco. Então houve um puxão, um puxão repentino em todo o seu corpo, e seus pés começaram a deixar a saliência. Ele disparou para cima, guinando para o lado, primeiro para longe do penhasco e depois — surpreendentemente rápido — em direção a ele. Christopher abaixou o braço esquerdo e girou para longe, de lado, para baixo e então para cima outra vez.

De repente, pôde sentir como funcionava — como angular a maneira como o ar atingia o formato do casaco. Ele voou para cima, e Mal soltou um grande grito em comemoração quando ele passou por ela, pelo sorriso de Irian e pela sobrancelha torta de Nighthand.

— Desça daí! — chamou Irian. — Antes que o vento pare!

Mas não havia nada no mundo que ele quisesse menos do que descer. Ele subiu mais e o vento fazia seu cabelo cair nos olhos, e parecia como glória pura: suas pernas esticadas para trás, o corpo todo leve como o ar. Ele subiu ainda mais, em direção aos pássaros, que voaram com uma cacofonia de grasnidos para cumprimentá-lo.

— *Christopher*! — gritou Irian.

Ele fingiu não ouvir. Uma alegria tomava conta dele. Ele comemorou.

— Christopher, o vento está diminuindo!

— Desça daí! — gritou Mal. — Ela tem razão!

Com pesar, ele se inclinou para baixo e pousou de pé. Isso machucou seu tornozelo, mas ele permaneceu de pé. Tirou o casaco e o entregou a Mal.

— Foi incrível — disse Mal.— Não achei que você fosse conseguir.

Nighthand fez um gesto para ele. Havia admiração em seu rosto, uma expressão com a qual ele sem dúvida não estava acostumado.

— Eu te dou os parabéns por não ter morrido — disse ele.

A MONTANHA ESCRITA

O que Christopher poderia dizer em resposta nunca saberemos, porque houve um barulho entre as arvorezinhas atrofiadas pelo vento no topo do penhasco, e do trecho rochoso no solo surgiu uma criatura que o silenciou por completo.

Era enorme. Com corpo leonino, amarelo-escuro, e patas tão grandes quanto o torso de Christopher. O rosto era como se a consciência e os olhos de um humano tivessem sido colocados em um leão. Dobradas sobre suas costas havia asas, enormes, emplumadas e cor-de-areia. Sua cauda era longa, e estava atrás, no chão. Ele soube logo de cara o que era.

A seu lado, Mal passou as mãos às pressas na pesada franja preta e ficou tão ereta como se estivesse na presença da realeza. Ajeitou as penas de Gelifen e aproximou-se de Christopher.

A criatura se aproximou. Um arrepio de adrenalina percorreu o corpo de Christopher. Nighthand colocou a mão na lâmina glamry em seu cinto e deu um passo na frente de Mal. Ele cheirou o ar.

— Tem cheiro de gato.

— Estranhos — disse a esfinge. Sua voz era baixa e rouca. — Por que estão aqui?

— Para obter informações — respondeu Mal. E então adicionou, diante de tantos dentes: — *Por favor.*

— Então vocês vieram resolver um enigma? Não damos informações sem um teste.

— Mas por que não? — perguntou Irian. Christopher ficou surpreso ao ver como ela parecia destemida diante da esfinge. — Não é este o objetivo do conhecimento, passá-lo adiante?

— Fazemos enigmas por duas razões. — A voz da esfinge saía estranhamente espaçada, como se não estivesse acostumada com o idioma humano, mas sua fluência era perfeita. — Seríamos inundadas por visitantes, inundadas por pessoas buscando conhecimentos triviais que poderiam encontrar sozinhas. O risco da morte — e sua longa língua apareceu e lambeu a ponta de seu nariz — reduz os números.

— Sim — disse Irian. Seu tom era seco. — Imagino que teria mesmo esse efeito.

— E, em segundo lugar, por que dizer a verdade àqueles que ainda não estão preparados para recebê-la? Os enigmas garantem que contemos nossos segredos àqueles que já *aprenderam como pensar.* — Seus olhos amarelos fitaram Christopher e Mal. — E, em terceiro lugar...

— Você disse duas razões — comentou Nighthand.

— *Terceiro* — continuou a Esfinge, mais alto, e suas asas se abriram por apenas um segundo, um grande gesto de penas e ameaça, e o ar estremeceu —, porque é uma maneira de atrair comida.

— Vamos responder ao enigma — disse Christopher. — É por isso que viemos.

A esfinge curvou a cabeça.

— E, se vocês errarem, talvez eu os coma.

— Talvez? — perguntou Mal.

— Não é uma escolha minha. Se fosse, não haveria um talvez, mas será a escolha de Naravirala, minha mãe, líder de nosso clã. Meu nome é Belhib; sou o quarto filho.

— Você vai comer todos nós? — perguntou Nighthand. Ele parecia interessado. — Ou só aquele que errar? Acho que é importante ser preciso sobre essas coisas.

— Todos vocês — respondeu Belhib. — E o grifo. Minha mãe ficará interessada no grifo. Sigam-me. — E partiu galopando rápido pelas rochas.

Christopher notava agora que o penhasco fazia parte de uma cadeia de montanhas enorme. Havia um grande pico à frente deles; a inclinação era regular no início — rochas, grama e líquen — e depois íngreme, em saliências acentuadas.

— Mais rápido — ordenou Belhib.

Christopher e Mal escalaram lado a lado, ambos ofegantes, conversando - quando conversavam — em sussurros, com a cabeça perto uma da outra, para que a esfinge não pudesse ouvir. Gelifen estava enrolado em volta do pescoço de Christopher. Ele podia sentir o bico dele vibrando em sua orelha. Despreocupado com a esfinge, o grifo, um dos grandes antecipadores da vida, estremecia na esperança do que estava por vir.

Irian os seguia, escalando a encosta com rapidez, mas um pouco desajeitada por conta das botas novas. Em certo momento, seus dois pés escorregaram de uma vez, e Mal e Christopher se viraram para ajudá-la, mas Nighthand, aparentemente sem olhar, estendeu a mão esquerda e a pegou pelo antebraço. Ele a soltou bem depressa quando ela se equilibrou outra vez.

— Machucou?

Ela tinha cortes na palma das mãos, mas balançou a cabeça.

— Só ralei um pouquinho.

— Mantenha-se firme — disse ele, com a voz rouca. — Esses sapatos estão precisando caminhar. Seus pés estão acostumados com bibliotecas. — E ela riu e com determinação não olhou ao redor outra vez. Apenas Christopher viu Nighthand olhar para a mão esquerda e tocar a palma com o polegar direito, antes de começar a escalar.

Eles estavam escalando há pelo menos uma hora, talvez duas, quando Christopher notou as marcas de corte na rocha. Apareciam onde a pedra era mais lisa: arranhões, linhas, curvas e riscos. Eram como se tivessem sido escavadas na rocha cinza por uma garra forte e confiante. Não havia dúvida sobre o que eram.

— *Escrita* — disse ele a Mal.

Mal passou os dedos sobre ela.

— Queria que tivessem me ensinado coisas úteis na escola, como esfinges, em vez de toda aquela álgebra.

Nesse momento, o primeiro barulho veio com o vento. Era suave, quase inaudível, mas estava lá: o zumbido de vozes.

— Ouviu isso? — perguntou Christopher, e ela se virou para ele, com a boca um pouco aberta para ouvir melhor, e fez que sim com a cabeça.

— Está vindo pela lateral da montanha.

— Sigam! — gritou Belhib. — Mais rápido! — Eles contornaram um afloramento, movendo mãos e pés, e pararam de repente.

A montanha estava viva e se movimentava. Sobre a superfície da rocha, mergulhando entre cumes, perambulando para cima e para baixo da encosta com a desenvoltura de bailarinas enormes e deitadas com o rosto virado para o sol e o vento, havia o que parecia, a distância, gatos-alados, amarelo-ouro, gatos com três metros de altura.

Eles se aproximaram, Belhib gritou em sua própria língua conforme chegavam.

— Você está dizendo para elas não terem medo de nós? — perguntou Nighthand.

— Estou dizendo para elas *não* comerem vocês. É impossível para um humano machucar uma esfinge.

Nighthand pareceu prestes a debater isso, mas Irian ergueu as sobrancelhas e ele ficou em silêncio.

A força das esfinges, Christopher viu, era estonteante: elas saltavam como molas sobre a rocha, cobrindo seis metros em um salto só. Na sombra de um rochedo, um círculo de esfinges comia algo carnudo e não identificável, rasgando-o com dentes tão longos quanto os dedos dele e duas vezes mais grossos. Elas conversavam entre si, em uma língua sucinta e gutural. Não havia doçura em seus rostos. Christopher sentiu o medo crescer e o reprimiu.

O pico surgiu; formava o topo amplo e arredondado do cume, enorme, vasto e varrido pelo vento. Duas das maiores e mais antigas esfinges estavam no cume, riscando com suas enormes patas dianteiras a superfície da rocha, escrevendo.

Christopher cutucou Mal.

— Olhe — disse ele. — Toda a encosta da montanha!

Lá em cima, até onde ele podia ver, quase toda a superfície de pedra brilhante estava escrita. Uma parte estava no alfabeto que ele conhecia, outra em alfabetos que ele nunca tinha visto, com imagens ou grandes traços geométricos.

Irian também tinha visto.

— Já ouvi falar sobre isso — disse ela. Havia admiração em sua voz. — Elas se movem de montanha para montanha, gravando o conhecimento na pedra: histórias, filosofias, canções, matemática. — Irian passou a mão por um diagrama gravado na pedra: um planeta, bifurcado. — Elas gravam fundo, então vai durar milhares de anos. Quando, após anos, a montanha toda estiver escrita, elas passam para a próxima.

Christopher observou as duas esfinges esculpindo a montanha conforme se aproximavam; a rocha abria espaço para suas garras com um som alto e irritante. Ambas tinham caudas que terminavam em uma bola de espinhos, e expressões de mais profunda concentração. Belhib, que tinha o tamanho de um carro, era sem dúvida pequeno, para o padrão das esfinges.

Com um arrastar final, eles alcançaram o topo. Pássaros voavam em círculos lá em cima. O sol do fim da tarde brilhava de lado nos olhos de Christopher. Era lindo e estranho o bastante para fazer uma pessoa tremer.

— Esta é Naravirala — disse Belhib. — Ela dará os enigmas a vocês.

E ao longo da beirada do cume, com o pelo ondulando com o vento, surgiu a maior esfinge que eles já tinham visto.

Ela era velha; o pelo ao redor de sua boca e orelhas era branco. Suas costas eram musculosas e suas garras, longas e muito afiadas, e com ela veio uma sensação esmagadora de poder. Seu rosto não era gentil, nem cruel; se um rosto pudesse se parecer com conhecimento condensado, seria esse. Ela os perscrutou. A análise foi como ser mordido: fez Christopher sentir que algo havia entrado em sua pele.

— Eu os recebo como convidados — disse ela. Sua voz, como a de Belhib, era firme, como se ela valorizasse as palavras demais para desperdiçá-las. — Mas também como invasores, até que eu descubra sua intenção.

Irian deu um passo à frente. Ela fez uma reverência e levou dois dedos ao coração. Ela apresentou cada pessoa pelo nome.

— Nossa intenção, minha senhora, é aquela que você acredita ser.

Naravirala concordou.

— Ótimo. Você conhece os antigos costumes. — Nighthand olhou para Irian, surpreso. — Sempre presuma que a esfinge sabe. E, neste caso, acredito que sei. Mas, primeiro, os enigmas.

QUATRO ENIGMAS

Naravirala rugiu. O som desceu pela montanha, e houve um murmúrio, um sibilar e um borbulhar de conversas, quando duas dúzias de esfinges vieram galopando. Elas rondavam o grupo, aparentemente desinteressadas nos humanos adultos — seus olhos estavam em Christopher e Mal. Uma expressão ilegível surgiu no rosto da esfinge enquanto ela se preparava para perguntar os enigmas.

Naravirala virou-se para Nighthand.

— Primeiro, o berserker, com a força de dez homens e a coragem de dez mil. *Sou leve como uma pena, porém a pessoa mais forte não consegue me segurar por cinco minutos.* O que eu sou?

— Não consigo pensar em nada que eu não possa segurar por cinco minutos. Um dragão, talvez.

— Responda à pergunta.

Nighthand olhou para Irian, que manteve os olhos nele e então olhou para Mal.

Nighthand fez careta. Havia um tom de vermelho em sua bochecha.

— Eu não sei! Já disse, não consigo pensar em nada. Me diga, caso eu desista, todas vocês tentarão me comer ou só uma de vocês?

Mal fixou os olhos nele. Contraiu os lábios e inflou as bochechas; ela estava ficando vermelha, torceu as mãos e arregalou os olhos.

— Ah! — E Nighthand bufou de alívio e raiva. — Entendi. A respiração.

Os olhos de Naravirala piscaram, mas ela apenas concordou.

— Próximo, a erudita. *O que tem palavras, mas nunca fala?*

Irian olhou bem para Naravirala. Quase em um sussurro, ela disse:

— Um livro.

Bem baixinho, Belhib murmurou alguma coisa que não parecia uma comemoração.

Naravirala virou-se outra vez.

— Agora a garota. Para você, pergunto o mais antigo dos enigmas. *O que de manhã tem quatro patas, de tarde tem duas e à noite tem três?*

Mal pareceu em pânico por um instante; e então um grande alívio surgiu em seu rosto.

— Eu sei essa! Uma pessoa. Quatro patas é engatinhar, duas patas é andar, e três patas é uma senhora com uma bengala.

Deu para ouvir Belhib estalar a mandíbula de desgosto.

— E, por fim, o garoto de Outras Terras. Você tem sido corajoso em um lugar estranho, mas terá que ser ainda mais corajoso antes do fim. Eis seu enigma: *Há duas irmãs. A primeira dá à luz a segunda, que por sua vez, dá à luz a primeira. O que elas são?*

Christopher perguntou-se por um instante se a resposta poderia ser sobrancelhas.

— *Pense* — sussurrou ele.

Belhib sorriu.

— É... o mar e a terra? Não, não é, espere! Essa não é minha resposta!

O sorriso cresceu. Belhib era todo dentes. Suas presas brilhavam como adagas à luz do sol.

Luz do sol. Um pensamento deu vida a outro pensamento.

— Acho que... é o dia e a noite?

— Sim. — Naravirala abaixou a cabeça em saudação, e, ao redor dela, todas as outras esfinges fizeram o mesmo. — Vocês passaram no teste. Responderemos sua pergunta.

Ela se endireitou. Em seu nariz e boca havia um traço de prazer.

— Vou confessar algo a vocês. Odeio enigmas.

— Mãe! — disse Belhib. Um murmúrio desconfortável reverberou ao redor da montanha.

— É a verdade. Eles me dão tédio. Detesto perguntas com apenas uma resposta.

— Eu me sinto da mesma maneira — disse Irian. — Não esperava ter tanto em comum com uma esfinge.

— Por exemplo, considere o maior enigma de todos: o que você deveria fazer com sua breve vida? A resposta é diferente para cada pessoa. Não há resposta correta, embora muitos tenham tentado oferecer uma. Não há respostas para estar vivo. Há apenas fortes conselhos.

— Tais como? — perguntou Irian. — A sabedoria de uma esfinge vale a pena ser ouvida.

A esfinge passou os olhos por eles.

— Por exemplo — e olhou para Christopher e Mal —, pare de esperar que a vida fique mais fácil. Jamais ficará. Não é aí que está a bondade. Ou — e ela olhou para Irian e Nighthand — não espere que as pessoas sejam perfeitas antes que você se permita adorá-las. Adore-as de qualquer forma. Essas coisas valem mais do que enigmas. — Houve um murmúrio de discordância vindo das esfinges atrás dela, e ela balançou a cauda de frustração, e todas se calaram. — Mas é o dever e pacto de uma esfinge fazer enigmas, então eu mantenho a tradição.

— E, muitas vezes, os enigmas são respondidos. Já faz vários anos que não comemos humanos — disse Belhib.

— Basta. — Naravirala dirigiu um olhar cortante ao filho; ela levantou as asas em alerta, e as bateu, enormes velas emplumadas sobre sua cabeça.

— Venham, humanos. Vamos jantar.

— Mas ainda precisamos fazer nossa pergunta! — disse Mal. — É urgente! Comer vai demorar uma eternidade.

— Vocês não estão com fome?

Gelifen mordiscou a mão de Mal e ela respondeu:

— Sim, famintos, mas...

— Sei o que vocês vieram perguntar. É a mesma coisa que temos nos perguntado. Uma hora não fará diferença.

Eles jantaram no abrigo de uma pedra erguida no topo da montanha, com pequenas maçãs duras e carne de pássaro, junto das esfinges mais anciãs. Havia nove delas, variando em tamanhos de rinocerontes a elefantes. Os modos à mesa das esfinges eram inexistentes. Christopher e Mal trocaram olhares e depois seguiram o exemplo, rasgando a carne com as mãos e os dentes. Estava carbonizada em alguns lugares, e tinha um leve gosto de couro, mas o dia o deixara esfomeado; um caldo escorreu por seu queixo.

Uma das esfinges trouxe, na boca, uma grande tigela de pedra, e dentro dela um monte de frutos roxos com formato de pera; Gelifen foi direto para eles.

— Fruta-pantera! — gritou Mal. Ela jogou uma para Christopher. — São uma delícia, mas elas estragam muito rápido depois que as colhemos, então as pessoas fazem vinho ou geleia. Nunca comi frescas.

A casca era dura — Mal cuspiu a dela —, mas mordê-la até chegar na polpa era surpreendente. Era translúcida e tinha gosto de uva-rubi, mas era mais doce e profundo. Christopher comeu duas tão rápido que o suco escorreu dos pulsos até os cotovelos. Mal estava coberta da mesma forma.

— Por que é chamada de fruta-pantera? — perguntou ele.

— Porque parece com a cabeça de uma pantera. Sabe como é, elas são míticas... pretas com garras, correm tão rápido quanto o vento? Você já deve ter ouvido falar delas.

— Panteras não são míticas.

Ela o encarou.

— São sim! Gatos enormes, que correm mais do que cavalos?

— Elas são reais! Já vi uma num zoológico. E elas não se pareciam muito com frutas.

Naravirala falou com eles.

— É verdade, Malum, que panteras existem.

Mal olhou para ela, mas não discutiu com todos aqueles dentes.

— Os humanos sempre viajaram entre o Arquipélago e os Continentes — continuou Naravirala. — Mas ainda há ignorância dos dois lados. As pessoas sempre desacreditaram os viajantes, ainda mais quando eles retornam, varridos pelo vento e com olhares apavorados, e não controlam muito bem a língua.

Ela olhou para Christopher.

— Há muitas pessoas no Arquipélago que acreditam que sua história sobre Henrique VIII é uma metáfora, ou uma parábola: um aviso para garotinhas não se envolverem com reis. E suas panteras, seus ouriços, suas girafas, seus andorinhões: todos eles soam tão improváveis e míticos para os arquipelaganos quanto unicórnios para vocês. — Ela abriu a boca e mostrou os dentes. — Vocês, humanos, devem tomar cuidado para que isso não se torne uma realidade.

O HOMEM QUE DISSE NÃO

Por fim, quando o sol começou a se pôr atrás da cadeia de montanhas à esquerda, Naravirala virou-se para os humanos.

— Agora, digam-me. Digam-me o que vocês vieram perguntar.

Nighthand olhou para Irian, mas foi Mal quem falou. Ela fez isso com cuidado e honestidade. Contou à esfinge toda a história, terminando com:

— Então queremos saber, o que vem acontecendo com o glimourie? Por que dragões estão atacando e krakens abandonando suas águas?

Os grandes olhos da esfinge pairaram sobre o grupo.

— A história é complicada. Tudo começou há muitos anos.

Mal e Christopher sentaram-se um ao lado do outro, aguardando. Gelifen esticou-se no colo de Mal.

— Vocês sabem como a proteção ao redor do Arquipélago foi feita?

Mal fez que sim, mas Christopher fez que não com a cabeça.

— Foi há três mil anos. A Imortal, uma corajosa mulher, conhecida como Heletha de Antiok, tomou a decisão de nos proteger da incessante destruição causada pela espécie humana. Ela decidiu isolar o Arquipélago do resto do mundo. Usou a Árvore Glimourie, da qual a primeira magia nasceu, o maior poder que existe, maior do que o de qualquer criatura humana ou mágica, poder além do poder, para criar uma barreira entre as ilhas e o resto do mundo. Permitiu que a magia se concentrasse aqui. Aqui ela é densa o suficiente no solo e no ar para que as criaturas prosperem e tenham vida longa e nobre. Nós mesmas, as esfinges, dependemos dela.

"Mas, à medida que os milênios se passaram, ficou claro que havia um risco. A cada poucos séculos, alguns charlatões, algumas almas rastejantes e cruéis, tentavam se aproximar da Árvore Glimourie para roubá-la, para tomá-la para si. Para conjurar a maior das magias, para comandar um poder além do poder humano. Mantê-la a salvo era uma batalha constante. Então, centenas de anos depois, o Imortal, na época, um homem chamado Ahmed Telos, um homem gentil e de voz tranquila, de grande tenacidade e cuidado, construiu um labirinto ao redor da árvore. Ele foi até o mundo não mágico, o Imortal viajava muitas vezes para aprender sobre o mundo em sua totalidade, e passava vidas inteiras nos continentes não mágicos, e encontrou um único homem genial. Era um homem de muitos talentos: erudito, artista, engenheiro, arquiteto, um homem de paz e um homem de guerra. Seu nome era Leonardo da Vinci. Leonardo, junto com seu primo, Enzo da Vinci, o melhor pedreiro do mundo, foram aclamados como os maiores arquitetos de sua época; especialistas na construção das fortificações e muralhas mais sofisticadas. Leonardo desenhou um plano mestre. Ele iria, como disse, construir um labirinto impossível, um labirinto tão complexo que nunca seria resolvido por aqueles que não conhecessem o caminho. A Árvore Glimourie cresce em uma caverna, nas profundezas do calor da terra; ele esculpiu o labirinto na rocha. Ele o montou com armadilhas, truques, e escondeu perigos. E a salvo no coração de seu mistério profundo, a árvore floresceria, segura para sempre.

"Portanto, era indispensável que apenas o Imortal soubesse o caminho do labirinto. Então, uma vez construído, os dois homens concordaram em tomar uma poção que os faria esquecer. Foi feita por um centauro, só os centauros sabem fazer poções com tal poder, e os dois homens a beberam e esqueceram. Leonardo e Enzo voltaram para casa, infinitamente mais ricos, sem se lembrar de nada do que tinham feito. Desde então, uma vez na vida, o Imortal entra no labirinto. Vai até a árvore. Cuida de suas raízes. Garante que ela ainda prospere. E pega um pedaço minúsculo da casca e a come. A pele dele fica com um cheiro bem vago de glimourie."

— É tudo muito bonito — interrompeu Nighthand —, mas não conta nada de novo! Não *há* Imortal. Faz uns cem anos que não existe um. Ninguém sabe por quê.

Naravirala inclinou a enorme cabeça salpicada de branco.

— É possível que apenas alguns poucos humanos saibam por quê. Mas as criaturas sabem. Nós, esfinges, recebemos notícias de tudo: das ratatoskas, das estrelas, das náiades, dríades e nereidas. Até das mantícoras.

Mal fez uma cara de medo e desgosto.

— As mantícoras sabem de muita coisa — continuou Naravirala —, embora raramente escolham fazer algo de útil com esse conhecimento. E a partir dessas fontes entendemos tudo o que aconteceu, cem anos atrás. Escrevemos na pedra. O que aconteceu foi isto: a cada morte, o Imortal renasce eminstantes. O bebê é cansativo para os pais. Todos os bebês humanos são, é claro, mas o Imortal, quando bebê, é ainda mais. Dizem que ele ri e chora sem parar durante os primeiros três anos.

— Cem anos atrás, o Imortal nasceu homem, no norte de Lítia, foi chamado de Marik.

O vento estava aumentando. O sol tinha se posto atrás da cadeia de montanhas, e de repente estava ficando bastante frio. Mal tirou o casaco e o colocou sobre ambos os colos, Christopher fez um gesto em agradecimento.

Naravirala continuou, devagar, com clareza e uma voz pesada:

— Conforme Marik crescia, foi ficando cada vez mais furioso com o próprio destino, com o que ele era. Ele odiava o conhecimento Imortal que havia sido imposto a ele. Odiava não poder esquecer nada.

"Por fim, ele chegou a um ponto em que não conseguia mais aguentar. Olhou para o mundo. Viu crueldade, tristeza, derramamento de sangue. Então perguntou: 'Será que tudo, o Arquipélago e o mundo além dele... será que essa coisa raivosa do mundo vale a própria dor? Será que a humanidade vale a dor que inflige a si mesma?'. Seu corpo inteiro se revoltou. Seu coração lhe disse: *Não*. Ele disse: *Não*. Não às memórias, não ao conhecimento, não à terrível responsabilidade que vinha com o conhecimento. Então esse foi seu grande grito. *Não* para o mundo. Ele contou à família dele que estava renunciando a seu dom. Todo mundo, é claro, disse que isso não era apenas loucura, era também impossível. *Não é possível* deixar de ser o Imortal. Mas Marik estava determinado. Ele se lembrou da poção do esquecimento que Leonardo e Enzo da Vinci haviam tomado. Foi até os centauros. Há uma manada na Ilha de Antiok que passa o segredo da poção de filho para filha para filho.

"Ele lhes pagou uma quantidade incalculável de ouro para que fizessem a poção, uma poção mais forte do que qualquer outra que já tivessem feito. Ele deixou tudo em ordem. Há um palácio que um Imortal construiu 600 anos atrás: o edifício mais refinado do Arquipélago. Marik o fechou, trancou as portas e mandou as pessoas embora. Havia um barco, um navio de madeira dríade, e ele o arrastou para fora da água e o guardou."

Outra esfinge mais velha interrompeu:

— Foi assim. Ele o colocou no salão de jantar e deixou o palácio para ser consumido pelo Tempo.

— E então ele tomou a poção. E esqueceu. — Naravirala piscou, e havia um pesar nesse gesto. — Foi um esquecimento grandioso e proposital. Ele sabia, quando bebeu, que não apenas ele, *mas todos os Imortais que viriam depois dele,* não saberiam que eram Imortais. Podem compreender? Houve pelo menos dois ou três Imortais desde então, talvez mais, que nasceram e morreram, sem saber. Eles não sabiam quem ou o que eram. Viveram como bebês comuns, crianças comuns, adultos comuns.

— Isso pode ser desfeito? — perguntou Christopher.

— É possível. Há um antídoto para a poção, como há para todas as poções. Ninguém nunca tomou, mas pode ser feito. E sem a proteção, o conhecimento, o cuidado atento e inabalável do Imortal, o Arquipélago está vulnerável. Ninguém pode entrar no labirinto para ver se está tudo bem com a Árvore Glimourie. Não há ninguém cujo único trabalho seja a proteção daquilo que estimamos. E passamos a acreditar que o pior aconteceu. Passamos a acreditar, através das estrelas, e das águas, e das mensagens que chegam até nós, que alguma coisa entrou no labirinto. A árvore está morrendo ou sendo consumida.

— Mas isso é impossível! — exclamou Nighthand.

— Deveria ser. Ninguém tinha conhecimento do labirinto, além do Imortal. Mas é verdade.

— O que vai acontecer? — perguntou Mal, ao mesmo tempo em que Christopher perguntou: — E se a Árvore Glimourie for destruída?

— A proteção das ilhas desaparecerá. As criaturas não viverão por muito tempo, sem o glimt. Tudo que você viu e amou morrerá. Os grifos, como sabem, já estão quase extintos. — Ela inclinou a cabeça para Gelifen. — Os unicórnios, os dragões, as ratatoskas. — Ela fez uma pausa, e acrescentou: — As esfinges. Nós também. E Outras Terras: eles estariam à mercê de tal poder.

Belhib atrás dela, fez um barulho firme e triste com a garganta. Aproximou-se da mãe.

— O que aconteceu com o Imortal? Com Marik? — perguntou Christopher.

— Ao Homem que Disse Não? Ele acordou no dia seguinte, sem lembranças do esquecimento. Levou algum tempo para se recuperar da poção. Por um mês, não pôde andar. E então construiu uma vida para si, de certa maneira.

Ele continuou sendo uma pessoa cautelosa. Com medo da curiosidade. Morreu jovem, em um acidente no mar. E, depois disso... simplesmente não soubemos mais quem é o Imortal. Não sabemos em qual corpo a alma de toda a eternidade reside.

"Então se quiserem saber o que está no coração do labirinto, se quiserem saber o que aconteceu para fazer o glimourie falhar, primeiro devem encontrar o Imortal. Encontrem a alma que nasceu da primeira maçã da primeira árvore e que conhece a humanidade desde o princípio."

UMA ERUPÇÃO DE VIOLÊNCIA

Eles navegaram de volta, na maior parte em silêncio, à Cidade dos Eruditos, e atracaram na manhã seguinte no cais. A primeira coisa que Irian fez foi ir até a biblioteca, seu rosto estava concentrado.

— Deve haver alguma coisa, em algum lugar, sobre o Imortal.

— E a gente? — perguntou Mal. — Para onde devemos ir? — Ela cutucou o nariz, inspecionou a meleca em seu dedo e a comeu.

— Que nojento, Mal — disse Christopher.

— Eu vi você cutucando o nariz ontem.

— Eu não comi!

— Então você é nojento *e* desperdiçador. Pelo menos eu sou só nojenta.

Nighthand os observava com as sobrancelhas erguidas.

— Não saiam do barco — ordenou ele. — Tenho alguns antigos contatos que ficam ouvindo fofocas que outras pessoas não ouvem. Vou procurá-los, ver se ouviram alguma coisa sobre o Imortal. Ratwin também fará isso.

— A gente também vai — disse Mal.

— Não vão não! Esses contatos não são o tipo de pessoas com quem vocês gostariam de tomar café.

Eles esperaram até que o berserker estivesse fora de vista, então trocaram um olhar.

— Acha que...

— Se formos rápidos...

— Na verdade, a gente não *disse* que ficaria...

Christopher sorriu, e pulou do barco para o cais.

— Vamos procurar alguma coisa para comer — disse ele. — Não dá para viver de meleca.

Compraram três pedaços enormes e macios de pão de ló — um para Gelifen — e o comeram enquanto andavam pelas ruas, passando por lojas que vendiam pães, frutas e peixes, e então por uma rua lateral ao lado do canal. O bolo era macio como veludo, mas a mente de Christopher não estava toda nele.

— Mal — disse ele. — Se as esfinges não podem dizer para onde a gente deve ir, quais são as outras criaturas antigas que poderiam lembrar de alguma coisa? Você disse que dragões têm milhares de anos. Existe alguma maneira de falarmos com um dragão?

— Acho que dragões não ligam muito para humanos — disse Mal. Gelifen abocanhou o bolo dela. — Eles são tão antigos, e selvagens, quase não pensam nos humanos. Acho que somos como formigas para eles.

— Mas o glimourie também os afeta — disse. Ele hesitou. — As nereidas, elas disseram alguma coisa sobre você. Sobre você e o glimourie.

Ela ficou alerta no mesmo instante.

— O quê?

— Foi difícil, tinha tanta água, e só algumas partes eram na minha língua...

— Por favor! Me diga, Christopher!

— Ela disse...

Mas ele foi interrompido por um grito terrível. Virou-se para ver um garoto agarrando o braço de Mal, arrastando-a para o lado. Era um dos dois garotos que estava esperando com a vidente.

Ela o atacou e o menino lhe deu um soco, bem na boca. Gelifen se lançou sobre o rosto do garoto, e ela acertou o nariz dele com a base da mão. Enquanto ele cambaleava para trás, Christopher o atacou no peito e o menino caiu, gritando, no chão.

Eles mal tiveram tempo de respirar, antes que o segundo garoto surgisse do nada. Ele agarrou o cabelo de Christopher e, segurando-o, usou a pegada para acertá-lo na cabeça. O choque deixou Christopher sem ar, e ele ficou mole, mas o menino o segurou e o acertou outra vez, no pescoço.

Mal estava apoiada na parede, sem fôlego, tentando recuperar o ar, encarando o primeiro garoto. Havia sangue na calçada, e parecia vir da boca dela. Christopher viu e todo o seu corpo ficou quente.

Ele se esticou e abraçou o segundo menino, tão forte que os golpes foram contidos em seu peito. Então mordeu, com força, o nariz do garoto. O menino gritou e tentou se afastar, e quando fez isso, Christopher chutou seus tornozelos com tanta força que eles escorregaram. Mal se afastou, com Gelifen nos braços, sentindo ânsia de vômito.

— Eu vou pular nas suas costelas da próxima vez, até que elas se quebrem e se enfiem nos seus pulmões. — Ele sentiu uma dor no próprio rosto. Ficaria com um olho roxo. — Por que vocês estão atrás dela?

O menino cuspiu, mas não disse nada.

O corpo de Christopher não estava mais fervendo e ele não queria mais infligir dor. Sua cabeça zumbia e havia sangue em sua boca. Mas ele ergueu um pé e estava prestes a chutar outra vez.

— Não! — O garoto murmurou algo que soou como "*laéortal*"

— O quê?

O primeiro garoto tentou se levantar.

— Não conta para ele!

Christopher respirava com força pelo nariz. Sentiu um enjoo subir pela garganta.

— Me conta ou eu vou piorar ainda mais as coisas.

O garoto grunhiu.

— Ela é a esquecida, né? Nossa mãe... viu na palma da mão dela, não viu?

Christopher lembrou-se da vidente e olhou para Mal, que vomitava na calçada a vários metros de distância, fazendo careta.

— Que esquecida? — E um pensamento, um pensamento nítido e não confirmado que o perseguia desde que o kraken tinha erguido Mal e a colocado em um pedaço de madeira o fez dizer: — A Imortal? A Imortal perdida?

— Tem um homem, Kavil é o nome dele, grande, loiro, com um machucado no rosto, procurando por ela, e ele está oferecendo dinheiro. Dinheiro de verdade, do tipo que muda sua vida. Ele diz que ela é a Imortal. Nossa mãe também diz isso.

— Mas como Kavil sabe?

— Não é problema nosso, é? Disse que trabalha para alguém.

Antes que ele pudesse perguntar mais, o outro garoto ergueu o irmão. Eles correram, e Christopher não tinha forças para impedi-los.

Ele alcançou Mal assim que ela parou de vomitar.

— Acertei ele no nariz — disse ela como forma de saudação. — Acho que quebrou.

— Como você sabia fazer isso?

— Sei lá. Eu só sabia. E ele, sei lá, estava com medo de me tocar. Teve que se forçar a isso.

Christopher abriu a boca para contar o que o menino havia dito, e então a fechou de novo. Não ali, nem naquele momento.

— Consegue andar?

— Sim. — Ela se levantou, estremecendo, tirou a sujeira do cabelo e tentou sorrir. — E você, consegue? Essa é a questão.

Christopher passou a língua pelos dentes de trás. Nada estava quebrado.

— Consigo. Vamos voltar para o *Dançarino das Sombras*. Rápido.

* * *

Ele não contou o que o garoto havia dito até que estivessem no barco, a salvos, sentados em cadeiras de acampamento e alimentando Gelifen com um punhado de camarões.

— A Imortal! — exclamou ela. Falou baixinho, mas a tensão em sua voz fez com que saísse alta e aguda. — Todo mundo está obcecado com o Imortal! Imortal isso, Imortal aquilo. Vai por mim, eu saberia se fosse imortal.

— Mas essa é a questão, você não saberia! — Uma grande tensão, da louca possibilidade disso tudo, crescia em seu peito. Ele pensou no que a nereida havia dito; na maneira como Gelifen sentiu o aroma dela; em como o entrecaminho se abriu bem quando ela precisou. Pensar nisso encheu seu peito de caos: algo como pânico, florescendo como esperança. — Foi o que a esfinge disse.

— Dizer que sou eu é como dizer que sou um *centauro*. Não tem como esquecer os segredos de toda a humanidade.

— Mas você *não saberia*! E aqueles garotos...

Ele tentou continuar, mas ela se levantou, fazendo cara feia.

— Por favor, Christopher, não diga que você acreditaria mais numa vidente do que em mim! Elas ganham dinheiro com mentirinhas bobas, e com idiotas que acreditam nelas. Ainda bem que grifos são imunes. — Ela pegou Gelifen nos braços. Seu crescimento era mais óbvio do que nunca, já que suas patas posteriores transbordavam dos braços dela. — Vou dar um banho no Gelifen.

Você pode ajudar. Ele fica tentando comer o sabonete, e depois fica peidando bolhas por dias.

— Tá bem.

— Mas não se você continuar falando sobre... isso.

— Ah. Então não.

Por um instante ela pareceu tão magoada que ele pensou que ela fosse chorar.

— Não posso! Mal, *ouça*...

— Não quero. — E ela saiu, e ele continuou ali, encarando o cais. A ideia do que havia acontecido ocupou tanto seu peito que ele mal podia respirar.

* * *

Naquela noite, em sua cabine no barco atracado, Christopher adormeceu quase que de imediato, mas por volta da meia-noite, acordou de repente com a força da queda.

Por um momento, não soube por que seu corpo todo formigava de choque. E então a palavra que tinha surgido em seu sono veio à tona: uma palavra que estava pairando na beirada de seu cérebro, fora do alcance. O reconhecimento era como uma sirene, preenchendo o quarto. Isso o deixou sem fôlego, muito mais do que o garoto havia deixado.

Ele foi atrás de Mal. Ela estava dormindo em sua minúscula cabine sob a colcha de grifo. O teto era pintado com dragões voadores.

— Mal! — Ele a sacudiu. — Acorda!

Ela ficou, compreensivelmente, irritada.

— O que foi? — Ela se sentou num instante. — É o Gelifen? — Mas Gelifen estava seguro a seu lado. — Vai dormir, Christopher. É madrugada!

— É importante! Acorda, sério, antes que eu conte.

Ela esfregou o rosto.

— Tá bem. Estou acordada. De pé. O que foi?

— Seu nome. Dado pelo nomeador. *Malum*. É latim.

— Eu sei! Já te contei isso. Significa "travessura". — Ela deu um sorriso sonolento, a franja grudada na testa. — Já chegamos a essa conclusão, não é?

— Aí é que está, Mal. *Malum* tem dois significados.

— E?

— Também significa... "maçã".

Houve um silêncio, longo e atordoado. Ele ficou observando enquanto a compreensão tomava conta dela e inundava seu rosto, que ficou pálido e rígido. E, então, do silêncio veio o som de algo zumbindo.

— Que barulho é esse? — perguntou Christopher.

Ele se moveu em direção ao casaco de Mal — o zumbido vinha do bolso. Ela o arrancou dele.

— Não toque nisso!

Ela segurou o casapasaran na mão. Ele girava, cada vez mais rápido, chacoalhando na palma da mão como se fosse quebrar, zumbindo muito alto. E, então, quando Irian e Nighthand apareceram na porta, com rostos ansiosos, de repente o objeto fez um clique e parou, apontando para o Norte.

— Está apontando para a primeira árvore — disse Christopher. — Está apontando para o coração do glimourie. Eu te disse! Para a primeira casa do Imortal.

MALUM, MAÇÃ

Ela estava furiosa. Christopher esperava que ela fosse ficar de muitas formas, mas não com uma irritação tão amarga e selvagem.

— Eu não sou a Imortal! Aqueles garotos, e você, e o casapasaran estão todos errados.

Eles se sentaram no convés, sob a luz de uma lamparina, com Irian, Nighthand e Ratwin, cujos olhos estavam arregalados de espanto, fascinação e mais alguma coisa: alguma coisa que Christopher não podia nomear. Parecido com o medo.

— Mas e se eles não estiverem errados? — perguntou Christopher. — E se for verdade? Aquela poção, você poderia tomar o antídoto! Você poderia saber todos os segredos do universo! Você poderia lembrar de tudo, para sempre!

— E se eu não quiser que seja verdade?

— Então você acha que *pode* ser verdade?

Ela ficou em silêncio.

— Mal! — Sua voz se transformou num grito de espanto. — Pense no que você poderia...

— Se aquele homem, Marik, decidiu que não queria saber, deve ter sido por uma razão! Eu quero ter uma vida normal, própria, de verdade. *Uma* vida. A minha.

— Mas você poderia salvar...

Ela ficou de pé.

— Me escuta! Agora, toda vez que eu fecho os olhos, fico vendo a minha tia-avó Leonor morta no chão. Um dia, quem sabe, eu esqueça um pouquinho.

Mas se eu tomar a poção, não vou lembrar só da morte dela, mas de toda morte que o Imortal já viu, para sempre. Uma eternidade de mortes. E de todas as coisas idiotas e vergonhosas que eu já fiz, e pensei, e imaginei! Eu teria que lembrar disso tudo, para sempre, todos os dias! O Imortal não esquece!

Ele entendeu, enquanto ela falava, o que ela queria dizer: que era um fardo muito grande, um peso capaz de esmagar o corpo e a alma de qualquer um. Uma verdade capaz de causar medo. E ela era tão pequena, essa garota, para que tal peso fosse colocado sobre suas costas — pequena, e teimosa, e frágil. Mas, ainda assim, a vasta e espantosa possibilidade disso o atingiu e ele disse:

— Mas pense em tudo o que você saberia, Mal, em tudo o que você veria. Não seria só a morte, seria muito mais do que isso...

— Não quero saber!

— Mal — disse Irian com gentileza. — Se for verdade, se for... se o casapasaran, e a vidente, e seu nomeador, se eles estiverem certos...

Houve um barulho repentino; uma batida, quando Nighthand se levantou.

— É verdade — disse ele. — O casapasaran carrega glimourie no metal; então não quebra ou fica desorientado. Sei disso. Dá para sentir. Acho que senti desde o começo, embora não soubesse o que era. Lembrem-se: é dever do berserker de proteger o Imortal.

Mal deu um grito reprimido de fúria.

— Eu não *quero* que você faça isso!

— Eu sei — disse ele. — Eu sei. — E se afastou às pressas.

— Mas, a responsabilidade é... — começou Irian.

— Pois é, eu não quero que seja minha responsabilidade! Por que tem que recair sobre mim? Eu ainda tenho dentes de leite!

Irian tentou outra vez.

— Pode ser, Mal, que só você, e apenas você seja capaz de salvar não apenas o Arquipélago e nosso glimourie, mas o mundo inteiro.

— O mundo é gigante! Com certeza outra pessoa pode resolver isso! Se eu tomar a poção, nunca mais vou descansar. Nunca, nunca, nunca, por toda a eternidade. Então não vou tomar.

— Mas você poderia conhecer todos os segredos do mundo! — exclamou Christopher.

— Eu *não quero*! Tá bem? Pense direito no que você está me pedindo.

— Mal — disse Christopher. — O barco, o labirinto, se você não...

— Olha, então tome *você* a poção se gosta tanto da ideia!

Ratwin ergueu a pata, como se estivesse numa sala de aula.

— Ele morreria na hora.

— Mal — disse Irian. Sua voz era muito carinhosa. — Se for verdade, então é seu dever, seu chamado.

— Não — disse Mal.— Não, não, não!

Ela nunca parecera tão pequena. Sua pele parecia fina o suficiente para que o ar parasse direto por ela.

Nighthand reapareceu tão de repente quanto havia sumido. Ele tinha feito a barba, tão rápido que havia cortes no rosto, e havia mergulhado a cabeça em um barril de água. Caminhou até a lateral do barco e arremessou seu cantil de vinho.

Ajoelhou-se diante de Mal.

— Eu me ajoelho diante do Imortal, diante da alma humana eterna. Eu ofereço minha faca e minha proteção até o dia da minha morte.

Mal estava chorando agora.

— Eu não quero! Eu não quero! — E se virou, correndo de volta para sua cabine, até a cama.

Christopher a seguiu com o olhar.

— Não entendo. Ela poderia saber tudo! Seria a pessoa mais importante e poderosa do mundo!

Irian suspirou.

— Não é tão simples assim. Ela seria arrancada da infância. Ficaria ainda mais sozinha. É isso o que acontece com as pessoas que veem e sabem mais do que as outras. Alguns conhecimentos significam exílio.

— Mas ela ainda seria *ela* — comentou Christopher. — Ainda seria a Mal.

— Seria mesmo? — perguntou Irian. — Quanto de nós é o que sabemos e o que vimos?

Christopher esperou. Quando Irian não disse mais nada, ele perguntou:

— E então?

— Não há resposta, apenas a pergunta.

INDO EMBORA

Mal estava esperando por ele quando ele voltou para a cabine. Ela usava o casaco e tinha Gelifen nos braços.

— Estamos indo — anunciou ela.

— Para onde?

— De volta para Atidina. Não vou ficar aqui.

— Mas...

— Você pode me deixar ir sozinha ou pode ir comigo. Assim que eles dormirem.

— Mas, Mal... a poção...

— Não ligo para o que eles acham. Se você mencionar a poção outra vez, eu arranco sua orelha fora com as mãos, entendeu? Você sabe que eu consigo.

Ele olhou para Mal: ela ainda tremia, de choque e medo. Ele não podia deixá-la ir sozinha. Ela podia ser imortal, mas era fisicamente pequena e estava assustada.

— Vamos cruzar a cidade até o cais do lado Oeste — disse Mal. — E vou alugar um barco, e voltar para casa, e trancar a porta, e nunca mais abrir.

— Mas, Mal, o glimourie! Tudo depende dele! O Arquipélago todo...

— Outra pessoa terá que lidar com isso.

— E se tiver criaturas nas águas? As esfinges disseram que elas estão com medo, e com raiva, e com fome...

O rosto dela estava tenso, sua mandíbula travada.

— Então vamos encontrá-las, não é? E aí vamos ver quem é que está mais irritado.

* * *

O relógio marcava duas horas quando eles saíram do barco. Gelifen sentou-se no ombro de Mal, com a cabeça apoiada em sua bochecha. Eles passaram pelos quarteirões, cruzando pontes sobre os canais iluminados pela lua no escuro. Uma ratatoska saltou de um poste para outro. Um sino tocou indicando que 15 minutos haviam se passado.

— Alguém vai levar a gente de volta a Atidina — disse Mal. — Por um preço. Eu ainda tenho bastante no meu casaco. Alguns marinheiros comerciais vão a qualquer lugar se você tiver ouro.

Eles passaram por uma enorme praça de paralelepípedo, ladeada por lojas fechadas. No centro, uma fonte de pedra no formato de sereia mandava água para o poste. Pesados copos de prata estavam pendurados por correntes na lateral, esculpidos com unicórnios.

— Acho que é por aqui — disse Christopher. — Para este lado é o Oeste.

E então a noite virou breu, um breu terrível.

Adam Kavil saiu de trás da fonte.

Mal gritou, e Kavil correu até ela. Ela foi erguida, com uma das mãos em sua boca e a outra em seus punhos agitados.

Christopher não tinha armas, nada. Ele olhou desesperado ao redor da praça. Agarrou um dos copos e o puxou, fazendo-o se soltar com um grande tilintar.

Ele correu mais rápido do que nunca. Saltou nas costas de Kavil e colocou a corrente no pescoço do homem, puxando cada vez mais para trás. Kavil deu um rugido sufocado e soltou Mal para encarar Christopher. Sua faca brilhava na mão.

De repente, Gelifen estava voando, furioso, vingativo, e seus dentes e garras estavam entre a lâmina feroz que se movia depressa.

Kavil se virou, mirou com a arma e golpeou o grifo, que deu uma guinada para o lado com um grito longo e alto. Christopher balançou o copo na corrente e acertou-o com toda força no rosto do homem. Kavil soltou um berro, de dor e choque, e Mal agarrou a mão do homem e cravou os dentes nela, mas a faca estava se erguendo de novo — ela se lançou para trás e a faca arranhou sua pele —, ela se virou para cuspir em seu rosto...

E então o terror acabou: porque Nighthand estava lá.

Ele atravessou a praça como uma manada de um homem só, ergueu Kavil e o arremessou contra uma parede.

Nighthand ficou sobre ele. Cada linha em seu rosto era de raiva.

— Você não faz ideia do quanto tem sido grotescamente estúpido. Mas logo saberá. Você saberá.

Kavil rolou e ficou de pé. Sua faca e a lâmina de Nighthand brilharam — um grunhido, um golpe de sangue — e então a ponta da faca de Kavil, cortada ao meio, voou pelo ar. Christopher se abaixou e sibilou quando o objeto o atingiu no ombro.

O homem puxou uma segunda faca, mais longa e mais fina, de seu cinto e atacou, seu rosto estava lúgubre agora, de medo e ódio; e Nighthand se defendeu com a lâmina glamry como se tivesse todo o tempo do mundo, seu rosto estava impassível e inexpressivo sob a luz do poste na praça escura.

E então Kavil virou-se para Mal outra vez. Lançou-se na direção dela, com a faca em punho, e Nighthand disse:

— Não. *Basta.* — Sua faca brilhou, e o assassino caiu como uma pedra no chão.

O berserker inclinou-se sobre o assassino e pressionou a mão sobre a ferida no peito de Kavil. Mal e Christopher correram até ele.

Nighthand aproximou-se mais.

— Diga por que você está tentando matá-la! Diga! Ela é só uma criança.

— Ela não é. Ela é a Imortal.

Mal interveio:

— Não sou não. Não sou não!

— É sim. Um nomeador, um vidente, ele falou sobre uma criança que chamou de Malum. Ele sabia, ou meio que sabia, meio que desejava, o que ela era.

— Se você sabe disso, por que matar a Imortal? — perguntou Nighthand.

— Meu mestre, ele quer que o Imortal seja sempre uma criança.

O rosto de Nighthand estava cheio de desgosto.

— Por quê?

Kavil balançou a cabeça, o cabelo roçando no chão de pedra.

— Não posso dizer. Estou proibido.

Christopher falou:

— Quem é ele? Seu mestre, quem é ele?

A voz do assassino saiu muito fina.

— Não — repetiu ele. — Ele me matará.

Nighthand ergueu a mão da ferida do assassino.

— Você vai sangrar até a morte em três segundos a menos que eu coloque minha mão de volta. Então me fale.

— Pare! Pare! Eu não sei o nome dele. Ele é a coisa que está no centro do labirinto.

— Como ele entrou? — disse Nighthand. Colocou a mão de volta na ferida. — O labirinto é impenetrável!

— Não é para ele. Ele está lá, bem no meio, na câmara central. — Kavil grunhiu, e sua voz ficou mais baixa. — Ele me enviou uma mensagem, enviou em um sopro de névoa. Está ganhando poder. — Ele engasgou. — Cresce a cada dia. E vai compartilhá-lo com o primeiro que for leal a ele, e eu serei o primeiro dos primeiros. Assim que ele controlar tudo, vou receber a minha parte.

— Tudo *o quê*? Desembuche, homem, ou vou remover minha mão e deixar você aqui para apodrecer.

— O glimourie. O glimourie do mundo. Ele o devora.

— Não é possível.

— É sim. Você está errado. — Raiva e fome deixaram sua voz mais forte. — Ele fez isso. Foi até o coração do labirinto porque podia ver o poder aguardando por ele. — Kavil ofegou, e havia sangue em sua garganta. — Ele sabia que estava lá para ser tomado. Ele se arriscou no labirinto. E então me chamou e me disse o que fazer: matar a garota. Ele me disse que é mais sensato ficar do lado do poder, com o poder mais puro que já existiu. Eu tentei argumentar. Não queria matar uma criança. Esperava que houvesse outra maneira. — Ele tossiu, uma tosse molhada e bruta. — Mas ele me disse que não. Tinha que ser feito. Ele me disse que esperança é outra palavra para ilusão. — Sua voz estava áspera, e seu rosto convulsionou em um grunhido de dor. — Esperança é uma mentira que aqueles sem poder usam para se consolar.

— Mas isso é loucura! Nenhum homem pode controlar o glimourie!

— Não! Nenhum homem fez isso *até agora*, mas ele encontrou uma maneira. E quando ele consumir tudo, terá poder suficiente para dominar não só o Arquipélago, mas também as Outras Terras.

Os olhos de Kavil estavam vermelhos, mas ele olhou para Christopher, e deu um sorriso pedante.

— O mundo inteiro. Eu sei de onde você é. Dá para sentir o cheiro. Não pense que você está a salvo. Ele conquistará tudo. Dominará o mundo como uma moeda na palma da mão. Ele fará com que o mundo seja dele.

Christopher não conseguia respirar. Pensou no pai, sempre com tanto medo, sempre mantendo o mundo a distância. Parecia, naquele momento, que ele tinha razão em temer, e Christopher estava errado. Nada no mundo era seguro — e por um momento, ele visualizou a Terra, girando numa escuridão estrelada, parecia tão vulnerável quanto um recém-nascido, e o pânico cresceu nele como uma coisa selvagem.

Kavil falou outra vez, apenas um sussurro:

— E ele o dará para mim. Ninguém será mais forte. Ninguém ousará se aproximar de mim. — A voz do homem estava ficando mais fraca, e ele começou a murmurar meias-palavras, nenhuma delas fazia sentido.

— O que ele é? — perguntou Nighthand. — É uma criatura, humano, o quê? — E então, enquanto Kavil comprimiu os lábios, continuou: — Como você sabia onde encontrar a Mal? Diga!

— Anja Trevasse — respondeu ele. — Ela me contou.

Nighthand soltou um chiado de choque e horror, e Christopher o encarou, atônito.

— *Anja*?

Mas os lábios do homem tremeram e seus olhos se fecharam. Nighthand jogou-se para trás, com a cabeça apoiada nas mãos. Mal aproximou-se dele, mas ele balançou a cabeça.

— Afaste-se, pequena Imortal.

Ele se inclinou e ergueu o corpo do homem como se fosse uma boneca, carregou-o para dentro do beco e o deitou, com as mãos sobre o peito. Christopher olhou para o cadáver e então para Mal, que se agachou, com as costas apoiadas em um poste, esfregando o corpo machucado.

Um pensamento lhe ocorreu com a força de um golpe.

— Mal — disse ele devagar. — Sei por que ele estava atrás de você. Aquilo no labirinto, ele quer que você, e todos os Imortais, sejam *jovens*. Porque acha que crianças são indefesas. Ele quer ter certeza de que o Imortal nunca se torne um adulto, para que nunca seja uma ameaça. — Fazia um sentido cruel, e ele sentia isso com uma certeza amarga. — Encontre os Imortais enquanto criança e mate, encontre outra vez, e mate de novo, e de novo, e de novo, e assim por diante para sempre.

Ela comentou:

— Eu não sou indefesa — disse num murmúrio baixo, quase preso na garganta.

— Eu sei disso. — Ele estendeu a mão para Mal e ela a pegou, levantando-se. Juntos eles observaram Nighthand pegar a meia faca do homem e fazer um

X em sua própria palma. Já havia quatro marcas lá, Christopher notou; essa era a quinta. Seu rosto não exibia satisfação, apenas desgosto. Havia manchas vermelhas nos paralelepípedos da praça. Sangue escorria sobre a pedra.

E então um choro fraco rasgou o ar, e eles se viraram, movendo-se como gêmeos.

O que eles viram foi a pior coisa daquela noite terrível.

Era Gelifen.

GELIFEN

No escuro, eles não tinham visto o sangue nas penas dele.

Mal correu até ele, que estava deitado de lado, na margem da fonte.

— Gelifen! Onde você está machucado? — Ela o ergueu e gritou: de repente, o sangue estava por toda parte, nas mãos dela e nas penas dele. Ela saltou por cima da borda da fonte e ajoelhou na água rasa, jogando água sobre o corpo do grifo para que pudesse saber de onde vinha o sangue. — Não entre em pânico. Você vai ficar bem. Vai ficar tudo bem. — Mas quando Christopher saltou a margem da fonte, as asas da criatura começaram a tremer.

— Onde ele está machucado? — Ele gentilmente afastou as penas: a faca havia cortado o pequeno grifo ao longo do torso. Um corte profundo.

— Por favor, não morra — Mal sussurrou para Gelifen. Seu rosto, que podia ser tão imperioso, uma rainha em miniatura, caiu em si. — Por favor, não. Eu faço qualquer coisa. Por favor, não me deixe aqui sem você.

Christopher ajoelhou-se a seu lado e rasgou sua camisa com os dentes, de maneira selvagem, como um animal, para fazer uma atadura. Um pedaço irregular foi arrancado.

— Aqui — disse ele. — Isso vai ajudar. Vai sim. Só precisa...

Juntos eles se atrapalharam com o tecido, e Christopher o amarrou forte, mas isso não parou o sangramento, e a respiração de Gelifen ficou lenta e entrecortada.

— Por favor, não — sussurrou ela. Seu cabelo caiu sobre as costas de Gelifen quando ela se debruçou sobre ele. — Por favor, respire.

O grifo ergueu a cabeça e a colocou na curva do braço de Mal, e ele inalou seu cheiro. Christopher inclinou-se para o rosto do grifo e sussurrou, bem baixinho, e Gelifen ergueu uma asa e a agitou para ele, mas não fez seu ronronar de sempre. Seus olhos se fecharam.

Lágrimas escorreram pelo rosto, lábios e queixo de Christopher, e por suas mãos, misturando-se com o sangue. Gelifen deveria ficar grande o suficiente para abrigá-los debaixo de suas asas, na chuva. Eles tinham conversado sobre isso, ele e Mal.

Seu pulso batia na garganta. Uma onda de desespero e raiva tomou conta dele.

Gelifen, a criatura mais mágica do mundo, o pássaro-alegria, soltou um suspiro áspero. Christopher sufocou o choro. Ele sussurrou, com a boca seca:

— Não. Ele é o último.

Mal segurou Gelifen junto ao peito. A cicatriz que ele havia deixado em sua bochecha estava vermelha à luz do poste. O mundo se contraiu ao redor deles.

Foi assim que Nighthand os encontrou: Christopher ajoelhado ao lado de Mal, o corpo de seu companheiro mais amado entre eles. A fonte continuava a funcionar, e a água estava vermelha, e à luz da lua parecia que o próprio mundo sangrava por eles.

O último grifo morreu quando os relógios marcaram a passagem de meia hora, e o barulho soou como o número de mortos pela cidade adormecida.

A PIOR PERGUNTA

Eles passaram o resto da noite no convés do barco, sob o céu. Nenhum dos dois queria voltar para o quarto.

O sono não veio. Christopher nunca soubera, até então, o que era ter o coração partido. Ele não tinha percebido que seria tão físico; que o lugar em seu peito onde os pulmões deveriam estar parecia vidro quebrado. Doía para respirar.

Ela falou no escuro:

— Queria que alguém tivesse me contado.

— O quê?

— Sobre a pior pergunta.

— Que pergunta?

— A pergunta, e se eu tivesse feito diferente?

Houve um silêncio na escuridão.

Ela continuou:

— Você acha que, se eu tivesse concordado em tomar a poção, logo de cara, se eu não tivesse fugido, se eu soubesse mais, eu não o teria perdido?

Ele deveria ter dito: *Não seja ridícula, não seja boba, você é só uma criança, nós dois somos. Não foi culpa sua, foi dele, do assassino.*

Era o que ele deveria ter dito. Ele sabia, já naquela época.

Mas não disse. Havia uma ponta de metal em seu peito onde o coração deveria estar. Ele se ouviu dizer:

— Agora jamais saberemos, não é?

* * *

Havia uma floresta nos arredores da Cidade dos Eruditos. Ela já fora, certa vez, um cemitério real. Tinha sido ali, 600 anos atrás, que a última rainha guerreira havia sido enterrada por seu rei. Agora, sem rainhas ou reis, tornara-se selvagem, uma floresta de árvores enormes misturadas com flores boca-de-leão, alho-bravo e arbustos de orquídeas.

Foi na noite seguinte à morte de Gelifen. Nighthand e Irian esperaram no barco, conversando em voz baixa, sobre Kavil, sobre Anja. A traição havia deixado Nighthand irritado e enjoado.

— Não consigo entender — disse ele. E repetiu várias vezes, como se as palavras fossem se tornar uma lâmina e cortar até a resposta. — Não consigo *entender*. Ela nos deu o barco.

— Isso foi antes de ela saber quem Mal era.

Mal e Christopher deixaram Nighthand murmurando sua vingança e saíram sozinhos para a cidade, a caminho da floresta.

Mal pedira que apenas Christopher fosse com ela.

— Nada de adultos. Ninguém que vá dizer para a gente o que fazer.

Eles se moviam na escuridão total por entre as árvores, guiados por uma tocha. As sombras subiam e desciam ao redor deles na floresta, e eles tropeçaram em galhos, e criaturas gritavam no ar noturno, mas nenhum deles estava com medo. Eles já haviam perdido o medo.

Chegaram a um grande carvalho, aos seus pés a pedra da rainha guerreira indicava onde ela havia sido sepultada. Uma ratatoska magricela estava sentada nos galhos. Gelifen estava nos braços de Mal pela última vez. Ela o segurava junto ao peito.

Mal apontou o local. Eles pegaram pás, agacharam-se e cavaram. Cavaram até os braços doerem e as mãos ficarem cobertas de terra. O embrulho esperava.

Por fim, Mal virou-se para colocar Gelifen no túmulo, mas suas mãos tremiam.

— Vou soltá-lo — disse ela. — Não consigo fazer isso.

Então Christopher se inclinou e colocou o grifo dentro da terra.

— Espere! Não cubra ainda. Ele precisa de alguma coisa boa para acompanhá-lo.

Christopher olhou ao redor, para as altas árvores pretas e para as flores. Ele sabia que flores eram jogadas aos pés de dançarinos; daqueles que invocavam a beleza. Foi até um arbusto de flores brancas, prateadas à luz da tocha, e as puxou, arrancando-as e quebrando-as. Ele levou um punhado para ela.

Ela concordou. Desfez o embrulho e colocou as flores nas asas de Gelifen, em seu lindo corpinho que não respirava.

Ela sussurrava para o grifo enquanto trabalhava. Christopher conseguia ouvir apenas algumas palavras.

— Quando Leonor morreu... você era a mais viva das coisas vivas... me ajudou a viver. — E mais coisas que ele não conseguiu ouvir, e então, falou tão baixo que não passou de um sussurro: — Vou me lembrar para sempre.

Por fim, ela se levantou. Christopher, com lágrimas no rosto, cobriu-o com terra. Ele tinha prometido, naquele primeiro dia no lago, proteger Gelifen. Ele deveria ter feito Mal desistir da fuga. Tinha falhado por completo.

Um milagre tinha chegado ao fim.

Mal pegou a lápide de Gelifen. Ela a havia esculpido com um canivete, em letras maiúsculas irregulares, trabalhando durante o dia, recusando-se a comer, erguer o olhar ou falar com Irian, que viera convencê-la a tomar uma xícara de xarope. Ela havia escondido o rosto atrás do cabelo e seus olhos permaneceram fixados pela dor.

Christopher deu um passo para trás. Sob o enorme dossel da floresta antiga, Mal pigarreou. Ela leu em voz alta o que havia gravado na pedra.

COM VOCÊ, TANTA COISA SE FOI.
NÃO ESQUECEREMOS.

E embaixo:

AQUI JAZ GELIFEN.
O ÚLTIMO E MELHOR GRIFO.

Lágrimas escorriam por seu rosto e cabelo. Christopher deu um passo à frente, de modo que seus braços se tocaram, e ela se inclinou para o lado dele e soluçou como se nunca mais fosse parar. Ela chorou de uma maneira que nunca havia chorado antes, por um amor arrancado, por falhas na proteção e erros insuportáveis.

Por fim, os dois se sentaram na terra, juntos. Quando conseguiu falar, Mal deu um suspiro que era tão antigo quanto a floresta. Ela disse a única coisa que podia, naquele momento, ter restaurado a esperança.

— Gelifen, sua morte não será em vão. Prometo. Seja lá o que for aquela coisa no labirinto, vou chegar até ela.

Ela cerrou os pequenos punhos enlameados, que estavam brancos nas juntas.

— E vou matá-la.

E embora estivesse coberta de terra, suor e catarro, o coração de Christopher agitou-se e rugiu. Quando eles se viraram um para o outro, seu pensamento surpreso foi que ela parecia, naquele momento, eterna.

* * *

Eles retornaram ao barco, por ruas iluminadas. Eram cinco da manhã, e o sol estava começando a nascer. Ele não se surpreendeu quando Mal passou direto pelos adultos em direção ao leme. Ela os apontou para o mar aberto.

— Puxar âncora — disse ela. — Zarpar.

— Mal — disse Irian. — O que você está fazendo?

— Vamos para Antiok, para a Ilha dos Centauros, encontrar quem possa fazer a poção.

— *O quê*? — perguntou Nighthand.

— Eu vou lembrar.

— Mas você disse…

— Eu sei o que eu disse. Não vou mais dizer.

Nighthand aproximou-se dela, seu corpo enorme se moveu rápido pelo convés, seu ombro acertou uma lâmpada na parede. Ela quebrou, mas ninguém se virou para olhar.

— Como assim? — Ele não fez esforço algum para disfarçar a esperança na voz.

— Eu vou tomar a poção e vou me lembrar do caminho do labirinto. Vou até o centro, à escuridão, e vou encontrar a criatura maligna que enviou aquele homem atrás de mim e destruí-la.

— Tem certeza?

Ela fez que sim com a cabeça, erguendo o queixo, e o vento levantou seu cabelo, fazendo-o balançar também.

— Se eu não fizer isso, não será só o Gelifen. Será tudo. Não posso deixar que nada mais seja perdido.

Houve um brevíssimo momento de silêncio, preenchido apenas pelo som do mar, e em seguida, Nighthand soltou um rugido alto.

— Para a batalha então! Para o desconhecido! Para ninguém sabe o quê, juntos!

E Irian pegou o mapa no convés e o desenrolou, Ratwin debruçou-se sobre ele, Nighthand apoiou a mão na lâmina glamry e moveu-se para ficar ao lado de Mal, cada parte de seu sangue e ossos lhe dizia que era ali que ele pertencia, e Christopher tentou sorrir para ela.

E ela sorriu de volta. Significava guerra, aquele sorriso. Quando se virou para o horizonte, o rosto dela tinha o tipo de expressão que deveria vir com um aviso: *Mantenha distância, perigo.*

UMA NOTÍCIA COMPLICADA E INDESEJADA

Mas não era tão simples. Afinal, pouquíssimas coisas são simples.

Por metade de um dia, a viagem fluiu. O barco se moveu rápido e cortante pelas águas, deslizando como uma pedra. A água ficou turquesa e o clima estava quente, do tipo que faz a pele entre os dedos ficar escorregadia de suor. Eles pararam, depois de sete horas, para Ratwin pescar, e Nighthand saltou sobre a borda do barco atrás dela e mergulhou na água.

— Um mergulhinho? — perguntou Nighthand, e Christopher e Mal se juntaram a ele no oceano.

— Eu não nado — disse Irian. Ela passou a mão pelo cabelo curto e desviou o olhar.

Ratwin a observou do mar, seu rosto de esquilo estava cético.

— Uma biologista marinha que não entra na água?

— Alguém tem que ficar no barco — respondeu Irian.

A água estava cheia de vida — peixes azuis e laranjas que disparavam, algo cinza-prateado e achatado que se movia junto com a areia do fundo do oceano abaixo deles — e Ratwin pegou 12 camarões grandes, cuspindo-os um por um no convés com um suave *puft,* e então se recostou para lavar o chifre com as patas dianteiras.

— Muita água salgada fazer com que ele fique quebradiço — disse ela. — *Chifre-sujo* é um insulto horrível e de encrespar os pelos de uma ratatoska.

Eles assaram os camarões no convés, e Christopher e Mal estavam cobertos até o pulso com pedaços de cascas rosa quando uma mancha apareceu no céu.

— Olhar para cima! — chamou Ratwin. — Algo está vindo.

A mancha tomou forma, e cor, e clareza: as longas asas verdes de um longma. Ele foi se aproximando em círculos, e o corpo todo de Christopher ficou rígido de espanto.

Era Anja. Ela usava roupas de montaria de seda azul-marinho e safiras, e carregava uma expressão tão inescrutável quanto o mar.

A lâmina glamry de Nighthand de repente estava em sua mão.

— *Anja?* Você ousa mostrar as caras?

A velha gritou para eles.

— Não me mate, Nighthand. Seria um desperdício de boas informações. — Ela chutou o longma, e ele se aproximou mais.

— Suma da minha frente — disse Nighthand —, ou juro que te derrubo no mar e te deixo lá para apodrecer.

Mal observou com os lábios comprimidos e os olhos queimando de raiva.

— Já vou avisando, vou me aproximar — disse Anja. — Não posso gritar desta distância.

Irian ofegou.

— Você entregou a Mal para um assassino.

A velha não se desculpou. Seus olhos de pálpebras pesadas piscaram, uma vez.

— Eu não sabia que ele era um assassino. Ouvi de uma vidente, e de uma ratatoska, que a criança era a Alma-Eterna perdida. Ouvi o que vocês queriam que ela fizesse, que bebesse a poção, para se lembrar de tudo que o Imortal já soube. Eu queria impedir isso.

— Por quê? — perguntou Mal.

A velha cutucou o longma para que ele se afastasse: para longe de Mal e de seu rostinho determinado. Havia um tremor nos olhos da mulher; quer fosse repulsa, medo ou culpa, ou uma mistura sombria dos três, Christopher não sabia dizer.

— Eu sou a principal proprietária da cidade, chefe da associação...

— Já sabemos disso. Você é dona da cidade — interrompeu Mal.

— E já te disseram que meu bisavô era o governador? Que foi eleito em honra à vasta doação que ele fez à cidade?

Mal não respondeu, então Christopher disse:

— E daí? — Ele não via necessidade alguma de ser educado.

O longma bateu as asas, e a voz de Anja ficou mais pétrea.

— Meu bisavô tinha um parceiro de negócios, um homem que ele conhecia desde jovem, quando trabalharam na mineração de pedras de selkies. Meu bisavô mandou matá-lo e pegou os lucros do trabalho. Eu passei anos caçando e queimando todos os registros escritos disso. E todos que o conheciam morreram faz tempo. Mas o Imortal sabia.

Os bigodes de Ratwin tremiam de raiva.

— Você dizer que gostar dos nobres, da elite pronta, dos nascidos no topo. Você dizer isso a eles.

— Sim.

— E você não é uma. Você é da linhagem de um trapaceiro.

— Eu... — e as narinas da mulher se dilataram — escolhi fazer uma exceção para mim mesma. Mas não podia permitir que ninguém soubesse. Não que eu não permitiria, eu *não podia*! Isso acabaria com tudo, não só para mim, mas para muitas pessoas cujo sustento depende de mim...

— Ah, você estava sendo *bondosa* ao mandar me matar? — perguntou Mal.

— Essas são questões com muitas nuances, bem além de sua compreensão! Minha posição social, minha segurança financeira... — Sua voz foi diminuindo. — Então tomei as medidas necessárias.

Irian se ergueu.

— Você precisa sair daqui, antes que eu mesma te mate.

O longma desceu mais, pairando sobre o oceano, batendo as asas de maneira longa e lenta.

— Eu não sabia! — disse Anja, e sua voz tremeu e falhou. — Eu não entendi o plano dele! Juro, do fundo do meu coração...

— Ah, por favor. Você comeu o próprio coração com garfo e faca há muito tempo — disse Nighthand.

— Eu acreditei que ele apenas levaria a garota para algum lugar. Ele disse que ela seria levada para uma das ilhas ocidentais e ficaria lá. Disse que não a machucaria. E eu acreditei nele. Ou... escolhi acreditar nele.

— Com certeza.

— Então tenho uma dívida com vocês. E eu pago minhas dívidas!

— É mesmo? — perguntou Nighthand. — Ou você paga por aquilo que decide e finge ser uma dívida? Quem é seu contador de dívidas? Sua própria consciência? Porque sua consciência é uma alcóolatra. O que você fez não é uma dívida que pode ser paga.

— Eu não quero nada que você possa me dar agora — disse Mal. Sua boca estava contraída e afiada como uma faca.

— Então, ouçam, se quiserem! Eu sei o que vocês estão procurando: a poção feita pelos centauros. Ouvi de uma ratatoska.

Eles esperaram, uma fileira de rostos erguidos e frios. Ninguém falou.

— Eu voei até Antiok hoje cedo para pedir que eles a deixassem preparada. Os centauros me deram más notícias. Apenas um centauro conhece a tradição da poção e tem a habilidade para fazê-la. O nome dele é Petroc. Ele não está mais na ilha. Foi banido.

Nighthand se enfureceu.

— Então iremos para onde ele estiver. Temos um barco.

— Meu barco.

Ele a ignorou por completo.

— Temos nossos corpos, nossas facas e nossa inteligência.

— Ele está na Ilha dos Assassinos.

Houve uma pausa.

— Isso, sim, pode ser um problema — disse Nighthand.

— Voei até a Ilha dos Assassinos também, não posso pousar lá, é claro, nem chegar perto, mas pude falar com ele. Ele disse que fará a poção, mas há um ingrediente faltando.

— Qual?

— Ele exige ouro.

— Eu tenho ouro — disse Nighthand, e suas mãos tocaram os brincos.

— Deve ser tirado de uma árvore de ouro vivo. A árvore está em Areat, protegida por um dragão iaculus. Pronto. — Ela ergueu o queixo. — Vale a pena ter essa informação, não? — E antes que alguém pudesse falar, ela chutou o longma e circulou de volta para o céu.

* * *

Eles estavam sentados no barco, no meio do oceano, subindo e descendo com as ondas. Ratwin sentou-se no leme, mas o barco estava à deriva. Não sabiam para onde navegar.

— A Ilha do Ouro Vivo é possível. É protegida por um dragão, então pode acabar envolvendo ser queimado até a morte, mas é possível — disse Nighthand.

— O maior problema é a Ilha dos Assassinos — comentou Irian para Christopher. — É impossível deixar a ilha. Como Ratwin disse, qualquer barco pode entrar, mas nenhum jamais saiu.

— Alguém já tentou nadar? — perguntou Christopher.

— Tentaram, e morreram — respondeu Irian.

O rosto de Nighthand se iluminou.

— Essa é uma ideia, garoto. Eu poderia nadar!

— Eu acabei de falar, Nighthand. Todos que tentaram morreram.

— Mas com o glimourie enfraquecendo, as águas estão mudando. O poder das águas ao redor da ilha pode estar enfraquecido também. Eu digo, posso arriscar.

— E eu digo, prefiro que você não se arrisque.

— Por que não?

A voz dela era baixa, mas corajosa.

— Não me parece o caminho mais lógico ou razoável, Nighthand.

— Que se dane a racionalidade!

— É fácil falar, mas sua estratégia pode deixar todos mortos no fundo do mar. Vamos encontrar outro jeito. Me deixem pensar.

As sobrancelhas de Irian se uniram, sua boca se contraiu e seu rosto todo pareceu uma flecha apontada para uma questão.

Por fim, ela falou. Não fez um estardalhaço; apenas um lampejo em seus olhos indicou que ela havia encontrado a resposta.

— As esfinges — disse ela — contaram que o Imortal tinha um barco de madeira-dríade. O último Imortal o colocou num salão de jantar, quando deixou o palácio para ser devorado pelo Tempo.

— Mas Irian…

— E um barco de madeira-dríade é a única coisa que pode sair da Ilha dos Assassinos.

— Irian, não importa o que as esfinges digam, o barco *não pode existir* — disse Nighthand. — Eu voto por nadar.

— Por que não pode existir? — perguntou Christopher. — Até semana passada, eu pensava que *nada* disso podia existir.

— Irian sabe o motivo — respondeu Nighthand. — É porque nenhuma dríade daria a árvore dela para virar madeira. É como dar sua própria pele.

— Mas pense — continuou Irian —, sobre o que sabemos do Imortal. Lá no início, quando era um peixe, um lobo, uma águia, por que não poderia ter sido uma dríade?

O rosto de Nighthand estava mudando devagar, ia de ressentimento para esclarecimento.

— Irian…

— E se eles fizeram um barco da própria madeira? Isso explicaria a raridade, e o poder.

— Que mulher brilhante! — Nighthand agarrou a mão dela, registrou o calor e a suavidade de sua pele, e logo a largou.

— E a madeira-dríade não envelhece. Então se conseguirmos encontrar o barco…

— Ratwin! — gritou Nighthand. — Trace a rota para a Ilha do Imortal!

Irian franziu o cenho ao vê-lo se afastar.

— Não é tão simples quanto ele pensa — disse ela. — Se a ilha está abandona há cem anos, pode ter sido tomada. E não só por plantas. Por criaturas. Criaturas que podem matar com uma única mordida.

— Bom — disse Mal. — E daí? Se eu precisasse fazer isso, também poderia.

A ILHA DO IMORTAL

Levou dois dias de tempestades severas e violentas para que alcançassem a ilha. À noite, as estrelas eram invisíveis por trás das volumosas nuvens de tempestade, e houve momentos em que até Ratwin hesitou, sem saber o caminho.

Durante a pior parte, Mal mudou-se de seu quarto para o de Christopher, e eles dormiram lado a lado, acordando quando eram jogados contra as paredes de madeira. Surgiu um vazamento na lateral do barco durante a madrugada fria, e quando avistaram a ilha, Irian se inclinou sobre o buraco, com os olhos semicerrados, martelando pregos. Os cinco estavam com fome, cansados e manchados pelo mar, mas o rosto de Nighthand estava iluminado de empolgação.

— Bem-vindos — disse ele, com a voz profunda e sonora — à Ilha do Imortal. — Ele estragou o efeito ao pular na água para puxar o barco a remo até a areia, e julgar mal a profundidade, desaparecendo até o pescoço.

Nighthand — molhado, mas calmo — puxou o barco para a costa, ajudou Mal a descer para a areia e ofereceu a mão para Christopher.

Irian, eles concordaram, ficaria no *Dançarino das Sombras*.

— Se eu não arrumar isso daqui, não vamos navegar — disse Irian. Ratwin também ficou, agachada ao lado de Irian, com a boca cheia de pregos.

Eles caminharam sobre a areia branca macia, que deu lugar a pedregulhos brancos, e então, a altas árvores de casca prateada.

— Parece familiar? — Christopher perguntou a Mal.

Ela fez que não com a cabeça.

— Achei que sim. Mas não, nada.

Eles andaram da praia até as árvores. Christopher mantinha uma movimentação constante da cabeça, da esquerda para a direita. A floresta era estranha; embora houvesse o canto de dezenas de pássaros, nada farfalhava ou se movia no chão. Era inquietante. Por fim, as árvores diminuíram, dando espaço para um campo, e eles saíram da floresta para a luz do sol. Mal parou. Sua boca formou um O de surpresa.

— E ali está sua casa, pequena Imortal — disse Nighthand.

— É um palácio!

O campo levava a degraus de pedras brancas que subiam até um imenso pátio pavimentado. Do centro, o palácio se erguia em pedras amarelas intensas, ameado e ornamentado, em direção ao céu. Três torres, cada uma com uma cúpula rosa-escuro, davam-lhe uma aparência de sagacidade e inteligência, e suas vastas janelas arqueadas com parapeitos amplos lhe davam robustez e propósito. Sem dúvida, no passado haviam lhe enchido de tempo, atenção e esperança.

Mas o tempo o tinha tomado de volta. Suas paredes mal eram visíveis debaixo das rosas vermelhas que escalavam pelas laterais. As flores, negligenciadas por cem anos, haviam se rebelado, e estavam por toda parte: rosas brancas se enrolavam nas bordas das janelas e se espalhavam sobre as cúpulas, rosas alaranjadas formavam arbustos com três metros de diâmetro, rosas cor-de-rosa se espalhavam sobre os imensos blocos de lajota amarelo-creme em direção a eles. Centenas de pássaros que se aninhavam nas cúpulas voaram pelo céu quando eles se aproximaram, piando alarmados.

Conforme se moveram do campo em direção ao palácio, Christopher sentiu um cheiro. O ar cheirava a mar e flores, mas conforme se aproximavam, havia outro odor — um cheiro podre.

— Estão sentindo esse cheiro? — perguntou Christopher.

Mal fez que sim. Eles se aproximaram do palácio, devagar, com os nervos em alerta.

— Tem alguma coisa de errado aqui — disse ela.

— O quê? — perguntou Nighthand. Ele ficou na frente dela, com o braço erguido para protegê-la. — Aponte para mim! — Ele sacou a faca.

— A grama no campo deveria estar maior — disse Mal. Seu rosto estava tenso.

O rosto de Nighthand relaxou.

— Pequena Imortal, não posso lutar contra a grama.

— Ela tem razão — disse Christopher. — Se as rosas cresceram sem controle, por que a grama está tão aparada?

— Alguém está aparando.

— Ou alguma *coisa*.

Eles estavam quase no palácio agora; Christopher podia ver as janelas, cobertas de poeira e excrementos de pássaros. Alguém havia pintado com cuidado pequenas imagens ao longo das vidraças: limoeiros, flores, sereiazinhas, a popa de um barco e um adorável grifo adulto. Seu coração ficou apertado.

Algumas das janelas estavam rachadas, e em outras as rosas haviam atravessado o vidro e se espalhado pelo palácio.

— Pelo menos não vamos ter que quebrar uma janela para entrar — disse Christopher.

— Esperem aqui — pediu Nighthand. Ele escalou o parapeito, olhou para os dois lados e fez um gesto com a cabeça, dando a mão para Mal e depois para Christopher.

A janela emoldurava o final de um corredor longo e alto, com chão de mármore e teto cravejado de mosaicos de joias. O corredor era margeado em ambos os lados por estátuas de mármore de criaturas: ninfas e dríades, centauros armados, um unicórnio. Em alguns lugares, as estátuas estavam tão cobertas pelas rosas que apenas a cabeça ou os pés apareciam. Muitos dos rostos não tinham nariz ou uma orelha, mas a pessoa que os tinha esculpido se preocupou em criar algo verdadeiro e duradouro. Elas pareciam respirar.

Seus pés rangeram no corredor. No final, ele formava um T, levando à esquerda e à direita.

— Para qual o lado fica o salão de jantar? — perguntou Christopher.

— Não sei — respondeu Mal.

— Nenhum instinto? — perguntou Nighthand.

— Não! Já *falei* para vocês. — Ela olhou para os dois lados e mordeu o lábio. — Não gostei daqui. O cheiro está mais forte. A gente precisa sair logo. Christopher e eu vamos para a esquerda. E, Nighthand, você vai para a direita.

Nighthand quis argumentar, mas ela se virou, de queixou erguido.

— É uma ordem — afirmou ela e contornou a curva.

Christopher alcançou Mal; eles empurraram a porta e se viram em um salão de festas. A vegetação do lado de fora tinha invadido o local ao longo dos últimos cem anos, e havia um piano, entrelaçado por hera, um violoncelo e alguns instrumentos de madeira que Christopher nunca havia visto, cobertos de trepadeiras.

— Não é aqui — disse Mal. — Cuidado! A madressilva vai te dar alergia.

Foi então que ouviram. Um som vibrante: de algo duro e rápido, batendo no chão de mármore.

— Está ali na frente! — disse ela.

— Rápido! Por aqui — disse Christopher. Mas quando saíram para o corredor, ele soltou um chiado e puxou Mal para se agachar atrás da estátua de um centauro. — Veja — sussurrou.

A coisa que surgiu na ponta do corredor curvo carregava uma inteligência bruta nos olhos. À primeira vista, era um cavalo com chifre: maior do que um cavalo comum, mas mais magro, macilento. Suas costelas estavam visíveis e seu crânio era nítido por baixo da pele. Seu pelo era roxo-escuro, e seus cascos, amarelos, manchados, calejados e rachados. Seu couro pendia do corpo, como a pele de um idoso. O chifre era preto e pontiagudo na ponta como um florete. Cheirava a sangue, podridão e ruína.

A criatura farejou. Deixou a língua pender para fora e as narinas se expandiram. Era insolente.

— Não — sussurrou Mal. — *Karkadanns*. E, então, tanto com raiva quanto com medo: — Não no *meu* palácio. — Ela se moveu como se fosse correr em direção a ele.

— Não seja idiota! — sibilou Christopher e a puxou de volta.

O barulho de cascos lentos ecoou pelo corredor, e dois outros karkadanns juntaram-se a ele na extremidade do corredor. Os karkadanns farejaram o ar. Aproximaram-se. O cheiro fez Christopher querer vomitar: cheirava a carne deixada no sol por muito tempo.

O primeiro estava a pouco mais de dois metros de distância agora. Christopher podia sentir Mal tremer ao seu lado. Seus dentes rangiam, ela os cerrou. O karkadann inclinou o rosto com chifre em direção ao centauro. Mal prendeu o respiração...

Então, de repente, houve um grande rugido que vinha do outro lado do corredor.

— Cavalinhos! Ah, cavalinhos! — A voz de Nighthand era de pura alegria, e ao ouvi-la, os três karkadanns se viraram sobre as patas traseiras e galoparam em sua direção.

Christopher foi tomado pela gratidão.

— Rápido! — disse ele. — Enquanto Nighthand os distrai. Precisamos achar o salão de jantar.

Eles correram para o próximo cômodo — uma sala de estar pintada de dourado, com um buraco no teto e cortinas que pareciam mastigadas — e em seguida para uma sala cheia de mapas, com uma coleção de globos manchados de poeira.

— Tem que estar perto — disse Christopher. Eles passaram correndo por uma curva, chegando a um novo corredor. Rosas e excrementos de pássaros cobriam o chão, e eles podiam ver as marcas de cascos onde haviam esmagado as flores até virarem cobertura morta.

Mal seguiu pelo corredor, trotando, mas Christopher parou. Em meio aos espinhos e flores, ele viu uma maçaneta enferrujada.

— Espere! Tem uma porta ali!

Ele abriu a porta e um alívio repentino inundou seu corpo todo.

Era um salão de jantar — enorme, com um lustre e recipientes prateados cobertos de musgo — e no centro, em cima da mesa construída para acomodar centenas de pessoas, havia um barco à vela. Parecia grande o bastante para oito ou nove pessoas. Seu nome estava esculpido na lateral: *Sempre em frente.*

Outro rugido soou, vindo de algum lugar do palácio. Eles ouviram a voz de Nighthand.

— Venham, cavalinhos. Vou transformar seus chifres em lindas lâmpadas com um abajur na ponta.

— Não deveríamos ajudá-lo? — perguntou Mal.

— Primeiro o barco. Se não, de que adianta?

Dentro do barco havia um mastro, quebrado em quatro pedaços, e um conjunto de velas cuidadosamente dobradas. Embora a mesa estivesse coberta de rosas e musgo, e a madeira estivesse tomada por cupins, o barco parecia novo, como se tivesse sido recém-envernizado. Era de um marrom intenso e brilhante.

— Madeira-dríade — disse Mal com a voz encantada —, dura para sempre mesmo.

Eles o puxaram para fora da mesa com um grande baque. Era pesado demais para ser erguido, mas podiam arrastá-lo pelo chão.

A voz de Nighthand soou outra vez, mais perto agora.

— Eu não sei se vocês entendem linguagem, mas se entenderem, posso dizer que deveriam repensar sua atitude em relação à higiene bucal. — Eles o ouviram grunhir e ofegar, e então, um baque.

Eles arrastaram o barco pelo corredor, em direção à janela dupla no fim dele.

— Mais rápido — pediu Mal.

Houve um rugido humano e então um grito animal de agonia, e Nighthand recuou até o final do corredor. Ele segurava a espada de mármore quebrada de um dos centauros de mármore em uma das mãos e a lâmina glamry na outra. Ambas estavam cobertas de sangue.

— Matei os três — gritou ele. Suor escorria pelo seu rosto, mas ele não parecia machucado. Seus olhos brilharam ao ver o barco.

— Vocês o encontraram!

— Christopher encontrou.

Nighthand lhe deu um raro lampejo de sorriso verdadeiro, isso mudava seu rosto.

— Ótimo. — Ele ergueu o barco como se fosse uma cesta de frutas, e o passou pela janela sem vidro, até a calçada do outro lado. — Vamos.

Virou-se para os dois que esperavam, mas eles haviam congelado no lugar.

— *Karkadanns* — sussurrou Mal.

Era como um pesadelo. Pela porta aberta ao final do corredor vinham karkadanns. Não um ou dois, mas um bando de 30 deles, com os corpos pressionados uns contra os outros. Alguns tinham crostas de feridas onde faltava o pelo. Saliva pingava de suas bocas.

Christopher virou-se para a janela, mas mais karkadanns se aproximavam pelo quintal — eram 18 deles, com um fedor violento no ar.

Nighthand agiu tão rápido que ninguém teve tempo de gritar.

— Fiquem atrás de mim — disse ele. Segurou o queixo de Mal com a mão. — Não se mexam até eu dizer. Se eu morrer, não vão chorar, está bem? Foi para isso que eu nasci. — Ele empurrou Mal para trás, para um canto, Christopher ao lado dela. Empunhou a lâmina glamry. — É por isso que meu sangue anseia: proteger algo que vale a pena ser protegido.

Ele soltou um relincho longo e alto.

— Venham, pôneis!

E eles avançaram contra ele, um mar preto furioso, de cascos e dentes amarelos.

Nighthand lançou-se para frente. Ele balançava o braço com a faca para a esquerda, direita, esquerda, golpeando e girando, tão rápido que era um borrão. Em sua mão esquerda, ele agitava a espada de mármore. Tão rápido quanto vinham, eles caíam. Ele cortava pescoços, chifres, olhos, orelhas, flancos, abaixando-se para cortar um por baixo, fatiando a cauda de outro.

Dez, 15, 20 e mais caíam, batendo contra as estátuas, tombando sobre as rosas. Mal gritou e agarrou o cotovelo de Christopher; nenhum dos dois tirava os olhos de Nighthand.

O último karkadann veio com o chifre abaixado. Nighthand o afastou com um golpe da espada de mármore, que o fez cair no chão. Ele tossiu, com as mãos no joelho, ofegante.

— Vamos embora — disse ele. — A brincadeira terminou.

— Nighthand! — gritou Mal. — Cuidado!

Houve um galopar de cascos. Ele se virou, mas foi tarde demais — o chifre do karkadann rasgou seu braço, afundando-se na carne. Nighthand deixou escapar um rugido de raiva e agonia, distorcido no ar, e cortou o chifre de uma vez, que ficou ali, empalado em seu braço. Ele golpeou e o karkadann caiu aos seus pés.

Nighthand cambaleou para trás contra a parede. Puxou o chifre do braço e sangue jorrou dele. Ele parecia atordoado.

Christopher tirou o casaco e o ofereceu para amarrar em volta do corte.

— Deixe a gente ajudar. — Ele e Mal o enrolaram ao redor da ferida juntos.

Com um esforço colossal, Nighthand sorriu.

— Em frente — disse ele. E ignorou as perguntas, as ofertas de ajuda das crianças. — Parem. Vocês sabem que não gosto desse tipo de barulho. É a única forma de conversa que eu acho estressante. — Com o braço ileso, ergueu Mal sobre o parapeito. Ele segurou o barco com uma das mãos, içou-o no ar e os guiou de volta à água.

Irian estava aguardando. Seu rosto se iluminou como o nascer do sol quando ela os viu chegando. Eles prenderam o barco ao *Dançarino das Sombras,* e Irian içou a âncora. O *Dançarino das Sombras* zarpou sobre as águas, em direção à Ilha do Ouro Vivo.

Christopher, Mal e Nighthand caíram ofegantes no convés do barco. Ratwin empoleirou-se na cabeça de Nighthand, com o focinho colado ao nariz dele.

— O que aconteceu? — perguntou Irian. Ela procurou por ataduras em sua caixa de primeiros socorros e inclinou-se para desamarrar o casaco de Christopher. Nighthand não a afastou.

— Cavalos — disse ele. — Cavalos muito, muito irritados.

— Pois é — disse Christopher. — Eu não recomendaria inscrevê-los em nenhuma competição do Pônei Clube tão cedo.

Ele ouviu Mal rir, de verdade, pela primeira vez em dias.

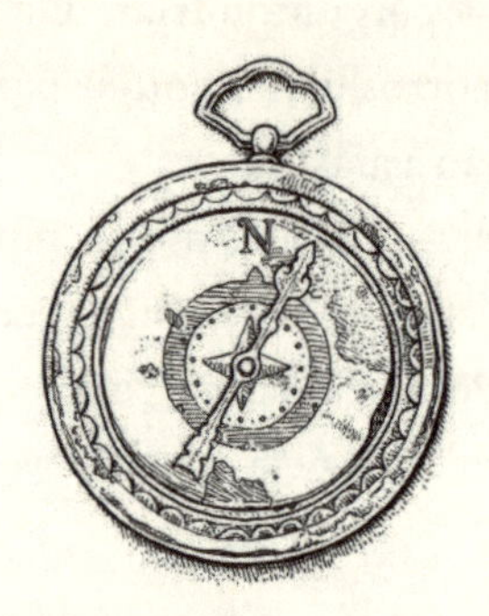

O CALOR DO OURO VIVO

Ninguém mais estava rindo no dia seguinte, enquanto navegavam sob um céu claro mais perto da Ilha do Ouro Vivo.

Irian foi a primeira a notar primeiro que a ferida de Nighthand estava piorando. Christopher, que limpava o sal das escotilhas do barco com um pano, viu-a virar-se de repente para o berserker.

— Nighthand, seu braço!

— O que tem ele?

— Está inchado... e fedendo.

E estava mesmo. Quando Nighthand tirou a jaqueta, o fedor de algo animal, deixado para apodrecer, tornou-se evidente.

Nighthand olhou para baixo. Seu antebraço era uma mistura de sangue, tecido e algo pior, algo pegajoso, um pus amarelo e pastoso nas bordas do ferimento. Ele retirou o curativo e, em seguida, com a ponta do dedo, puxou uma tira inteira de pele, com a calma de quem folheia uma revista.

— Ah. Meu braço parece ter... estragado mesmo.

— Estou a pensar — disse Ratwin — que humanos não deveriam ter esse cheiro de pântano, não é? — Seu rostinho verde parecia ansioso.

— Nighthand! Você precisa levar isso a sério — disse Irian. — O que causou isso? Dentes de karkadann? Ou chifre? Se tiver sido o dente, vai curar. Mas se tiver sido o chifre...

— Chifre. Isso.

— A ponta do chifre tem um veneno que o karkadann secreta de uma glândula. — Ela o observou e, como a expressão dele não mudou, acrescentou: — É ruim, Nighthand.

— Lembro de ter ouvido que não era algo que os médicos recomendavam — disse Nighthand. Ele os olhou como se estivessem discutindo um erro no horário de um ônibus. — Tem cura?

— Não sei, mas precisamos te tratar, logo — disse Irian. — Ratwin! Precisamos reajustar a rota...

— Não precisamos não! — O berserker a encarou. De repente, ele ficou tomado de uma raiva abrupta. — Vamos em busca do ouro, e depois dos assassinos. Já se passou muito tempo, não temos mais para desperdiçar.

— Nighthand! — Irian deu um passo para trás, mas manteve o olhar nele. — O veneno vai se intensificar com o tempo. Que ajuda você trará para a Imortal se estiver morto?

Ele fez uma careta para ela, o cabelo estava mais rebelde do que o normal, o rosto ficou tenso.

— É um arranhãozinho de nada de um pônei feio. — E ergueu a mão, como se quisesse se proteger de seu olhar. — Irian, não gaste sua energia fazendo essa cara. — Seu próprio rosto, inquieto de uma maneira que não tinha ficado diante de uma manada de karkadanns, desviou-se do olhar dela.

— Nighthand — repetiu ela, e sua voz aumentou, irritada agora. — Estou pedindo que você seja razoável. Vou ter que implorar?

Mas ele se afastou dela, numa tempestade em forma de homem. Sua voz estava brusca.

— Christopher! Mal! Cadê vocês?

— Aqui — respondeu Christopher, pois eles não o haviam visto.

— Vão se lavar no mar! Temos que fazer uma poderosa impressão no dragão. Dragões notam a aparência, e vocês, crianças, parecem muito nojentos.

Mal, cruzando o convés, olhou para Christopher, que pôde ver que ela estava pensando a mesma coisa que ele: Nighthand parecia dividido em partes iguais de sal marinho, sangue e pelos faciais. Parecia a cena de um crime com pernas. Mas Nighthand era imprevisível, e irritadiço, e tinha dois metros de altura, então Christopher não disse isso em voz alta.

* * *

O barco precisava da atenção total deles agora; para manter suas velas esticadas e para navegar pelos recifes e rochas que se erguiam da água. Christopher encontrou o lugar — *Areat, ou Ilha do Ouro Vivo,* como estava escrito — em seu mapa: era um pouco maior do que a cabeça de um alfinete.

— Anja contou para a gente — disse Mal, e seus lábios franziram com o nome — que o dragão é um iaculus. — Ela estava sentada no convés do barco, encostada na lateral, com os joelhos sob o queixo. Tinha passado uma boa parte do tempo assim: sentada, quieta, observando a água. — Que tipo é esse?

Irian franziu a testa, vasculhando seu estoque de aprendizagem.

— Infelizmente não sou tão boa com dragões. Eu conheço o de asas vermelhas, o prateado, o amarelo, o iluminado por estrelas, o barbado e o dragão-pomar. Mas o mar é a minha especialidade, não o céu.

— Bom, vamos ter a chance de vê-lo — disse Mal. — Tipo, é um dragão. É difícil não ver. Então vamos esperar até que não esteja lá e depois saltamos para a ilha.

Eles pararam para se reabastecer com água potável, baixando a âncora em uma enseada na Ilha de Karkara. Era inabitada por humanos, mas cheia de vida selvagem — gaganas de bico de ferro voavam nos céus, brilhando ao sol, e quando o barco se aproximou, um grupo de gatinhos selvagens com pelagem luminescente fugiu correndo.

— Carbúnculos! — exclamou Mal. — Se formos atrás deles, dá para descobrir onde enterraram tesouros!

— Porém — comentou Irian —, a definição de tesouro deles varia. Algumas pessoas seguiram os carbúnculos por meses e desenterraram o rabo de um rato e três cabeças de peixes.

Havia também uma população de salamandras de água doce. Os bosques e colinas estavam salpicados de lagoas, com um vapor suave subindo da água e passando pela grama ao redor deles em uma névoa.

Mal e Christopher se banharam nas águas das lagoas — tão quentes quanto um banho, aquecidas pelos corpos das salamandras — e esfregaram-se com esponjas do mar que encontraram na costa. A cicatriz deixada por Gelifen na bochecha de Mal ainda estava elevada e vermelha, e ela a tocou de leve com a ponta dos dedos.

Eles competiram para ver quem conseguia segurar o ar por mais tempo debaixo d'água (Mal venceu) e quem conseguia plantar bananeira debaixo d'água (Christopher venceu; Mal caiu de imediato, cuspindo água). Eles encontraram seiva em uma árvore delgada e semelhante a um salgueiro. ("Uma aya, acho", disse ela, "sei lá, não sou boa com árvores". "Não é um bom sinal, considerando a missão extremamente baseada em árvores em que estamos", respondeu ele, e ela bufou de rir.) Com o astral melhorando a cada momento em que estavam na ilha, Mal mostrou a ele como retirar a seiva da casca em gavinhas longas e pegajosas ("Não, idiota! Fica olhando, não quebre. Descasque"): tinha gosto de mel queimado, e era tão borrachuda como alcaçuz.

Quando estavam totalmente vestidos, Mal buscou no bolso o fio dourado para trançar de volta no cabelo. Sua mão, ao mexer no bolso, puxou o casapasaran.

Ela franziu o cenho enquanto o mostrador dava um giro completo e parava.

— Tem algo errado! Estava apontando para Arkhe e agora se moveu. O que significa?

Ele observou.

— Está apontando para onde estamos indo. Na direção da Ilha do Ouro Vivo. — A preocupação surgiu nos olhos dela, e ele pensou rápido. — Pode ser que agora que você é a Imortal, quer dizer, agora que você concordou com isso, se sua casa...

Mas antes que ele pudesse terminar, ela interrompeu:

— Ah! Já sei o que você quer dizer. Já que ele aponta para o caminho de casa, e já que eu não tenho mais uma casa no Arquipélago, pode ser que agora esteja apontando para o caminho para conseguir uma.

Um pensamento repentino o atingiu e antes que ele pudesse se conter, deixou escapar:

— Mas, espere... isso significa que ele poderia guiar você pelo labirinto? Sem a poção?

Por um momento, seu rosto se contorceu de choque, de esperança, de alguma coisa mais estranha e mais complicada que isso, e então ela balançou a cabeça.

— As esfinges disseram que da Vinci criou o labirinto com armadilhas. Mesmo que pudesse, e nem sei se pode, não seria o suficiente. Tem que ser eu. — Mas ela apertou o casapasaran na mão e, quando pensou que ele não estava vendo, pressionou-o na bochecha.

* * *

Por fim, quando o vento aumentou, eles navegaram e avistaram a rocha. Mesmo a distância, ela brilhava como um farol.

A ilha era pouco maior do que uma piscina, mas a árvore era uma coisa gigantesca, larga como um carvalho e três vezes mais alta. Ela cintilava amarelo-ouro, brilhava radiante à luz do sol, refletindo o movimento do oceano em seu grande tronco.

— Não tem dragão — disse Christopher. — A gente deveria aproveitar!

Nighthand ficou de pé. Ele tropeçou quando se ergueu.

— Em frente! Vamos colher ouro!

Irian hesitou.

— Nighthand... — começou ela.

Foi Mal, no entanto, que falou. Eles tinham concordado, ela e Christopher; eles tinham visto que Nighthand não seria capaz de opor-se a ela, não agora que tinha jurado servi-la.

— Não. Você fica aqui — disse Mal. — Ratwin está planejando a rota, Irian está remendando o barco. — Era mentira, o *Dançarino das Sombras* não precisava de remendos, mas alguém precisava ficar com Nighthand. — E, Nighthand, você precisa ficar de olho no dragão. Eu e Christopher vamos.

Houve uma discussão, é claro, mas estava difícil contradizer Mal nesses últimos dias. Havia uma determinação rígida em sua expressão; uma certeza feroz tinha tomado conta dela desde a noite seguinte à morte de Gelifen, e isso a tornou formidável. Era mais do que páreo para um berserker.

Então Christopher e Mal que avançaram, juntos, com a água até o joelho, até a ilha. Eles ficaram olhando para a árvore. De perto, o ouro quase os cegava. A superfície era texturizada, manchada como casca de árvore.

— Eu vou escalar — disse Christopher.

— Por que você? — Ela parecia preparada para discutir com ele.

— Porque se você cair e se machucar, ou morrer, o próximo Imortal pode nunca ser encontrado, ou não por muitos anos. E então não haveria ninguém para entrar no labirinto. Por isso.

Ela refletiu e, pela expressão em seu rosto, o orgulho e o bom senso disputavam.

— Tudo bem. Vá em frente então!

— Pode deixar! Só me dê um segundo para observá-la.

Ela sorriu, apesar de tudo, e contornou a árvore com ele. Não parecia tão difícil, pensou Christopher — ele era um bom escalador, havia escalado todas as árvores da charneca em casa quando era mais novo.

Havia nós na casca de ouro, alguns grandes o bastante para seu pé.

— Tá bem — disse ele, e agarrou um nódulo dourado que se projetava do tronco. — *Ai!* — praguejou ele. — Está pegando fogo por causa do sol.

— Suas mãos estão com bolhas? Mergulhe na água do mar!

— Não dá tempo. — Ele colocou a mão outra vez, estremecendo com o calor da casca.

A árvore era dura e inflexível, suas unhas curvavam-se e arranhavam a superfície, mas era possível escalar. Ele alcançou o primeiro galho e moveu-se ao longo dele.

Dele brotava um outro galho menor, e desse, um leque de galhos mais finos. Ele segurou um galho fino como seu dedo e longo como seu antebraço e o puxou. O galho se soltou, quente, quebradiço e radiantemente brilhante.

— Ei! Pegue! — E ele o jogou para Mal. Ele a ouviu sibilar de prazer.

— De quantos galhos a gente precisa? — perguntou ele.

— Sei lá, mas melhor ter mais do que menos.

Ele avançou, jogando os finos galhos de ouro para as mãos de Mal à espera. Alguns eram mais difíceis de arrancar do que outros, e ele balançou, de bruços, e prendeu as pernas com mais firmeza ao redor do corpo do galho.

Pequenos botões haviam surgido ao longo de alguns, e folhas douradas, duras como a casca, estavam se formando.

Ele arrancou todos os gravetos de um galho e subiu mais. As folhas eram maiores ali em cima, duas vezes mais largas do que a palma de sua mão. Ele se moveu para arrancar uma.

— *Pare*!

O coração de Christopher deu um solavanco. Ele quase caiu. A voz era alta, estridente e imponente. O sotaque não era familiar; na verdade, não era humano.

— Eu sou o iaculus da Ilha Dourada, e eu ordeno que você pare!

Christopher olhou ao redor, mas não conseguiu ver nada. Pendurou-se pelas mãos e se jogou dos dois metros de altura até o chão, aterrissando agachado sobre o tornozelo.

— Cadê você? — perguntou ele.

— Aqui! Ah, pelo nome do Imortal, aqui *embaixo*!

O dragão surgiu em sua frente. Era prateado e brilhante, com asas dourado-esverdeadas. Era do tamanho de um beija-flor e estava vibrando com a afronta.

Mal gargalhou. O dragão virou-se para olhá-la.

— Está achando alguma coisa engraçada? Meu tamanho, talvez?

— Não — respondeu Mal. — Não! Eu não ousaria rir de um dragão.

— Eu sou pequeno, senhorita, mas não sou inofensivo. — O dragão virou o rosto de lado e bufou, e uma pequena bola de fogo foi lançada de suas narinas. Christopher recuou.

— Eu sou um iaculus. O dragão-árvore. E é meu direito e dever obrigatório comer vocês. Foi gentil da parte de vocês já chegaram lavados.

Os olhos de Christopher foram para o barco. Estava longe demais para ouvi-los gritar.

O iaculus os olhava de cima a baixo.

— Você, garoto, não é das Ilhas Encantadas. Os contos do poderoso dragão em miniatura não chegaram até você nas Outras Terras?

Christopher balançou a cabeça.

— Os dragões das nossas histórias são grandes, acho. Me desculpe — respondeu ele.

— Um dos seus, Pliny, viajou até aqui pelo entrecaminho. Ele disse que contaria para as pessoas sobre mim quando retornasse. Você *deveria* saber sobre mim! — Ele soprou uma centelha de fogo, ofendido, a poucos centímetros do cotovelo de Christopher; ele se retraiu para o lado.

— Você tem nome? — perguntou Mal.

— Acabei de dizer. Sou o iaculus.

— Mas eu quis dizer… meu nome é Malum. E o dele é Christopher. Para diferenciá-lo dos outros iaculus.

— De onde vêm esses nomes?

— O meu foi dado pelos meus pais — respondeu Christopher.

O iaculus os olhou de cima a baixo, outra vez.

— Eu me choquei sozinho de um ovo — disse o iaculus. — Nenhum dragão me deu um nome. Eu viajei, mas nunca mais do que preciso para conseguir comida.

— Não precisa ser seus pais. Um humano pode te dar um nome.

— Eu queimei a maioria dos humanos que vieram até a minha ilha, como é meu dever, e a essa altura, qualquer nomeação teria sido impraticável. Eu os comi, bem devagar, com o tempo. O carvão impede a carne de apodrecer.

— Por que você não queimou a gente?

O iaculus farejou.

— O garoto. Tem um cheiro. Há uma força em seu sangue que atrai as coisas vivas; há um *chamado* nele. Fiquei curioso. E você, garota: eu sei o que você é. Dá para sentir o glimt em você. Até mesmo um kraken não te devoraria. Dá azar comer um Imortal.

O vento estava aumentando. As nuvens moviam-se em frente ao sol, e a árvore lançava uma longa sombra sobre a água. Christopher estremeceu. A ilha era um lugar inóspito, apesar de toda seu brilho glorioso.

— Tem só você aqui, guardando essa árvore por milhares de anos? — perguntou ele. Apesar de tudo, ele sentia uma centelha de simpatia pelo dragão minúsculo e imperioso. — Não vai chegar ao ponto de odiá-la em algum momento?

Tinha sido um erro. O dragão ergueu-se no ar, uma enxurrada de raiva em miniatura.

— Seu vira-lata presunçoso! Fica supondo demais! Eu não vou machucar a Imortal, mas vou comer você…

— Espere! Só quis dizer, você não se sente sozinho?

O iaculus emitiu um ronco baixo na garganta; parecia um aviso.

— Dragões não sentem solidão. Essa é uma emoção humana. E pode ser que para algumas das dríades mais fracas. — Ele cuspiu fogo.

— Mas por que você fica aqui? — perguntou Mal. — Você poderia voar para qualquer lugar.

— O iaculus deve proteger a árvore de ouro vivo.

— Como você sabe, se nunca teve outros dragões para lhe dizer o que fazer?

A voz do iaculus estava rabugenta.

— Como um pássaro sabe qual a rota para voar para o Sul, de Paraspara a Éden todo ano? Eu simplesmente sei que é assim. E aprendi muitas coisas com os humanos que vieram para cá antes de comê-los. Aprendi línguas: árabe, sânscrito, francês antigo. Há 200 anos, um explorador veio e me ensinou inglês. Eu não o comi até ter aprendido todos os verbos irregulares.

— Mas você nunca aprendeu seu nome.

Ele hesitou, então acenou com sua cabeça de dragão.

— Não aprendi.

— Se a gente te der um nome — disse Christopher — e se eu prometesse, quando voltasse para o meu mundo, contar histórias da importância do iaculus, você deixaria a gente ir?

— Você? Escrevendo sobre mim? Um cronista?

— Sim, sim. Isso mesmo.

— É verdade que os dragões precisam daqueles que cantam sobre eles nas Outras Terras. Sem as canções, eles ficam… reduzidos.

Christopher concordou, e Mal concordou ao lado dele, balançando a cabeça com força.

— Posso fazer isso — disse ele. — Posso até jurar.

O dragão hesitou.

— E teria que ser um bom nome — disse ele. — Ou eu teria que que te queimar e me banquetear com seu corpo.

O olhar de Christopher encontrou o de Mal. Por um instante, ela pareceu em pânico. Seus lábios formaram a palavra:

— Norman?

— Que tal… Jacques? — disse ele às presas.

O iaculus ponderou.

— Jacques, o iaculus? Não, é… simples demais?

— Refinado, nada simples — respondeu Mal. — Inteligente. Elegante.

— Se soletra J-a-c-q-u-e-s — disse Christopher. Havia um garoto em sua escola chamado Jacques. — Mas se pronuncia *Jac*. Então você teria letras mudas, que são só para você.

— Jacques — disse o dragão. Ele olhou novamente para Christopher, e para o ouro. Então, sem piscar, saiu voando.

— Preciso contar para alguém — disse ele. — Preciso me apresentar. *Jac*. Jacques.

A ILHA DOS ASSASSINOS

A Ilha dos Assassinos era grande, e desagradável, e hostil. A terra se elevava em uma montanha pouco inclinada ao Oeste, e outras colinas menores subiam e desciam ao Leste. A lateral da montanha era, a distância, marrom--acinzentado, mas conforme se aproximaram, Christopher pôde ver que era variado: algumas colheitas escalonadas, trigo e outro grão mais robusto; algumas árvores, um pouco de terra vermelha úmida, por onde cabras corriam.

A maioria das casas, de pedras cinza retiradas da própria montanha, estavam agrupadas no sopé da maior colina. Era um lugar austero e desolado. O céu acima estava carregado, e conforme se aproximaram, a chuva começou a salpicar a superfície do mar.

— Foi escolhida, centenas de anos atrás, pela forma como as águas mantêm os habitantes aprisionados nela.

— Todos os assassinos são enviados para cá? — perguntou Christopher.

— Não — respondeu Irian. — Apenas os acusados de cometerem danos indescritíveis.

— Todos eles matam uns aos outros na ilha? — perguntou Mal. — Eles não têm medo uns dos outros?

— Imagino que algumas pessoas, que matam uma vez e não consideram isso desagradável, acham que fica cada vez mais fácil fazer de novo — respondeu Irian. — Mas, para a maioria, o ato de matar nasce de um pânico terrível ou de uma raiva cega, ou de uma doença, ou terror. Não de um hábito.

Nighthand lhe lançou um olhar.

— Não sei não. Conheci pessoas mandadas para cá, e não gostaria de encontrá-las de novo. É um lugar horrível, Mal. Fique perto de mim, entendeu?

Christopher esperava que o mar ao redor da ilha fosse selvagem, talvez com ondas de três metros ou uma maneira feroz de manter as pessoas presas ali, mas o mar era apenas o mar: inquieto, cinzento, sem maldade. Ao se aproximarem, eles viram, surgindo da água em postes de madeira, uma série de avisos em 15 idiomas.

Aqueles Que Entram Não Podem Sair.

Aqueles Que Podem, Voltem Agora.

Nada de Bom Os Aguarda.

— Os acusados são colocados em pequenos barcos aqui — continuou Irian — e enviados sozinhos. É aqui que trocamos de barco.

Nighthand jogou um arco e flechas que tinha encontrado na cabine de Anja no *Sempre em frente*, junto com um punhado de facas de cozinha — os outros estremeceram quando elas caíram — e os quatro entraram no barco de madeira-dríade.

Irian colou um pedaço de tecido de vela sobre o nome do barco.

— Por precaução — disse ela.

Nighthand tocou a cabeça de Ratwin com sua mão enorme e nodosa. A pele na ponta de seus dedos estava ficando um pouco azul, mas ele se manteve em pé.

— Proteja o barco para nós — pediu ele. — Morda o rosto de qualquer pessoa que invadir.

Mal virou-se para Christopher. Ela tentou dar seu melhor sorriso; foi um fracasso.

— Vamos torcer para que o barco funcione — disse ela. — Ou não voltaremos.

Christopher sentiu o medo aumentar dentro de si, mas concordou.

— Ele *vai* funcionar. Vamos pegar a poção e dar o fora daqui. Sei que vamos.

Ela olhou para ele, e ele retribuiu o olhar, inabalável. Ele era um bom mentiroso. Ela abriu um sorriso, bem maior dessa vez, e acenou com a cabeça.

— Ótimo.

O cais tinha um estilo antiquado, pedras grossas marcavam três cantos de um quadrado, ladeados de edifícios, com o quarto lado aberto para o mar.

Os barcos atracados eram bem semelhantes entre si, Christopher notou — menores até que o deles, e pintados de verde clínico ou preto. O cais estava repleto de pedaços de papéis descartados e lixo molhado.

Havia multidões também, reunidas em grupos de três e quatro, para assisti-los chegar. A maior parte da multidão era composta de homens, de todas as idades, raças e estaturas, mas entre eles havia algumas mulheres de rosto com rugas profundas.

Nighthand aterrissou com força na doca e usou o braço bom para amarrar a corda do barco ao redor de uma argola fixada em uma pedra. O barco deles se parecia muito com os outros barcos, subindo e descendo na água cinzenta do porto.

Um dos homens deu um passo à frente. Ele usava um terno limpo, esfarrapado na manga e na lapela, e sua voz tinha autoridade.

— Recém-chegados, é?

— Sim — respondeu Irian.

A multidão viu Mal, e Christopher, e recuou. Uma das mulheres mais jovens murmurou:

— *Crianças*?

— Como podem ver. — Nighthand ergueu-se em toda a sua estatura, seu casaco cobria o braço destruído. Ele manteve uma expressão sombria e agressiva. Tudo nele se projetava para fora: mandíbula, cotovelos, testa. — Ninguém deve abordá-los. Ninguém deve fazer perguntas.

— Imagino que seja de conhecimento geral — disse o homem de má vontade — que as pessoas tenham recebido o direito de trazer suas famílias. É isso o que *vocês* são então? Uma família? — Ele olhou de Nighthand para Mal, para Irian e para Christopher. Nenhum deles era remotamente parecido.

— Nós estamos... — disse Irian — juntos.

O homem fungou.

— Meu nome é Guillaume Broch — apresentou-se ele. — Sou um dos quatro guardas daqui, mesmo que estejamos em uma ilha da qual ninguém, inclusive eu, pode sair. Temos procedimentos por aqui, sabia, para receber recém-chegados. Acomodação, trabalho, comida, precisamos falar sobre isso. Vocês não podem simplesmente...

— Na hora certa — disse Nighthand. — Temos um pedido urgente antes, precisamos falar com o centauro, Petroc.

Uma onda de insatisfação e desconfiança se espalhou pela multidão.

— Por quê? — perguntou Broch.

— Temos uma mensagem — respondeu Nighthand.

Um dos homens, pequeno e idoso, com dentes e dedos amarelados de tabaco, cuspiu na água.

— Não sei nem como uma coisa pode ser urgente aqui — murmurou ele.

Mas Broch mostrou os dentes para o homem.

— Não te perguntei. — Virou-se para Nighthand. — É fácil encontrar o centauro. Ele está na floresta. — E apontou para um caminho que levava para uma rua de casas e lojinhas atarracadas de pedras, em direção às árvores mais além. — Basta seguir o barulho da forja.

* * *

A floresta era bem diferente daquela que tinham atravessado montados nos unicórnios. Era mais escura, e muitas das árvores tinham espinhos. Os galhos se estendiam na direção deles, como se tentassem impedir que avançassem e quisessem que eles voltassem. A chuva caía com mais força, e trovões retumbavam sobre eles. Na cidade, os cães uivavam.

— Ouçam! — disse Irian. — Estão ouvindo?

A distância, muito de leve, ouviu-se o tilintar de metal contra metal. Quanto mais avançavam, mais alto o som ficava. O bosque abriu-se de repente em uma clareira, uma que havia sido criada, não formada com o tempo. Ali, no meio das árvores, inclinado sobre um caldeirão no fogo, estava o centauro.

Seu corpo e pele de cavalo eram todo brancos, seu cabelo, preto e curto, e seus olhos, verdes. Sua pele era áspera, queimada em alguns lugares por se debruçar sobre o fogo. A natureza pretendia que seu rosto fosse incrivelmente lindo, mas a crueldade das linhas marcadas ao redor dos seus olhos e boca tornava isso impossível.

— *Ah*! — exclamou Mal, e Christopher, seguindo seu olhar, percebeu com choque que o centauro estava acorrentado.

A corrente estava presa com algemas às suas duas patas traseiras, e era apenas longa o suficiente para atingir a outra ponta da clareira. Era de ouro puro.

Sua voz era áspera, mas ele os cumprimentou com algum gesto cordial.

— Sentem-se, se quiserem — disse ele, e apontou para alguns bancos entalhados próximos a ele.

Mal fez menção de se sentar, mas Nighthand balançou a cabeça e ela voltou atrás. Eles permaneceram de pé, longe do alcance da corrente dourada.

— A senhora no longma me disse para esperar por vocês. — Conforme ele falava, adicionava um punhado de folhas no caldeirão, e um aroma amargo e acre subiu dele. — Eu não acreditei nela. Quem viria aqui coletar uma poção que não pode ser transportada para fora da ilha? — Sua voz tinha uma característica gutural: soava como se quase nunca fosse usada. — Vocês têm um jeito de sair deste lugar?

O rosto de Nighthand estava neutro e cuidadoso.

— Não é da sua conta, Petroc.

O centauro esperou.

— Temos — disse Mal. — Sim.

— Vocês trouxeram o ouro da árvore viva? Se não trouxeram, não há razão para estarem aqui.

— Trouxemos — respondeu Irian.

Seus olhos a observaram de cima a baixo, insolentes.

— Me mostre.

Christopher tirou do bolso o pedaço de tecido que haviam enrolado ao redor dos galhos de ouro. Foi até o centauro, tremendo na chuva, entregou-os nas mãos dele e quase correu de volta, para além do alcance da corrente. Ele podia sentir o cheiro azedo da respiração do centauro. Petroc os desembrulhou, e uma expressão de satisfação feroz e selvagem surgiu em seu rosto.

Mas ele apenas disse:

— Entendo.

— Então você vai fazer? — perguntou Nighthand. — A poção para trazer de volta a memória da Imortal?

— Talvez.

— *Talvez*? — Nighthand lentamente tirou a lâmina glamry do cinto. — Não viemos até aqui para um *talvez*.

O centauro apenas ergueu as sobrancelhas.

— Guarde sua pequena adaga — disse ele. — Ou não falarei com você. Eu não gosto do que lâminas podem causar numa conversa, gosto?

Nighthand hesitou, então embainhou a lâmina. Ele respirava com dificuldade e suas pernas, Christopher notou, não estavam firmes.

— Mesmo se eu fizer a poção — disse Petroc —, não posso administrá-la. Me entendem? Precisa ser aquecida com fogo de madeira-dríade, e como podem ver, não tem dríades nesta ilha esquecida.

— Mas você pode fazê-la? — perguntou Irian.

— Sim, posso. Não disse que farei.

Mal falou como se estivesse lutando para não fazer a pergunta, mas sem sucesso:

— O que você fez para acabar acorrentado? Nenhuma outra pessoa que vimos está acorrentada.

Ele voltou o olhar hostil para ela.

— Por que perguntar, quando está na cara que você não está preparada para ouvir a resposta?

Mal encarou o centauro, corando, e Christopher o encarou também, por lealdade.

— Quem disse que ela não está pronta? Você matou alguém?

Petroc ergueu as sobrancelhas.

— É claro que até um humano pode ver que essa é uma pergunta idiota. Sim, matei. E parte da minha punição, como meu povo decidiu, era ser acorrentado. Acorrentado em uma liga de ouro puro, que eu não pudesse quebrar. Não é comum que um centauro mate outro.

O centauro virou-se para Mal. A chuva se intensificou e brilhou em seu flanco equino.

— Então você é a escolhida, não? A Imortal há muito caçada e desaparecida? Venha aqui para que eu veja você. Algumas pessoas lá fora pagariam um milhão de moedas de ouro para botar as mãos em você.

Mas Mal se afastou. Foi até uma árvore e sentou-se encostada nela, apoiando o queixo nos joelhos. Estava frio: havia um vazio em seus braços, onde o calor ardente de Gelifen deveria estar. Ela sentiu o cheiro de seu próprio suéter, onde o grifo certa vez encostara em sua pele.

— Meu povo fala dela — disse o centauro. — É uma obsessão. Já faz cem anos que eles esperam por ela, desde a morte de Marik, o Homem Que Disse um *Não* Furioso e Desesperado. — Ele raspou o chão com o casco. — Mas eu não sabia que seria uma criança. As estrelas não disseram isso. Meu povo tem muita fé nos céus, mas eu sempre fui cético em relação ao que eles nos dizem. Vago demais, alto demais. — Ele os olhou de forma ameaçadora e limpou a chuva do rosto. — Eu só acredito em coisas que podemos tocar: sangue, ouro, fogo e terra.

Seus olhos pousaram em Mal; ele falou em voz baixa:

— Ela está à altura da tarefa? Ela é pequena. Um grãozinho de areia numa praia enorme.

Christopher não gostou da maneira com o centauro olhou para Mal. Ele colocou a mão na longa faca de cozinha que tinha enfiado no cinto quando partiram.

— Ela é corajosa.

— É verdade? Ou é só sua desconcertante cordialidade humana, quando diz coisas boas e bonitas sobre pessoas que no fundo despreza?

— É verdade. Eu vi. — Ele queria forçar o centauro a ver. A fumaça do caldeirão estava deixando-o zonzo e enjoado, mas ele se sacudiu. — Ela pode voar. Escapou de um assassino. Ela não vai desistir. Ela não sabe fazer isso.

Petroc ainda encarava Mal.

— Dizem que se o glimourie não for salvo agora, nunca mais poderá ser salvo. É um conceito que vocês humanos sempre tiveram dificuldade de entender: que o tempo pode acabar. — O fogo atrás dele cintilou e ele farejou o ar. — Será um final: um fim sombrio e frio. Nós, centauros, entendemos isso. Eu entendo, e muito bem. Vejo o poder e a beleza desse final.

Houve um *xiu* de desgosto.

— *Basta*! — Era Irian, falando mais alto do que Christopher jamais a ouvira falar. Ela se aproximou de Petroc, dentro do círculo da corrente. — Eu não ligo para o que você diz ou pensa. — A pressão, a estranha e sombria atração na voz do centauro, sumiu na presença do olhar claro e firme dela. — Você fará a poção? Sim ou não. Se sim, faça. Se não, diga logo e deixaremos você sozinho com sua corrente, sua fumaça e seu pedaço miserável de terra. Mas levaremos o ouro com a gente.

Nighthand a observava. Seus olhos, vermelhos e inchados nas pálpebras, brilharam de admiração.

Petroc contraiu os lábios.

— Tudo bem. Mas não vou trabalhar sob vigilância. Voltem para a cidade. Retornem ao amanhecer.

— Ao amanhecer é muito tarde. Não temos tempo a perder — disse Nighthand. Ele se contraiu de dor, e Irian aproximou-se dele por precaução.

— Vocês terão que perdê-lo. Tenho os ossos de quimera e o sangue de cetus, e a seiva de um ouriço-do-mar vermelho no meu estoque, mas o sangue precisa de seis horas de cozimento. E a floresta tem um arbusto de erva de orvalho de caule longo, mas ela só floresce nas duas horas que antecedem o amanhecer. Então vocês vão ter que esperar.

* * *

De volta à cidade, eles procuraram em vão por um lugar onde passar a noite. Havia alguns cafés e bares, mas pareciam lugares descuidados, sujos e infelizes.

Eles conversaram com uma mulher em uma barraca na esquina, com o cabelo puxado para trás debaixo de um pedaço de pano.

— Por que teríamos hotéis, se não recebemos visitantes? — Ela os encarou, desconfiada. — Mas posso vender um pouco de comida.

Eles compraram tomates, pãezinhos redondos e achatados e uma espécie de lula desidratada. Ela ofereceu uma garrafa de vinho, tampada com um pano amassado.

— Vinho-pantera? Eu mesma fiz. Faz os pensamentos da cabeça sumirem por um dia e uma noite inteiros. Afasta a mente desse ferimento. — Seus olhos passaram do braço de Nighthand, que havia inchado tanto que ele teve que cortar a manga da camiseta e da jaqueta, para seu rosto, que estava branco-acinzentado.

Nighthand balançou a cabeça, então virou-se para Irian.

— A menos que você queria.

— Obrigada, mas, por ora, vou manter as ideias no lugar — respondeu ela.

Eles concordaram, no fim, em dormir no barco, revezando-se para vigiar durante a noite. Não deveriam ficar se arriscando ali.

Os minutos se passaram, sob o céu escuro e frio. As estrelas brilharam nas ruas dos assassinos. Balançando na água, Mal e Christopher se deitaram lado a lado.

— Está acordada, Mal?

— Claro.

— Mal... você já pensou em como será? A poção e o depois?

Ela lhe lançou um olhar; um olhar que pretendia ser de desdém, mas acabou sendo de medo.

— Não quero falar sobre isso.

— Por que não?

— *Você* pensou sobre o que isso vai significar?

— Pensei. — Ele tinha feito isto: imaginado, várias vezes. De vez em quando, sentia uma faísca de inveja queimando em seu peito. — Você vai saber de tudo. Reis e dragões vão pedir sua opinião.

— Mas você já imaginou mesmo? De verdade? Pra valer? — Sua voz estava muito baixa sob o céu vasto. — O que eu vou ter que saber, e ver, e lembrar, para sempre? — Ela expirou, um rápido suspiro trêmulo. — Estou com medo. Tem horas que penso nisso e não consigo respirar. Nunca tive tanto medo na vida. E se eu tomar a poção, e então ficar com medo dessa maneira, pela eternidade?

Durante seu sono, mais tarde, ela se mexeu. Seu rosto, sempre tão vívido quando desperto, contorcia-se no sono. Um dos punhos estava para fora das cobertas. Estava marcado onde Gelifen havia mordiscado e arranhado.

Christopher ficou acordado por várias horas, vigiando, de guarda.

* * *

Christopher acordou uma hora antes do amanhecer. A noite acima ainda era azul-acinzentada, e algo estava errado.

Houve um ressoar de cascos ao longo da margem deserta. Pela noite vazia caminhava Petroc, desacorrentado. Em uma das mãos o centauro segurava um frasco de vidro.

Ele ficou na beirada da doca e os chamou.

— Humanos! Vocês vão me levar com vocês, nesse barco, para fora desta ilha.

Nighthand levantou-se, ameaçador em toda a sua estatura.

— Você está enganado quanto a isso. Não se aproxime. Vai se arrepender.

— Ah, não tenho dúvidas de que você poderia me matar. Mas isto, bem aqui, é a poção. Precisa de mais um ingrediente. — Ele estendeu a mão, na qual estavam duas folhas. — É o núcleo de uma flor viram ou uma folha de feren. Vocês não sabem qual é. Mas eu sei. Então é isto o que vai acontecer: vocês vão me tirar desta ilha e quando chegarmos a seu barco, atracado perto das barreiras, vamos embarcar e eu vou adicionar o ingrediente final.

A voz gentil de Irian estava carregada.

— Como você se livrou das correntes?

Um sorriso surgiu no canto da boca do centauro.

— O ouro vivo não é um ingrediente da poção. Vocês simplesmente me ajudaram a forjar a chave para a minha corrente.

Eles não tinham escolha.

Mal e Christopher se encostaram nas laterais do barco para abrir espaço, e o centauro ficou na frente, enquanto Irian e Nighthand remavam. Chegaram aos limites das águas da ilha, e o centauro ficou rígido, mas o *Sempre em frente* avançou depressa, livre dos feitiços.

Eles alcançaram o *Dançarino das Sombras*. Ratwin estava empoleirada na proa, e assim que ficaram visíveis, ela soltou um grito de satisfação. Então viu o centauro e gritou:

— Nighthand? O que é isso? Por que o homem-cavalo?

— Saia da frente, esquilo. — Petroc se lançou, com os músculos tensos nas costas largas, subindo no barco. Irian fez menção de segui-lo, e Nighthand segurou o *Sempre em frente* com firmeza junto à lateral do *Dançarino das Sombras*.

Petroc destampou o frasco. Adicionou o núcleo da flor viram e, com cuidado, fechou a tampa novamente, apertando-a com os dedos calejados. Com o que poderia ter sido um sorriso ou uma careta, ele jogou o frasco na água.

Mal gritou. Nighthand fez menção de saltar no mar, mas ficar de pé deixou-o com tontura e ele caiu sobre Irian. Christopher pulou nas ondas.

A água estava congelante, intocada pelo sol da manhã. O frasco de vidro afundava, e Christopher mergulhou, desesperado, atrás dele. Ele só tinha uma chance, quando o objeto chegasse onde a água ficava preta, fria e inalcançável, ele desapareceria. O pensamento o atingiu, e ele nadou com mais força, seus músculos gritavam com o esforço. *Mais rápido.*

Disparou para a superfície, tossindo, com a garganta queimando por causa da água do mar. À sua frente, o centauro havia içado a âncora do *Dançarino das Sombras* e tomado conta do leme. Ratwin pulou em Petroc, mas Christopher observou, horrorizado, quando ele a chutou para o lado com um golpe da perna traseira.

— Morda ele, Ratwin! — gritou Nighthand, levantando-se. Ele pulou na água e nadou em direção ao *Dançarino das Sombras*, mas ele girou com o vento e partiu a uma velocidade cruel, cortando as ondas. Nighthand boiou na água e rugiu: um berro mudo de fúria que estremeceu o ar.

Mas Mal não estava olhando para o barco, ou para o berserker.

— Você pegou? — gritou ela.

Christopher balançou uma das mãos por cima das ondas, nela, agarrado com firmeza, estava o frasco.

O FEDOR DO BAFO DE MANTÍCORA

Christopher escalou o *Sempre em frente* com o coração disparado. O sol estava se erguendo, lançando centenas de tons vermelho e rosa sobre as águas, mas ele só via raiva.

— Ele chutou a Ratwin! — disse ele.

— Eu não subestimaria uma ratatoska — disse Nighthand. — Ela vai atacá-lo quando ele estiver dormindo.

O berserker tinha alga marinha presa em um dos brincos de ouro e ofegava. Ele tirou a camisa — Irian desviou o olhar, olhou outra vez, e desviou de novo — e Christopher viu com desespero que o braço de Nighthand estava num terrível tom roxo-acinzentado. Nighthand percebeu o olhar de Christopher e balançou a cabeça, um único e firme *Não*.

— Nighthand! — disse Christopher. — Seu braço não deveria estar dessa cor.

— Bobagem. Meu braço pode ser da cor que ele quiser.

O berserker tossiu e fez careta.

Mal girou o frasco nas mãos.

— Entrou água do mar? — perguntou ele.

— Acho que não. — Não estava aberto. — Não. Veja, aqui. — Ela o virou de ponta cabeça. — Dá para ver que é impermeável.

Eles se sentaram no *Sempre em frente*, olhando para a Ilha dos Assassinos.

— E agora? — perguntou Mal.

Houve uma pausa. E, em seguida, Christopher disse:

— Ele disse que a gente precisava de fogo dríade. Então voto para irmos até as dríades.

— Em frente então — disse Nighthand. Ele se levantou, assumiu uma atitude valente e determinada, com as mãos apontando e os quadris salientes, e desmaiou com um baque horrível no chão do barco.

* * *

Eles fizeram um cobertor com suas roupas quentes e tentaram deixá-lo confortável. Ele estava meio deitado, com as costas apoiadas na lateral do barco, observando o horizonte. Insistiu que continuassem; e então, após muita discussão, eles seguiram.

Irian guiou o *Sempre em frente*, mantendo um olho no berserker. Cada vez que Christopher se virava para ela, seus olhos ficavam se movendo sem parar do mar para Nighthand, de Nighthand para o mar.

Eles navegavam no barco dos Imortais por metade de um dia quando Irian deixou Nighthand, contornou a vela e veio até eles.

— Eu tenho olhado o mapa de Christopher. O lugar mais perto que eu sei com certeza que tem dríades é a Ilha de Tār. Há uma rainha dríade lá, Erato, que governa a floresta, mas o caminho para Tār é passando pela Ilha das Mantícoras.

Mal parecia enjoada de horror. Irian viu o rosto inexpressivo de Christopher.

— A Ilha dos Centauros — disse Irian —, Antiok como é chamada, não tem *apenas* centauros, assim como sua Inglaterra não tem apenas ingleses. Eu nasci lá. Mas a Ilha das Mantícoras é a exceção. Elas são as únicas coisas que vivem na ilha.

— Por quê? — perguntou Christopher.

— Porque devoram tudo o que veem — disse Mal.

— Ah… — disse Christopher. — Certo. Posso imaginar que isso bastaria.

— Vejam. — Irian apontou para o mapa. — Elas voam para ilhas próximas para conseguir comida. Elas não têm energia, não podem ir longe, mas são rápidas. Vamos ter que passar por elas para chegar aonde estamos indo. Mas aqui — ela apontou para o mar — estão os recifes de coral, crescendo a dez metros de altura sob a água. O coral é afiado como faca, nereidas morreram lá, e o barco encalharia também, sendo de madeira-dríade ou não. Poderíamos ir pelo caminho mais longo, dando a volta no Cabo de

Lítia, mas com o vento contra nós e redemoinhos ao longo dos Cardumes do Norte, levaria semanas.

Christopher pensou em Kavil, e na maneira como havia falado da criatura no labirinto. Pensou no pai e no avô à espera, talvez irritados, talvez assustados e em pânico, pelo seu retorno. Pensou em Gelifen, e disse:

— Não temos semanas. A que distância temos que passar para evitar o coral?

— A uns 30 metros. Menos, se a profundidade se estender para o Leste.

— Isso é perto demais? — perguntou Christopher.

— Sim. E elas têm a visão de leões.

— O que pode impedi-las de voar e pousar no nosso barco e matar a gente? — perguntou Mal.

— Bom, temos as facas de cozinha, o arco e flechas.

— Algo mais?

— Nossas mãos e dentes — respondeu Nighthand. Ele tentou sorrir, mas sua voz era um sussurro. Seu rosto tinha começado a ficar manchado com uma erupção vermelha elevada. A pele ao redor dos lábios era de um branco vívido.

— Ninguém vai *morder* uma mantícora — disse Irian. — E ponto-final.

* * *

A ilha fedia. Eles podiam sentir seu cheiro na brisa do mar antes que conseguissem vê-la. Tinha cheiro do que era: uma presa ainda não terminada, deixada ao calor escaldante do sol pelas mantícoras.

Nighthand disse algo — soou como "*fasmagunça*". Irian inclinou-se para baixo.

— Ele disse que são devoradoras que fazem uma bagunça — disse ela.

Ele tentou se sentar. Sua voz era um fantasma de si mesma.

— Se elas matarem a gente, não vão comer por completo, deixarão partes dos nossos corpos espalhadas. Então alguém deve ser capaz de nos identificar. Não o Christopher, mas os arquipelaganos, pelo menos. Ele tossiu, e quando a tosse passou, acrescentou: — Se não apodrecermos antes.

— Obrigada, Nighthand. Não vamos esquecer disso — disse Irian. Seu tom era bem mais caloroso do que suas palavras. Ela manteve uma das mãos no leme, e a outra no arco. A ilha surgiu, arenosa na costa, com florestas mais ao fundo. O barco se moveu rápido; as ondas estavam agitadas, mas ele subiu e desceu no ritmo da água. Eles se agacharam no barco, espiando pelas laterais.

Estavam na metade do caminho. Nada na ilha parecia vê-los. Navegaram além do ponto mais ao norte da ilha. Estavam seguros.

O estômago de Christopher, que estava frio como ferro e duro de medo, relaxou. Ele sorriu para Mal.

O vento aumentou e uma onda repentina ergueu o barco. Quando o barco caiu novamente, bateu contra a água e Nighthand foi arremessado de sua posição de lado, pousando com todo o seu peso sobre o braço ferido. Ele soltou um único grito, alto e febril, logo abafado, que ressoou pelo ar salgado do mar. Irian gritou por sua vez. Ela foi até ele e se agachou.

— Está muito ruim? — sussurrou ela.

— Não. — Sua voz era menos da metade do que deveria ser.

— A ferida abriu?

— Não.

— Abriu! Dá para ver, Nighthand.

— Você está me chamando de mentiroso?

— Estou! É exatamente isso que estou fazendo. Temos que encontrar ajuda para você.

E então sua voz tornou-se afiada de repente:

— Cuidado! Ali em cima!

Algo se moveu rápido por entre as árvores da ilha atrás deles. Três pontos subiram e se moveram em direção a eles, batendo as asas no ar. Voavam muito próximos, com as asas quase se tocando, e a velocidade era surpreendente.

Nighthand se levantou. Cambaleou pelo convés e colocou Mal atrás de sim, com o braço ileso segurando-a contra a lateral do barco.

Ela estremeceu.

— Não! Preciso ver, preciso lutar...

Mas Nighthand a segurou.

— É o meu *trabalho* — disse ele. Sua voz tinha um tom de dor, mas nenhum pingo de medo. — Elas vão ter que me comer primeiro.

Houve um rugido de leão no céu, e algo como um dardo fino passou por Christopher e ficou preso na lateral do barco.

Nighthand grunhiu.

— Os gatos imundos chegaram.

Antes que Christopher tivesse tempo de ver mais do que um borrão de pele fulva e asas amarelas, Irian mirou e disparou, várias vezes, o suor escorria por sua testa. O ar estava cheio de flechas, algumas passaram direto, mas quatro acertaram carne ou asas: duas mantícoras caíram.

— Christopher! À sua esquerda!

Ele se virou; estava acima dele, descendo com as asas esticadas, as garras das patas estendidas, a juba de leão, manchada de sal marinho e sangue.

Ele se abaixou e Irian disparou outra flecha, que errou por um triz. A criatura desviou-se no ar, girou para atirar-se contra Irian, e com um grande rugido Nighthand segurou-se para ficar de pé no barco e atirou uma faca de cozinha contra o flanco da criatura. A mantícora caiu na água.

— Obrigada — agradeceu ela.

Mal ainda estava pressionada contra a lateral do barco. Havia uma mancha de sangue de mantícora em sua bochecha.

— Alguém está machucado? — perguntou Irian.

— Não — sussurrou Mal. Seus punhos estavam cerrados e seus olhos, arregalados.

— Tem mais alguma? — perguntou Irian.

— Não vejo nenhuma — respondeu Christopher.

— Que bom. Porque não temos mais flechas.

— Ali! — gritou Mal.

Era a maior criatura do bando; ela não vinha da ilha, mas do céu acima da água. Voava reto e rápido como uma pedra arremessada em direção ao barco deles.

Mal correu até a proa do barco onde Irian estava. Ela sussurrou para a madeira, com as mãos dos dois lados, pedindo que continuasse, mas o barco não conseguia ir mais rápido. Eles não podiam fazer nada além de observar a mantícora se aproximando cada vez mais.

— Mal! — Nighthand foi até ela.

Christopher ficou sozinho na parte de trás do barco. A criatura era impressionante. Seu corpo era leonino, mas seu rosto, peludo e coberto de sujeira, tinha olhos, nariz e boca humanos. Seus dentes, porém, não eram humanos. Eram enormes, cinzentos e afiados.

Ela pairou sobre o barco, observando-os.

Nighthand desembainhou a lâmina glamry, segurando-a com a mão ilesa. Mas ele não arriscou atirá-la e perdê-la, não era algo a ser atirado.

— Humanos! — disse a mantícora. Sua voz soava enferrujada, como se sua língua não estivesse acostumada a falar. — Vocês não são bem-vindos aqui.

— Estamos apenas de passagem — disse Christopher. Sua voz tremeu.

— Você! Seu cheiro tem o exterior nele. De onde você vem?

— De fora do Arquipélago. Das Outras Terras.

— Então você nunca tinha visto uma mantícora? — Suas asas batiam sobre a cabeça.

— Não. Não até agora.

— Então é lamentável e angustiante que você não viverá para voltar para casa e contar o que viu. — A criatura mergulhou de repente. Irian deu um grito, mas a criatura apenas aterrissou no convés do barco. Virou-se para Nighthand, Irian e Mal.

— Se vocês se aproximarem, vou comer o garoto. Então fiquem onde estão.

A mantícora puxou os lábios — pálidos, quase brancos — e mostrou os dentes. Sua cabeça estava na altura da de Christopher, enquanto ele se escorava no mastro do barco.

— Que coisa linda você é — disse a mantícora. — Não se movam, não, nenhum de vocês, ou vou morder os olhos do garoto. Não comeremos o homem. Acho que ele seria um veneno. Mas você, você será um deleite culinário.

O fedor do bafo da criatura era quente e cruel no rosto de Christopher.

— Você me acha assustadora? Você está apavorado?

— Sim. — E já que seria e não queria que fosse a última coisa que dissesse, acrescentou: — Não é difícil ficar assustado. Não é um talento. Qualquer idiota com uma faca poderia ser assustador.

A mantícora aproximou-se um pouco mais, suas garras arranhavam o convés de madeira.

— Você deveria ter mais respeito pelo medo. É o motor de toda a história de sua humanidade, o medo. O medo, junto com a ganância, junto com o poder. — A mantícora lambeu os lábios brancos. Sua língua, pontiaguda na ponta, virou-se para cima.

Christopher enfiou a mão no bolso para ver se havia algo que ele pudesse usar como arma. Não havia nada. Tensionou os músculos — ele tentaria cegá-la com as mãos, quando ela viesse.

— Ah, sim. Vocês têm medo uns dos outros, ah, *muito* medo. Medo das humilhações, de apontarem e rirem de vocês. Medo da morte, então vocês matam os outros antes que eles possam matar vocês.

Houve um barulho atrás dele, um som ofegante, de ânsia de vômito — era Mal tentando chegar até Christopher. Nighthand agarrou-a pelo ombro, para impedi-la de se mover.

— Uma raça trêmula, gananciosa e aterrorizada é a humanidade.

— Não é verdade — disse Christopher. — Você é só um gato sujo com dentes grandes. Você não sabe de nada.

— E o que *você* sabe? Você é muito jovem: ainda cheira ao leite materno. Você tem a confiança presunçosa e deselegante dos recém-nascidos. — A mantícora aproximou-se mais, e seu hálito denso de carne estava quente como um forno em Christopher. — Você verá. Verá muito em breve. É o que destruirá todos vocês: o medo de um homem. E então teremos um banquete, meu povo.

— Que homem?

Ela ronronou, um ronco mucoso no peito.

— Eu o conheci cem anos atrás. Ele tinha tanto medo de ficar à mercê dos caprichos de outro homem, tanto medo do poder das outras pessoas, garoto, tanto medo de não passar de um homem mediano, que ele procurou controlar tudo que vive. Não apenas aqui no Arquipélago. Nas Outras Terras. *Em todo lugar.*

Christopher fervia de horror, mas permaneceu onde estava. Ele estava à altura disso. Não esperava que fosse assim, mas ele se viu capaz de ficar de pé e falar, e o terror em seu sangue, forte como era, não o derrubou no chão.

A mantícora bufou de uma maneira que poderia ter sido uma risada.

— O homem que entrou no labirinto, cem anos, sete meses e seis dias atrás. Eu falei com ele, na jornada dele até lá. Ele é só conversa, um papinho cheio de desdém. Ele tinha visto um poder que pode ser tomado. Ele daria um jeito de chegar ao coração do labirinto, foi o que ele disse; alcançaria a árvore glimourie.

A mantícora farejou.

— Deu para sentir que ele era como você, de fora do Arquipélago. Um homem de Outras Terras.

— O que ele disse quando você falou com ele? Ele disse como passaria pelo labirinto?

A mantícora piscou — uma longa piscada de prazer.

— Ah, ele sabia como. Tinha planos. Estava com eles nas mãos; tinta e pergaminho. — A língua apareceu outra vez e lambeu uma migalha de carne morta do lábio superior. — Basta. Não deveríamos ficar conversando por tanto tempo, isso te deixa nojento. Dá tempo para a adrenalina inundar seu sangue. Ela tem um gosto amargo. — A mantícora expirou ao se aproximar, com as grandes patas de leão pesadas no convés.

Christopher tentou recuar, mas não havia para onde ir.

— Espere, espere! — Seu único pensamento era fazer a criatura continuar falando. — Você disse *planos*? Quais planos?

E então o ar a seu redor pegou fogo.

Christopher sentiu-o antes de ouvir: um calor súbito, ardente e ofuscante, e então um rugido, bem perto de seu ombro esquerdo. Ele se jogou no chão, o instinto agiu antes que ele próprio pudesse entender.

A mantícora gritou, alto e terrível, foi mais o guincho de gato do que o rugido de um leão. Seu corpo estava envolto em chamas. Ela esticou as asas em chamas, tentou voar e fracassou.

A explosão de fogo veio outra vez, e uma vozinha rugiu:

— Afaste-se, verme. Esse aí é o meu biógrafo!

A mantícora caiu, carbonizada e imóvel, no convés do barco. Grandes nuvens de fumaça encheram o ar, acres e sufocantes. Christopher pôde ouvir Mal tossindo, ofegando, mas outra coisa também — rindo, pensou. O fogo não queimou a madeira do barco, embora ele soltasse fumaça, mas uma corda, Christopher notou, tinha virado cinzas no mesmo instante.

Jacques, com suas asinhas minúsculas abertas e fumaça ainda saindo em espiral de suas narinas, virou-se para Christopher.

— Espero que você não se oponha — disse ele. — Eu segui você. Gostaria de fazer algumas observações para o relato que você vai contar da minha vida.

FIDENS NIGHTHAND

O ferimento de Nighthand piorou à medida que o dia foi passando. Cada movimento do barco o balançava, e toda vez que ele se mexia, ficava ainda mais branco.

— Precisaremos encontrar uma ilha — disse Irian. — Temos que buscar ajuda para ele.

Mas não havia terra à vista por quilômetros, e nenhum vento; apenas as calmas ondas do mar azul.

— Tem algum modo de mandar uma mensagem para alguém? — perguntou Christopher. — Vocês não têm uma espécie de Resgate de Ar e Mar?

Irian virou-se para ele.

— Pode repetir?

— O quê, Resgate de Ar e Mar?

— Ar e mar. Ar e *mar*.

Ela olhou para baixo, para o mar tranquilo da tarde. A água estava parada e muito clara.

Irian tirou o suéter, as botas. Caminhou até a proa do barco. Olhou para Nighthand, que estava inconsciente — esticou os braços para o horizonte e lançou-se com um salto, fazendo um mergulho perfeito. Ela atingiu a água sem causar ondulações e afundou como um torpedo nas profundezas.

— Irian! *Irian*! — gritou Mal. Ela se virou em pânico para Christopher. — Ela disse que não sabia nadar!

Irian era diferente na água. Se Mal pertencia ao céu, Irian pertencia ao mar. Ela se moveu mais rápido do que qualquer ser humano que Christopher tinha visto nadar, seus braços rasgavam o azul. Ela não foi direto para baixo, mas girava para a esquerda e direita conforme avançava, ondulando e serpenteando com a corrente. Era como se a água tivesse vontade própria e só ela soubesse como entendê-la; como se se o próprio oceano tivesse dado à luz a ela.

— Acho que ela disse que *não* nadava — disse Christopher.

Irian não subiu para respirar. Ela nadou cada vez mais para baixo, com os pés juntos, até estar tão fundo que ele não conseguia ver nada além de uma forma escura.

E então, da água, ele a ouviu chamar — um chamado que não era na língua deles. Era o mesmo chamado alto que ele tinha ouvido, dias antes, das nereidas. Uma batida: ele e Mal prenderam a respiração, pressionados ombro a ombro na beira do barco. E então, ao longe, tão fraco que poderia ter sido o próprio mar, uma resposta.

Irian irrompeu na superfície, a dez metros do barco. Ela nadou até eles com braçadas longas e suaves, e subiu no barco sozinha. Jacques bufou de admiração no mar e as ondas ferveram.

— O que você fez? — perguntou Mal.

— Solicitei ajuda — disse Irian.

Mal a olhava com uma nova luz no rosto: era deslumbramento.

— Como você sabe falar nereidês?

Irian olhou para o barco, vestindo as roupas de volta no corpo molhado.

— Sou parte nereida; do lado do meu pai, algumas gerações atrás. A água do mar faz isso, veja. Dura apenas um minuto, mas dá para ver. — Ela estendeu as mãos, com as palmas para cima. A ponta dos seus dedos cintilava com um brilho prateado.

— Que incrível! — disse Christopher.

Ela sorriu com tristeza.

— Para você, pode ser. Mas não saio por aí revelando isso. Muitas pessoas me tratariam como uma espécie de oracular de místico. Outras teriam medo do que eu poderia fazer, e esse medo é perigoso para mim. Então fico calada e longe da água quando tem pessoas ao redor.

— O que vai acontecer agora? — perguntou Mal.

— Agora continuamos viajando e esperamos.

Eles esperaram várias horas antes que houvesse um zumbido no ar, e um longma apareceu sobre o barco em movimento.

Anja Trevasse se inclinou e gritou para o barco.

— Irian Guinne! O que é isso? As nereidas mandaram uma mensagem, através das ratatoskas. Disseram que era urgente: disseram que era Nighthand.

Ela estava bem diferente da mulher que eles haviam visto antes. Nenhuma joia adornava seus braços. Seu cabelo caía em uma fina trança grisalha, e ela usava um vestido e um roupão. Mal se encolheu ao vê-la.

O longma desceu mais, quase tocando a água com os cascos, e pairou ali, batendo as asas de maneira longa e lenta. Anja olhou para Nighthand e seu rosto ficou impassível e frio. O berserker estava deitado no chão do barco, coberto com a própria jaqueta. Seus olhos estavam fechados, as pálpebras tremiam de febre. Anja virou-se para Irian.

— Por que você o deixou chegar nesse estado? Por que não procurou ajuda antes?

— Você, de todas as pessoas, irá se abster de me dar um sermão — disse Irian. — Quero deixar claro, senhora Trevasse, que eu chamei porque não consegui pensar em mais ninguém que tivesse o poder para ajudar. Caso contrário, eu te derrubaria agora, no oceano.

— E você acha que dizer isso vai te ajudar de alguma forma? A me convencer?

— Não — disse Irian a Anja. — Mas você vai ajudar sabendo que é odiada, pelo bem de Nighthand, ou não vai ajudar em nada. Não vou fingir que você está perdoada. Sua espécie é desculpada vezes demais, com muita facilidade, um pouco de dinheiro e tudo fica bem. Não vou jogar esse jogo. Nighthand não gostaria.

O pânico aumentava nos olhos de Mal. Ela sussurrou: *"Ah, não."*

Anja olhou, com as narinas um pouco dilatadas, de Irian para o berserker, e de volta para ela.

— Conte o que aconteceu com ele.

— Foi um karkadann. O chifre o acertou — disse Irian. — Você conhece cada curandeiro do Arquipélago, pode conseguir ajuda para ele?

— Não sei. — Anja olhou para Nighthand. Havia uma expressão em seus olhos, escuros, penetrantes, sob pálpebras enrugadas como papel, que Christopher não conseguia decifrar. — Há uma centaurida, uma centauro fêmea, em Antiok, mas não consigo levá-lo até lá sozinha. Não sou forte o suficiente para segurá-lo nas costas do longma. Você precisará vir.

Irian a encarou.

— Não posso deixar duas crianças em um barco no meio do oceano.

— Então corre o risco de ele cair no mar. Qual será?

Nighthand murmurou em seu delírio. Christopher esforçou-se para ouvir: parecia algo como "*an*". Os lábios do homem estavam quentes, secos e anormalmente brancos.

Irian olhou de Christopher, para Nighthand, para Mal. Uma agonia estava estampada em seu rosto bem esculpido.

— Tome a sua decisão — disse Anja. — Cada minuto a mais irá arriscar a vida ele.

— Elas são *crianças*.

A velha empertigou-se no longma.

— Pelo Imortal! Pode pensar o que quiser de mim, que sou mercenária, fraca, egoísta, perversa, o que quiser, não ligo. Eu não sou, e espero que você concorde, sua idiota. As crianças têm sido subestimadas há centenas de anos. Por que você continua com essa tradição entediante?

Nighthand falou de novo. Dessa vez todos puderam ouvir o que ele disse. Falou febril, mas a palavra soou clara como o badalo de um relógio. Ele disse:

— *Irian.*

Anja recuou, mas Irian não viu. Ela olhava apenas para Nighthand. Christopher de repente sentiu que estava se intrometendo em algo profundamente íntimo.

Ela agachou-se ao lado dele. Pela primeira vez desde que haviam se conhecido, ela tocou com cuidado, de propósito, sua mão — e então seu rosto. Os olhos dele estavam abertos. Ela repousou dois dedos em suas bochechas, na testa, nos lábios. Ela respirava forte, fundo, como se todo o oxigênio do céu a tivesse inundado de uma vez.

Havia uma expressão de reconhecimento no rosto de Irian: a alegria de alguém no mar, que ergue a cabeça e vê terra adiante. Era o rosto de alguém que de repente sentiu, pela primeira vez, o formato preciso e o peso do próprio coração acelerado.

— Fidens Nighthand — disse ela.

DRÍADES

Christopher e Mal navegaram sozinhos até as dríades. Se estavam com medo, nenhum deles assumiu: era preciso a total concentração dos dois para manter a vela estável e guiar. Eles não conversaram muito. Quando tinham tempo de descansar, sentavam-se ombro a ombro. Quando dormiam, Jacques se empoleirava na proa, observando-os.

Ela carregava, no cinto, a lâmina glamry de Nighthand embainhada. Ele a tinha pressionado na mão dela, delirante, mas insistente, enquanto os quatro o levantavam para colocá-lo nas costas do longma. Seus olhos não estavam focados.

— É sua — ele tinha dito.

Agora eles seguiam a ponta da flecha do casapasaran. De vez em quando, bem abaixo das ondas, abaixo da sombra do barco, Christopher via criaturas se movendo; figuras rápidas e fugazes demais para serem identificadas. Certa vez, quando a água estava mais calma, e eles se moviam com rapidez sobre ela, Christopher viu uma sereia nadando bem abaixo, de costas, com a cauda de mais de quatro metros, olhando para eles. Ele mal vislumbrou seu rosto lindo e delicado, mas estava tão cheio de uma esperança temerosa que o atingiu como uma faca no estômago. Era uma exigência, aquele olhar; um chamado à coragem. Ele gritou para Mal, mas quando ela se virou a sereia já tinha desaparecido.

Christopher capturou um caranguejo e eles o comeram cru, cortando a carapaça com a lâmina glamry, a carne doce e fresca do mar. Mas Mal, que sempre estava faminta, percebeu que não conseguiria comer mais do que alguns pedaços.

— Não consigo engolir mais — disse ela.

Já anoitecia quando eles chegaram à costa de Tãr, a Ilha das Dríades. Eles atracaram o *Sempre em frente* em um cais de madeira nos limites de uma cidadezinha costeira, e deixaram Jacques de guarda.

As pessoas os encaravam das janelas e lojas à medida que eles passavam, olhando-os com suspeita. Tinham mãos e rostos astutos e trabalhadores. Christopher não sabiam se elas viam poucos desconhecidos, tão ao Norte, ou se era algo em Mal que as deixava desconfortáveis.

Elas teriam razão em achá-la assustadora. Mal caminhava com a aparência de um campo de batalha móvel. Era o exército de uma garota só.

Eles seguiram o casapasaran pelas ruas. Seus olhos estavam sempre nele, mais do que precisavam, na verdade. Isso a salvava de ter que olhar para cima ou ao redor.

A cidade logo deu espaço para um aglomerado de fazendas, uma espécie de celeiro, onde o maquinário agrícola ficava guardado, e então um terreno aberto e uma floresta.

— Mal — disse ele, quando já estavam andando há meia hora. — Está com fome? Sede? Quer parar? — Ele estava e queria, mas não disse, porque o tempo agora, pensou ele, pertencia a ela.

Ela balançou a cabeça.

— Se a gente parar, vou me recusar a levantar de novo. Ou vou me virar e fugir. Então acho que não podemos parar. A gente tem que ir mais rápido, na verdade.

— Você pode beber enquanto continuamos. — E após alguns segundos de hesitação, ela concordou e bebeu da garrafa deles, derramando um pouco na roupa.

A floresta foi resistente a eles de início, com árvores e arbustos espinhosos — mas quanto mais eles avançavam, mais alta e rica ela se tornava. As árvores se erguiam ao redor deles, algumas tão altas quanto torres de energia, outras menores que Christopher. Muitas estavam floridas, com flores brancas, amarelas ou verdes.

— É lindo — disse ele, mas ela mantinha aquele olhar fixo e apenas grunhiu.

Era lindo, extremamente lindo; as árvores tinham milhares de tons de marrom, jade e cinza-prateado. O cheiro — o mesmo cheiro que ele tinha sentido no *lochan* — ficava mais rico, selvagem e gentil a cada passo. Ele parou para pegar duas maçãs de uma árvore, e embora ela não tenha parado e Christopher tenha corrido para alcançá-la, ela concordou em comer uma. A maçã estava doce e azeda ao mesmo tempo, e a melhor que ele já tinha provado.

O casapasaran os guiou para um espaço na floresta onde as árvores pareciam ficar mais escassas, e eles puderam ver o sol poente no céu. Entraram em uma clareira circular, tão perfeita que parecia ter sido feita com precisão matemática.

— Deve ser este o lugar — disse Christopher.

Conforme entravam na clareira, o casapasaran girava, dois graus, para apontar para a mais alta das árvores. Parecia um carvalho, era tão antiga que sua casca quase parecia metálica, um marrom-prateado à luz fraca.

— E agora?

Mal não se permitiu titubear.

— Erato! — chamou ela. — Erato! Percorremos um longo caminho para te encontrar. Você está aqui?

Não havia nada além dos pássaros, grasnindo no alto.

— Erato! — De repente, ela soou muito infantil, com a voz fraca na imensa floresta. — Olá? Você tem que aparecer!

Não houve nada.

— Tente outra vez — disse Christopher.

— Erato! — E então, corando e se afastando de Christopher de vergonha, ela ergueu a voz e chamou: — Erato, dríade de Tār, rainha da floresta! A Imortal, nascida da primeira maçã da primeira árvore, chama você.

A dríade que surgiu da árvore era tão linda que ele se esqueceu, por um momento, da logística de como respirar. Ela parecia muito velha e muito nova ao mesmo tempo. Sua pele e cabelo eram marrons, e seus olhos eram do tom de verde que só se vê nas vitrines de joalherias.

Mais dríades surgiram, de outras árvores; algumas tinham mais de dois metros de altura, com tom de pele marrom-creme de uma sequoia, outras do quase preto de um amieiro. Algumas surgiram de árvores que não passavam de mudinhas, garotas menores e mais novas do que Mal, com pés e mãos longos e olhos arregalados e empolgados. Todas pareciam ser alguma forma de mulher, e todas tinham a mesma aparência vívida, rica em terra e em contínuo crescimento: rara, ousada e selvagem.

Atrás deles, Christopher notou uma dríade em forma de menina saindo da macieira da qual ele tinha arrancado as maçãs. Ela sorriu para ele com um sorriso tímido e deu uma piscadinha.

Elas se moveram em direção às crianças, agrupando-se ao redor de Mal e Christopher, e por um momento, eles foram engolidos por murmúrios suaves de surpresa e pelo cheiro de seiva, à medida que as dríades esticavam as mãos para tocá-los no rosto, no cabelo e nas mãos.

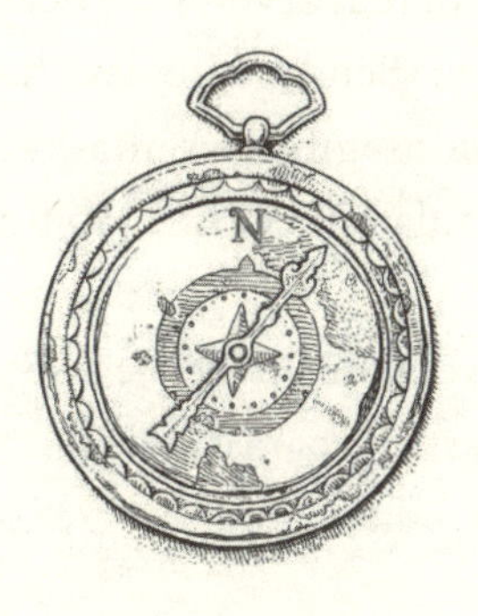

A POÇÃO

Erato segurou a poção em suas mãos fortes e de dedos longos. Ela tinha compreendido de imediato o que eles precisavam.

— Algumas das histórias de nossas mães — disse ela — falavam de Marik, o Homem Que Disse Não Para o Mundo. Elas contaram o que ele fez. E algumas disseram que o Imortal voltaria para as dríades. Eu não imaginava que a Imortal viria até *mim*.

Ela sentiu o cheiro da poção, mas não a experimentou.

— Você sabe que não poderá ser desfeito? Compreende isso?

Mal fez que sim com a cabeça.

— Sei disso. Tem que ser agora.

Erato gritou; um chamado que soava como o movimento de madeira em tempestades. Houve um burburinho de surpresa — alguns de prazer, alguns de inquietação — e então cada dríade virou-se para sua própria árvore, arrancou um longo galho e avançou, segurando-o nos braços.

— Agora, afaste-se — pediu Erato a Mal.

— Pensei que madeira-dríade não queimasse — comentou Christopher.

— Não queima, a menos que o fogo seja aceso por uma dríade. Então queima tão forte quanto o Somnulum. Mas pode ser imprevisível.

Uma dúzia de dríades ficou nos limites da clareira, observando, enquanto Erato inclinava-se sobre a grande pilha de madeira. Ela esfregou os dedos, cada vez mais forte e mais rápido até que fossem apenas um borrão, e as chamas brotaram deles. A pilha de madeira explodiu em luz.

— Retornem, irmãs, para suas árvores. Se ficarem, devem se manter afastadas. E, crianças, fiquem em silêncio. Não deve haver distrações — disse ela.

Mal, no entanto, não conseguia se sentar. Ficou andando ao redor da clareira, com a boca contraída numa linha tão fina que nenhum traço avermelhado era visível.

Erato esvaziou a poção em uma panela e a segurou de lado sobre o fogo, de modo que o líquido escorresse para o lado, perto da borda, mas sem transbordar. Algumas chamas tremeluziram contra o líquido, sibilando quando tocaram a poção.

Após alguns minutos, a poção passou de preto-azulada para uma cor-de-mel escura. Erato despejou o líquido em uma xícara de madeira.

— Tem certeza? — perguntou Christopher de repente. Parecia muita coisa: a eternidade. Ele percebeu que queria, desesperadamente, protegê-la; proteger a garota que estava aceitando a eternidade.

— Não me pergunte isso — pediu Mal. — Não quero essa pergunta.

Erato lhe entregou a xícara.

— Aqui está então. Desejo-lhe sorte. Pelo nosso bem, mas, principalmente, pelo seu, pequena Imortal. Beba rápido e de uma vez só.

Mal a pegou com a mesma expressão determinada, interior e resoluta que tinha demonstrado todos os dias desde que se sentaram ao lado do túmulo de Gelifen.

Ela olhou para Christopher e disse:

— Imagino que seja uma espécie de despedida.

— Não é, Mal! Você ainda será você, e eu vou estar aqui. Você mesma disse, não é? Disse, *ele é um guardião*. — Não tinha ficado claro, até aquele momento, o que isso significava. Significava esse sentimento. Significava queimar para vigiar o que precisava ser vigiado. Significava queimar para mantê-lo seguro. Significava um amor feroz e cuidadoso.

Ela parecia prestes a responder, mas Erato disse:

— Agora, criança, rápido, antes que esfrie.

Seu corpo todo tremia, de modo que sua mão mal podia segurar a xícara. Ela tentou, por um breve segundo, sorrir para ele.

E bebeu tudo em uma única golada.

— Ai! Muito *quente*!

Houve um momento em que Christopher não respirou, e então ela sussurrou "*Tontura*" e agachou-se no frescor do chão coberto de musgo.

Seus olhou se reviraram e ele a segurou quando ela caiu de lado. Deitou-a de costas.

— Não — disse Erato. — Aqui. — E ela fez Mal deitar-se de lado. Sua respiração ficou pesada e trabalhosa. Seus olhos estavam fechados. Ele esperou. Ela começou a tremer e, em seguida, a ter ânsia de vômito. Ela tossiu e vomitou, sem parar, mas continuou dormindo.

— Me ajude a limpar o rosto dela para que não se engasgue — disse Erato. Ela produziu uma tigela de água de chuva, e um pano macio, feito de folhas de carvalho trituradas e trançadas.

As palavras da dríade eram calmas, mas seu rosto, não, e algo em sua expressão fez Christopher perguntar:

— Alguém já fez isso antes?

A dríade balançou a cabeça.

— Então isso pode estar matando a Mal! Pode ser veneno!

— Ela é Imortal, Christopher.

Ele encarou Erato, mas ela havia se virado de costas, e estava ajoelhada diante do fogo, extinguindo-o. De repente, a floresta pareceu muito escura.

— Fique de olho nela. — A voz de Erato, suave, veio da escuridão. — Limpe-a se ela passar mal de novo.

Mal vomitou, duas vezes, e em cada uma delas ele limpou seu rosto o melhor que pôde e a levou para um lugar de terra seca.

A lua surgiu. Mal começou a estremecer, e depois a tremer, e seus lábios ficaram azuis. Christopher usou o casaco como cobertor e o puxou até o queixo dela.

Teria sido algo extraordinário, ter tido uma irmã, pensou ele. Teria sido incrível se ela fosse como Mal.

Por fim, ele se deitou a seu lado, no centro da clareira circular, sob a sombra das árvores, de frente para ela.

Ele deve ter dormido, embora não quisesse, porque quando se deu conta, ela estava se movendo, curvando-se e se endireitando como uma bola. Ela ainda dormia, mas estava chorando. Lágrimas escorriam pelo seu rosto. Ele ajeitou o suéter para servir de travesseiro debaixo da cabeça dela. Esperou. Por um breve momento, ainda dormindo, as lágrimas pararam, e seu rosto se enrugou e se transformou em uma risada repentina — um engasgo de prazer, com os olhos bem fechados. E, então, ela ficou em silêncio outra vez, mole e inerte.

Em seguida, começou a falar — um fluxo de linguagem — de inglês a latim, arábico e russo, cantonês, pashto, línguas de dragão e esfinges. Ela falou com vozes diferentes da sua — velhas e jovens, ricas e pobres, antigas e modernas.

Diga a eles que tem leite fresco na jarra, e eles podem tomar tudo...
Viṇi nāk!
Vai curar, não vai?
Não confiaria na garganta dele para arrotar, mas ele é um cara bacana...
Non! Il a dit non!
É uma alegria ver seu rosto...
愛
Lamento informar que ele foi morto no último dia...
Kultaseni, rakkaani
Amor, meu amor...

E então ela parou e ficou em silêncio, ofegante.

O sol nasceu na espera ainda acordada de Christopher. Uma dríade lhe trouxe pão feito de nozes e uma tigela com damascos amassados cozidos com mel.

— É fruta dríade. Vai fazer mais por você do que qualquer outra fruta.

Mal tossiu, e seus olhos se abriram, mas depois se fecharam.

— Água — disse ela com a voz rouca.

Erato derramou um pouco de água em sua boca, e Christopher molhou um pedaço de pão no damasco e colocou-o entre os lábios dela.

— Como você está?

Ela teve dificuldade para se sentar; apoiou a parte de trás da cabeça em uma árvore. Ela sorriu, e ele percebeu que era o esforço mais formidável que já a tinha visto fazer. Era um sorriso com o mundo dentro dele.

— Vou contar — disse ela —, mas não hoje. — Sua voz estava diferente. Estava mais áspera, como se o líquido tivesse queimado sua garganta.

Ela se deitou de novo, mas os olhos continuaram abertos. Ele tentou lhe oferecer mais água, mas ela recusou.

— Esquerda — disse ela. — Esquerda e esquerda... direita, reto e esquerda de novo. Direita... e esquerda, e direita três vezes. — Ele conseguiu ouvir apenas metade do que ela disse. — Esquerda e... esquerda, esquerda e por cima do abismo no chão. E direita, esquerda, reto e direita...

— O labirinto? — perguntou ele.

Ela fez que sim, e se endireitou.

— Temos que ir — disse ela. Fez menção de ficar de pé, mas caiu de lado antes que ele pudesse segurá-la, arranhando o lado esquerdo da bochecha e do queixo no chão.

Seu corpo todo ficou vermelho e depois empalideceu. Ela tentou de novo; e mais uma vez, nada aconteceu.

— Minhas pernas — disse ela. — Não funcionam. — Fechou os olhos.

— Se ela não pode andar, como vai passar pelo labirinto? — perguntou a dríade.

— Isso é fácil — respondeu Christopher. — É a única pergunta fácil, na verdade. Eu vou com ela.

NENHUM MORTAL JAMAIS RETORNOU

Ele a carregou de volta ao barco, atravessando a floresta e a cidade. Ela mal estava consciente e, embora não fosse pesada, ele teve que colocá-la no chão muitas vezes para mudá-la de posição quando seu aperto afrouxava.

Ele comia, quando parava, para reunir coragem. Tinha recebido uma bolsa de tecido cheia de maçãs, pêssegos, peras e damascos: fruta dríade, sem igual em todo o mundo. Elas tinham gosto ainda vivo; frutas com opiniões, piadas e risadas nelas.

Ele a deitou no barco. A pele ao redor dos olhos estava arroxeada. Parecia ruim. Seus olhos estavam mais brilhantes do que deveriam, e ela não parava de tremer.

Jacques parecia mal-humorado, se é que dragões são capazes de parecer alguma coisa.

— O que você fez com ela?

— Nada. Ela fez a si mesma.

Ofegante, ele subiu no barco e contou a Jacques seu plano. Se Mal não podia andar no labirinto sozinha, ele iria com ela.

— *Ela* é a Imortal. Você não deveria entrar com ela. Você deveria esperar que ela esteja pronta para ir sozinha. Nenhum mortal jamais retornou do labirinto.

— E se ela nunca estiver pronta? — Ele cuspiu as palavras no dragão: um pouco de saliva caiu em suas asas. — O último Imortal, o Homem Que Disse Não, qual o nome dele mesmo? Marik. Ele levou meses para andar de novo. E se acontecer de novo? A gente *não pode esperar*! O glimourie será perdido. Não só o Arquipélago. É o mundo inteiro. É tudo. *Tudo*. Entende? É o *meu* mundo, o *meu* lar, a *minha* família. — Ele pensou no pai, no avô, a quem ele não pôde avisar. Ele não estaria lá para consolá-los se a escuridão viesse, e o pensamento o atravessou. Suas mãos, conforme ele puxava a corda esticada, tremiam.

Jacques se afastou.

— Você se esquece de quem é, para falar nesse tom com um dragão. — Ele esperou meia hora antes de dizer: — Sabia que o barco da Imortal é de madeira-dríade?

— Estou *muito* ciente disso, obrigado.

— Então você não precisa remar ou navegar. Basta *dizer* para onde quer que ele vá.

O olhar que Christopher lhe lançou fez Jacques estremecer, apesar de o dragão estar tão acostumado com as chamas.

— O labirinto — Christopher disse ao barco.

Levou 28 horas para chegarem à Ilha de Arkhe.

Mal dormiu a maior parte do caminho. Ela falou as direções do labirinto sem parar. Ele lhe deu água e fruta e repetiu as direções para ela. Jacques pegou um peixe da água, e quase o queimou, e ela comeu pedacinhos dele.

Jacques observava Christopher, enquanto ele recitava o caminho pelo labirinto para ela; ficaram alternando, até ele decorá-lo como uma canção, gravada na mente.

— Nenhum mortal jamais retornou — disse Jacques.

— Você é mesmo uma companhia fantástica, sabia disso? — falou Christopher.

Passaram a noite meio dormindo, meio acordados, recitando. Ele se viu acordando no susto sob as estrelas, despertado pela própria voz dizendo em voz alta: "Esquerda, esquerda, direita...". Por fim, ficaram acordados, observando o céu. Estava iluminado de preta; parecia vivo, uma coisa antiga que respirava.

Eles tinham visto tantas coisas, pensou ele; e agora todo o resto havia sumido. Era apenas ele e Mal, e o futuro de tudo. Oceanos, e ondas, e Terra, nas mãos deles. O pensamento era tão vasto que ameaçava esmagá-lo, parar o sangue em seu coração — ele se moveu para que seu ombro tocasse o dela, e ela se mexeu ao mesmo tempo, e eles ficaram lado a lado, observando o esplendor da noite infinitamente frágil passar no céu.

A ilha surgiu no fim da manhã. Christopher estremeceu quando se aproximaram: a água que a rodeava era irritada e agitada, e as ondas espirravam água do mar com fúria no ar. Ele olhou para Mal, enrolada no casaco, e se ajoelhou ao lado dela, como Nighthand havia feito, para ancorá-la no lugar.

Mas, assim que se aproximaram, as ondas pararam de repente, e Christopher poderia ter guiado o barco com facilidade. No entanto, não o fez. Ele esperou que chegasse à praia sozinho, e então abaixou a âncora e pisou na ilha.

Era arenosa, e quente, e tão clara que o encantou. Acima estava o Somnulum, pairando baixo no céu, brilhando forte demais para que ele pudesse olhar.

Ele ajudou Mal a sair do barco e quase a carregou até a costa. À frente deles havia uma faixa de areia e uma grande elevação de rochas. Em meio às rochas havia uma entrada semelhante a uma caverna, tão larga quanto uma porta dupla. Não havia dúvidas de que esse era o caminho para o labirinto. Mesmo antes de Mal apontar o caminho, ele já pôde sentir.

A abertura era fria, apesar do calor da ilha.

Mal sentou-se à sombra de uma pedra, massageando as pernas com seus dedinhos afiados. Uma árvore seria melhor, mas havia apenas uma à vista, uma árvore com espinhos, na qual não seria possível se recostar.

Ela prendeu a língua entre os dentes.

— Temos que ir — disse ela.

Ele pendurou um rolo de corda de barco, amarrado com um nó em uma das pontas, ao redor do ombro. Mal apoiou o braço no dele. Caminhar sem dúvida a machucava, ele podia ouvir os dentes dela rangendo.

— Está tudo bem? — perguntou ele.

Ela se virou para ele, e era uma pergunta tão absurda que os dois deram risada.

Juntos, Christopher e Mal aproximaram-se da entrada da caverna. Juntos, desejando voltar, mas sabendo que deveriam seguir em frente, eles entraram.

O LABIRINTO

As paredes eram de pedra, firmes e ásperas, e o chão era macio. O ar cheirava a cem anos de poeira intocada. Bem rápido tornou-se escuro. As paredes estavam iluminadas com fogo de salamandra.

Eles chegaram a uma bifurcação no caminho.

— Esquerda — disse ela, embora ele não precisasse que ela dissesse. Ele sabia. E na próxima curva, ele falou primeiro:

— Esquerda, de novo. — E ela sorriu.

— É familiar — comentou Mal. — Já estive aqui centenas de vezes. Sei disso. — Ela tentou sorrir. — Eu sempre tive um péssimo senso de direção antes. Agora não.

Eles avançaram mais, seus passos e respiração eram os únicos sons no silêncio absoluto da pedra escura. O rosto dela estava encharcado de suor frio, do esforço de caminhar. Eles pararam uma vez, e ela se sentou no chão por alguns minutos. Limpou o rosto na camiseta.

— O que eu posso fazer? Como posso facilitar as coisas?

Ela estendeu as mãos.

— Me ajude a levantar. É melhor a gente continuar.

— Direita e depois esquerda.

— E então as flechas, se ainda estiverem aqui.

Ele concordou. As flechas eram retiradas dos espinhos da cauda de uma mantícora, adornadas com penas de hipogrifo e tinham uma ponta com veneno de karkadann. Não é possível sobreviver depois de atingido por uma.

Eles chegaram a uma curva.

— *Agora* — disse Mal.— Por ali.

Ele pegou uma pedra solta no chão do labirinto e a arremessou. Uma flecha irrompeu da parede, atingiu a parede do lado oposto e desapareceu. Ele jogou outra pedra: dessa vez irrompeu do lado oposto. Com ela, veio o cheiro de veneno.

— Karkadann — disse Christopher. — Eu não ligaria se esquecesse esse cheiro.

Eles se ajoelharam e se deitaram de barriga no chão.

— Mantenha todo o seu corpo abaixado — disse Mal. — Não levante a cabeça.

Eles rastejaram adiante. O movimento de seus corpos na poeira acionou a mola na parede, e três flechas afiadas como facas, passaram quase raspando em suas cabeças. Christopher se obrigou a não se mover para cima.

— Agora é a enxurrada delas — disse Mal.

— Eu vou primeiro… Só… por precaução.

Ele avançou um pouco: logo o ar acima tornou-se denso com o som estridente de uma chuva de flechas, que voavam em ambas as direções sobre suas cabeças. Christopher sentiu um roçar no cabelo. Ele pressionou o rosto no chão, tentando não deixar a corda enrolar-se enquanto se arrastava. Ele podia ouvir Mal atrás dele.

E então, felizmente, havia a curva à frente — à direita, e ele a pegou, levantando-se dolorido. Um brilho de triunfo o aqueceu.

— Não estou morto ainda. Venha.

Eles continuaram. Ela respirava com dificuldade agora pelo esforço; Mal estava com um braço ao redor do ombro dele e arrastava o pé esquerdo. Minutos se passaram, com apenas seus passos leves e suas respirações. A escuridão ficou maior, as luzes mais distantes umas das outras.

— Pare! — gritou Mal. — Christopher! O abismo!

Ele parou na luz tremeluzente.

— O abismo aumentou! Está bem aí! Pare! Não siga em frente!

Ela contou a ele sobre o abismo, lá no barco. Era um grande buraco, com uma borda em cada lado.

— Foi cavado tão fundo — comentou ela — que daria para cair por vários minutos antes de atingir o fundo. Se você caísse, seus ossos nunca seriam recuperados; estariam longe demais para serem vistos. Mas tem uma borda, com 30 centímetros, e você pode contorná-la devagar, se não tiver medo. Se cair, morre.

Christopher encarou a escuridão à frente.

— Mas... só deveria estar a 15 metros. Eu estava contando, foram 30 passos após virar à esquerda. — Ele avançou, e então recuou, enjoado de surpresa.

O que ele achou que fosse uma sombra era, na verdade, um buraco enorme e terrível.

— O homem no coração do labirinto deve ter aumentado — disse ela. — E veja! Veja! A borda.

A borda junto à parede agora ocupava apenas dois terços do tamanho do pé dele. Seu estômago embrulhou.

A voz dela estava minúscula de desespero.

— O que devo fazer? Minhas pernas não estão firmes o suficiente. — Ela olhou por cima da borda, e seu corpo todo estremeceu. — Eu vou cair.

Ele olhou para o caminho por onde tinham vindo. Eles não podiam voltar agora.

— Então eu vou sozinho — disse ele. — Você fica aqui e espera por mim.

— Você não pode! — O terror cresceu nela, o terror de uma criança. — Você vai acabar morto!

— Não tem outro jeito. Eu vou voltar, está bem?

— Você não é o Imortal, Christopher! Ele vai te matar!

Ele olhou para o abismo e de volta para Mal.

— Eu não sou o Imortal, mas eu conheço a Imortal. Sei o que você faria, se fosse o contrário.

Houve um silêncio.

— Mal, eu vou voltar. Só fica esperando por mim.

Christopher pôde ouvi-la ofegar com pequenos soluços abafados conforme ele se aproximava do abismo. Era um borrão preto, estendendo-se embaixo dos seus pés. Ele sentiu um gosto amargo na boca. Pressionou as costas contra a parede e pisou, com os pés virados de lado, na borda. Bem devagarinho, foi avançando, usando as mãos para agarrar a rocha áspera enquanto seguia em frente.

A parede do labirinto agora era a rocha natural da caverna. Tinha saliências e protuberâncias, o que tornava cruelmente doloroso pressionar suas costas contra ela, mas lhe dava suportes para as mãos.

Ele se lembrou de algo que haviam lhe dito certa vez — que vertigem não é o medo de cair. É o medo que sentimos de pular. A escuridão o chamava. Por um momento, pareceu inevitável que ele simplesmente se inclinasse para frente, que seu corpo o puxasse para a escuridão.

Ele parou, sentiu o corpo tremer. Forçou a si mesmo a continuar deslizando os pés ao longo do afloramento de pouco mais de dez centímetros.

E então, sem aviso, seu pé deslizante ficou pendurado no nada. A borda havia terminado.

Ele cambaleou. Sua mão se estendeu e ele agarrou um nó na parede, estabilizando-se.

— Você não vai morrer — sussurrou ele. — Não é assim que termina.

Não havia como seguir em frente: não havia como alcançar a terra firme. Mas na parede oposta havia afloramentos maiores, estalactites laterais, algumas pequenas, outras com 30 centímetros de comprimento, como punhos saindo da parede. *A corda*, pensou ele. A corda tinha um laço na ponta. Tremendo tanto que seus dentes rangiam, ele usou a mão livre para tirar a corda do ombro.

Balançou a corda, mirando um afloramento rochoso saliente do outro lado. Na primeira vez ele errou, e a corda caiu na escuridão. Na segunda vez e na terceira também, e a cada vez ele sentia o estômago revirar, como se pudesse puxá-lo para dentro.

Respirou fundo e forçou o corpo a se acalmar. Ele pensou em Mal — e em Gelifen, mastigando seu cabelo. Pensou nos unicórnios. Pensou no avô, no meio de uma multidão de gaivotas; pensou no pai, sentado ao lado de sua cama à noite; do rosto quase esquecido da mãe. Pensou no mundo azul brilhante, e no que o homem no labirinto faria com ele. Christopher jogou a corda de novo.

Ela ficou presa. O laço se manteve. Ele deu um puxão; gentil, de início, e depois muito mais forte. Fez uma breve e silenciosa oração e se lançou no espaço acima do abismo.

A corda rangeu. Christopher balançou em uma longa e febril parábola e aterrissou sobre as mãos e os joelhos do outro lado do abismo.

— Atravessei! — gritou ele. — Estou a salvo! — Mas ele não ouviu nenhuma resposta.

Não houve comemoração, como houve com as flechas. Mal não estava com ele. Levantou-se, puxou a corda e seguiu em frente.

Ele virou à esquerda, esquerda e direita. Passou pelas duas próximas curvas — uma direita estreita e mais uma vez à direita — e, de repente, as luzes acabaram. Mal não o avisara sobre isso. Devia ser novo. Ele estava numa escuridão total e repentina.

Estava tão escuro que ele não sabia se seus olhos estavam abertos ou fechados. E havia algo mais: uma névoa fria, que ele não podia ver, mas dava para sentir, umedecendo suas mãos e subindo em seu rosto e nariz.

Ele hesitou; então colocou uma das mãos na parede e continuou. Esquerda. Esquerda. Direita. Esquerda de novo. Ficava mais frio e úmido à medida que ele avançava. Seu coração ficou mais apertado do que nunca. A escuridão se fechou sobre ele.

A NÉVOA CINZA

Christopher caminhou. Não soube por quanto tempo. Ele não ousava pensar; apenas continuava repetindo as indicações. Virar à direita. Esquerda.

Tudo o que havia era a escuridão. A nevou ficou mais fria; estava em suas roupas, algo penetrante e escorregadio. Cheirava a pele morta. Ele reconheceu ao respirar. Era o horror.

Vasculhou o cérebro para garantir que ainda sabia o caminho. Estava lá, gravado em sua memória pelas mil repetições — mas todo o resto estava confuso.

Ele seguiu em frente, sempre em frente, e os minutos se multiplicaram, e depois eram incontáveis, e ele não tinha ideia de quanto tempo estava avançando no escuro, com um braço esticado e outro na parede.

Ele respirou a névoa, e uma onda de inveja cresceu nele; inveja daqueles que não estavam ali. A inveja agarrou-se aos seus órgãos, estômago, pulmões e garganta. A inveja é diferente de tudo. É um gafanhoto. Come muita coisa que não pode ser poupada.

Ele tentou pensar no pai, no avô, na mãe, em como eles o chamariam, encorajando-o, amando-o, mas eles não podiam ser convocados. Sua imaginação estava morta no escuro.

A névoa aumentou e se tornou um vento cinzento. Infiltrou-se em sua pele. A escuridão estava nele e, com ela, a infelicidade e uma tristeza furiosa, monótona e direta. Ele já tinha, em tão pouco tempo de vida, feito tanto mal.

Ele tropeçou. A terra embaixo dos seus pés foi interrompida por alguma coisa: pedras ou ossos. Mantendo a mão esquerda na parede, ele se inclinou, pegou uma delas e tentou sentir a extremidade, mas a curiosidade falhou e ele a deixou cair.

Caiu com um baque no escuro, e o grito de um animal vindo de algum lugar do labirinto ecoou.

Ele continuou. Respirava a névoa e sabia que a ideia de bondade era uma grande enganação. Uma maneira de controlar os fracos e a maioria. A amabilidade como ele tinha visto era uma ilusão. Kavil tinha razão, o pensamento lhe veio à mente. *A esperança é uma mentira que aqueles sem poder usam para se consolar.*

Seus pensamentos vacilavam na mente. *Somos podridão humana. Ratos para os corações.* Ele queria que sua vida importasse. Queria que nela houvesse verdades enormes e eternas. Era uma mentira chata e comum querê-las. Muitas apunhaladas, dava a pequena faca traiçoeira.

A escuridão estava dentro de suas narinas. Estava dentro dos seus olhos. Era aterrorizante.

Seu coração era um cravo de ferro.

Esta era a verdade: a poeira gelada no chão. Você morreu: nada de misterioso. Cento e vinte e quatro. *Direita.* Cento e vinte e cinco. *Esquerda.* Cento e vinte e seis. *Esquerda.*

Ele pensou em parar, mas isso também não teria sentido.

Ele seguiu em frente. Contou: 130. *Esquerda.* Ele morreria ali, tinha certeza disso agora.

Caminharia até não poder mais, e então se sentaria encostado na parede e morreria assim; e por um segundo, ele ficou insuportavelmente triste, com um gosto amargo na boca — mas até isso deixou de ter importância, o pensamento escorreu como areia preta em suas mãos, ele não conseguiu segurá-lo, e não havia nada além de esquerda, direita, direita, direita.

O som repentino de cascos ecoou no labirinto à sua frente.

Algo veio da curva e o acertou. Ele não teve tempo de se proteger, de pensar, de gritar. Acertou sua cabeça primeiro, o peito um segundo depois: algo com quatro patas, peludo, com dentes. Ele caiu de costas, ofegante, não conseguia nem gritar. Algo rasgou seu braço: uma garra, pensou. Um chifre? Ele não conseguia ver nada: escuridão total, e um rugido. A coisa podia enxergar? Ele se endireitou, cambaleando. Deveria virar-se e correr? Mas ele se perderia.

Puxou a faca de cozinha do bolso — e se deu conta enquanto fazia isso, com um terrível desamparo, de que tinha se esquecido de pegar a lâmina glamry de Mal — quase a derrubou, começou a atacar à frente.

Ele poderia estar gritando, mas era impossível dizer. A coisa estava berrando, um chifre ou garra lhe acertou na cabeça, atingiu sua orelha e a cortou, e ele ergueu a faca e a golpeou, com força. Sentiu algo ceder e ouviu um uivo. Ele caiu de quatro no chão.

E então acabou. A coisa berrou, passou por ele e Christopher ouviu o eco dos cascos pelo corredor.

Em seguida, não houve som algum, exceto o do seu coração, que batia nos ouvidos. Ele limpou o rosto e cuspiu.

Sentiu o próprio corpo, com cuidado, com as mãos trêmulas. Sua orelha sangrava. Sentia dor em todos os lugares, no peito e na nuca, mas os pés funcionavam. Seus dentes estavam todos ali. Ele não podia ver as mãos, mas elas ainda se mexiam, embora uma estivesse agonizante: o polegar havia sido puxado para trás. Ele se levantou, deu um passo para frente e um pensamento lhe ocorreu. Seu coração afundou como se outra criatura o tivesse alcançado.

Ele tinha sido virado.

Ou não? Ele tinha girado ou apenas caído?

Pensou que tivesse apenas caído.

Ele tinha que escolher.

Em frente. Era impossível pensar em voltar. Então em frente. Mesmo se em frente *fosse* para trás.

A adrenalina da luta deu eletricidade a seu sangue. Deu-lhe velocidade. Não era esperança, era outra coisa: e revidou contra a névoa. Era uma espécie de determinação obstinada. Sua urgência retornou.

Ele começou a correr.

Parou. Ao correr, não conseguia ouvir se a coisa estava retornando atrás dele.

Ele caminhou, e então não se importou; correu outra vez.

Correu rápido, mais rápido do que nunca, com a mão esquerda na parede, correndo direto para a escuridão. A parede arranhou a pele de seus dedos. Ele não parou de contar.

Havia 152 curvas. Ele deveria estar a dez de distância. Então seis, cinco, quatro. E à frente — ele piscou, depois tocou os olhos, para ver se se estavam abertos — luz. Uma luz de verdade.

Ele virou à esquerda, e direita, e esquerda: e irrompeu bem no centro do labirinto.

NO CENTRO

O centro do labirinto era um enorme espaço de pedra, iluminado com lampiões, o teto tão alto que desaparecia na escuridão.

Uma grande onda de algo quente e feroz passou por ele. O centro de tudo! Mesmo que o que estivesse naquele lugar o matasse, ele tinha atravessado o labirinto. Despercebido, inesperado; e ele ainda podia morrer e ninguém saberia: mas mesmo que nenhuma testemunha contasse sobre isso, ainda era verdade. Ele sentiu uma exultação selvagem quando entrou na caverna.

Havia um cheiro, três cheiros, em batalha. Um cheiro de resíduos humanos, sim, e da névoa úmida, mas por baixo disso o glorioso cheiro vivo que ele sentira na floresta, e no hálito do unicórnio. Era o cheiro puro de vida destilada. Era o glimourie.

Uma grande árvore crescia no centro do chão de pedra. Era alta, esguia e nobre, de um marrom rico, com folhas amarelo-ouro.

Seus olhos se ajustaram à luz, e então saltou para trás e abafou um grito de terror.

A árvore tinha um rosto.

Ele se forçou a se aproximar. Via com clareza: ali, envolvendo a árvore, enrolado na árvore, fundido e incorporado à árvore, estava o corpo de um homem; um rosto, quase crescido no tronco, e um corpo, com a textura e a cor da madeira da árvore.

O rosto olhou para Christopher e não demonstrou medo. Sua voz era baixa e lenta, e áspera pelo desuso. Soava como cem anos de escuridão.

— Quem é esse no meu jardim?

— Meu nome é Christopher Forrester — respondeu. Ele se aproximou mais um pouco. — Quem é você?

— Eu sou o futuro do mundo. — A voz rasgou o ar e uma névoa cinza espiralou-se da boca da criatura.

— O que você fez?

— Eu tomei o que estava aqui para ser tomado.

— Tomou o quê?

— A Árvore Glimourie. — O rosto se mexeu, deslocou-se na árvore. — Eu recebi o poder dela no corpo. Logo, terei tudo. A árvore estará morta. Uma casca. Eu serei a raiz e fonte do poder, e irei para o mundo, e vou me apoderar do que é meu.

Christopher resistiu ao pânico: ele o empurrou de volta, tentou raciocinar. Ele viu que o homem era humano; ou já tinha sido. Humanos precisavam falar em voz alta. Eram cem anos de falas reprimidas, prontas para explodir. Se Christopher pudesse mantê-lo falando, se pudesse impedir o homem de direcionar seu poder sobre ele, talvez conseguisse pensar em uma maneira de sobreviver.

— Mas como você chegou até aqui? — perguntou. — Apenas o Imortal sabe o caminho até o centro do labirinto.

— O Imortal, sim. E outras duas pessoas.

— Quem?

Ele suspirou; a névoa fez um redemoinho, sufocante e acre.

— Os homens que fizeram o labirinto.

— Mas Leonardo da Vinci e o primo dele tomaram a poção. Eles esqueceram.

— Sim. Mas o primo de Leonardo, Enzo, era um homem inteligente e irritado. Leonardo, no Arquipélago, assim como no resto do mundo, era quem reivindicava o crédito. Leonardo desenhava no papel; Enzo trabalhava na pedra. Enzo suava; Leonardo apenas desfrutava.

— E depois? O que aconteceu?

O rosto na árvore voltou os olhos direto para Christopher. Ele estava se divertindo com a história, Christopher percebia isso. Ele respirou, e a névoa aumentou, e com ela um vento que rodopiava aos pés de Christopher.

— Primeiro, Enzo ficou indignado, depois irritado. E então ele bolou um plano. Antes de tomar a poção, fez uma cópia secreta dos planos para o labirinto e a escondeu. Ele voltou para casa, com a memória em branco, e não entendeu a importância dos planos. Mas os colocou entre os livros, imaginou que não passava de um sonho de criança.

A exalação cinza de névoa veio outra vez, e de novo o ar foi preenchido com o pavor que deixou o peito de Christopher apertado.

— Cem anos depois, um dos seus descendentes, eu, Francesco Sforza, encontrei. Eu não tinha nenhum interesse na briguinha imunda deles. Mas quando descobri o que havia no coração do labirinto, a árvore e o vasto poder dela, então eu entendi o que era possível. Encontrei um caminho para o Arquipélago, no equinócio. Segui os planos e encontrei o caminho para a ilha. E quando cheguei, descobri que o Imortal, o grande protetor, se foi. Primeiro, pense no meu espanto. Depois, pense no meu prazer.

Ele expirou, um suspiro áspero de alegria, e Christopher deu um passo para trás.

— Eu segui os planos para entrar no labirinto. Encontrei a árvore. Crescia sozinha, despercebida. Era como se estivesse esperando por mim; como se estivesse esperando por alguém para colocar o poder em uso. E eu comecei a devorá-la, para comer, para enxertar, para me *tornar* a árvore. Esse poder é meu. Em semanas, dias, talvez, será meu por completo.

— Por quê? Por quê, sozinho, aqui, no escuro? Do que adianta isso?

Aquilo que um dia já fora Francesco Sforza voltou os olhos para Christopher, e o olhar pareceu carbonizar sua pele.

— É *liberdade*. A única liberdade está no poder absoluto. Sem o poder absoluto, você sempre estará sujeito a outro homem. A liberdade está disponível apenas para aqueles que estão dispostos a tomá-la à força.

Sua voz aumentou, um ruído bruto de desgosto.

— Metade do mundo sabe que isso é verdade; a outra metade apenas finge que não. Vivem fazendo joguinhos de o-que-posso-fazer e como-posso-ajudar, mas sabem, no leito de morte, que desperdiçaram a vida. Não mudaram nada. Não sabem de nada. Não *eram* nada. Eram escravos do acaso, da sorte, de outros homens. Mas eu me recusei a ser como eles. Eu aprendi a absorver o glimourie em mim e a controlá-lo. A árvore é a fonte do glimourie: ela o manda para o mundo, sem parar. Mas agora eu enxertei seu poder em mim; em breve, eu serei a fonte. De início, eu sofri, vacilei, no escuro, mas nos últimos dez anos, descobri o jeito. Fico mais forte a cada dia, e a árvore, mais fraca. O glimourie, a totalidade da magia do mundo, é quase meu. Meu *hálito* tem poder, para confundir e controlar. Meus lábios têm o poder de matar.

Christopher recuou de novo. O vento ficou mais forte; chicoteava pela caverna.

— Você precisa entender... — disse o homem, de forma gutural, lenta — ... que eu nunca tive um visitante humano; alguns tentaram, mas nenhum chegou ao centro. Então nunca tive a chance de testar meu poder na morte.

A mente de Christopher estava ficando confusa. Ele se chacoalhou, com força, como um cachorro. Como um grifo. Como Gelifen.

Ele precisava lutar. Mesmo que morresse, precisava lutar primeiro. Pegou a faca do bolso e saltou para frente.

A criatura estendeu um grande galho e o acertou, jogando-o no chão. Isso o deixou sem fôlego, e seu rosto bateu contra a pedra. Ele rolou, com a cabeça girando, e ficou de pé. Mais uma vez, correu até o homem.

Dessa vez o homem não se moveu. Seus olhos brilharam e um ataque de névoa saiu de sua boca. A névoa envolveu Christopher, subiu pelo seu peito, sua cabeça, e ele sentiu um grande peso pressionando-o como uma mão; um peso terrível, frio e morto. Ele caiu de joelhos.

— Basta — disse Sforza. — Basta.

Christopher arrastou-se de lado, para fora da névoa. Foi preciso cada pedacinho de força que ele tinha para se levantar. Seus lábios estavam secos e a boca, queimada. Ele cambaleou em direção ao homem.

— É inútil, criança. Não passa de um teatrinho que você está apresentando para o público. Ninguém vai saber se você lutou ou não. Ninguém vai saber, ou se importar, com o que você fez antes de morrer. Não vale a pena.

Christopher se forçou a falar.

— Não. — Ele estava sufocando; forçou as palavras pelos lábios. — Eu *vou* saber.

Reuniu toda a sua força, convocou-a por exaustão e medo. Ele se desviou, de lado, por baixo, do braço que veio para mantê-lo afastado, e saltou em direção à árvore. Ele era rápido e estava com raiva — com mais raiva do que nunca. Um galho veio em sua direção, e ele se abaixou, dando um golpe para cima com a ponta da lâmina. Ela ficou presa na madeira e foi arrancada de sua mão. Sforza sibilou e arremessou a faca longe, fazendo barulho do outro lado da câmara de pedra, e ao abaixar o braço, atingiu Christopher na cabeça.

Ele foi jogado para trás, arranhando a pele no chão. Ficou de joelhos. Iria lutar, então, com as mãos. Iria rasgar e morder, se possível, e cuspir — como

Mal cuspia: com força, até que a escuridão o envolvesse. Ele se preparou para saltar.

Pela sala de pedra ecoou um grito.

— *Christopher*!

Ele reconheceu a voz, mas era impossível. Estava alucinando.

Mas o grito veio outra vez, e Sforza olhou por cima do ombro de Christopher, para uma abertura no lado oposto da caverna.

Christopher se virou e o cravo de ferro em seu coração se desfez, tornou-se uma bandeira de vitória.

Uma pessoa verá muitas coisas boas na vida. Mas poucas verão algo tão bom quanto o que Christopher viu: a garota voando baixo, com os braços esticados, pés roçando o chão, irrompendo na luz. Ela estava com a lâmina glamry de Nighthand na mão.

A visão passou por ele como ouro puro.

Ela atirou a lâmina glamry aos seus pés. Ele a agarrou. Saltou para frente. Sua mão deu um golpe. O grito de Sforza ricocheteou pela caverna, conforme Christopher cortava os lugares onde a árvore tinha se unido ao homem — cortou e picou até que homem e árvore se separassem.

Francesco Sforza cambaleou para o lado. Ele era pequeno, e mirrado, e antigo, desgastado pelo século na escuridão. Logo o brilho de madeira de sua pele desapareceu e se transformou em um branco-acinzentado. Ele caiu desacordado no chão.

Eles o amarraram com a corda, nas mãos e nos pés. Ele era grudento ao toque.

— Conheço o caminho de volta — disse Mal. — Conheço como a minha própria casa. Vamos. Me siga.

Foi doloroso e longo, em partes carregando, em partes arrastando o homem pela escuridão.

No abismo, eles pararam.

— Podemos deixá-lo aqui? — perguntou Christopher.

Mal balançou a cabeça. Ela cerrou os dentes e eles colocaram Sforza nas costas dela, e no vento frio que ainda soprava, ela voou sobre o buraco. Nos últimos sopros do vento cinzento, ela carregou Christopher para o outro lado, os dois saltavam e voavam pela escuridão. Mas quando saíram ao sol, com suor no rosto, o ar estava mais doce e suave do que nunca.

A IMORTAL

Arrastaram Sforza, abatido, magro e branco como algo afogado, para o sol e o colocaram, amarrado e atado, sob a árvore com espinhos. Ele parecia inconsciente. Eles se afastaram, longe o bastante para que a malícia pulsante do homem parecesse menos poderosa.

— Você está machucada? — perguntou ele.

Ela fez que não com a cabeça.

— Eu vi tanta coisa, Christopher. — Seus olhos, em seu rosto infantil, pareciam antigos; não havia nada de jovem agora em seu olhar. Era o rosto de alguém que conhecia as verdades antigas e inflexíveis.

— Você vai me contar?

— Não tudo. Algumas coisas. O que eu posso. A gente deveria se sentar, ou vamos acabar desmaiando.

Eles se sentaram, ombro a ombro, na areia. Estava quente, mas ela tremia; ela colocou o casaco em volta de si. Seu cabelo estava embaraçado nas costas e o rosto sujo de areia e sangue, mas sentada ali, ela ainda irradiava algo infinito. Mal carregava a aparência de uma rainha — ou então, pensou ele, de alguém para quem uma rainha se ajoelharia.

— Tem água aí?

— Deixei na entrada da caverna.

Ele foi buscá-la, caminhou bem devagar e estava zonzo, e lhe entregou. Ela bebeu metade, depois um pouco mais, e tentou sorrir para ele. Christopher bebeu o resto.

— Me conte — pediu ele. — Se puder.

Ela respondeu:

— Eu vi mais coisa do que jamais poderia ter imaginado.

Sua voz soava gasta. Ela falava baixo.

— Eu vi horror. Vi o mal imóvel. Vi brutalidade e mentiras. Vi inveja, maldade e ganância disfarçados de razão e bom senso. Vi milhões de homens e mulheres usarem a ignorância como desculpa. Vi cadáveres empilhados à noite. Entendo por que o último Imortal, o homem, Marik, sei por que ele disse: *não posso. Não. Não para o mundo e não para a humanidade. A humanidade não vale o horror que nós infligimos sobre nós mesmos. Eu digo: não vou me importar. Eu digo: vou desviar o olhar. Eu digo: não.* Eu vi a escuridão: a escuridão empilhada sobre escuridão. Vi uma tristeza sem propósito. Vi medo, e pavor. Eu vi a morte. Ah, Christopher, a morte!

Todo o seu corpo, próximo ao dele, tremia.

— Eu perdi crianças. Mas vi dragões vermelhos voarem sobre montanhas no pôr do sol. Vi pessoas oferecendo a própria vida para salvarem umas às outras, como se isso fosse tão natural quanto respirar. Conheci casais que se encontraram na guerra e na fome. Vi promessas sendo feitas e mantidas por vidas inteiras, inabalavelmente, como se fosse fácil. Vi leões à meia-noite. Vi maravilhas sem fim. Vi como o mundo brilha.

"Vi pessoas se esforçarem para aprender, pintura, jardinagem, línguas, habilidades manuais, habilidades com os pés, e eu os vi triunfar. Vi gentilezas grandes e selvagens o suficiente para transformar alguém. Ouvi as melhores piadas do mundo e uma música tão doce que pensei que poderia cair por causa dela. Vi tantas coisas serem feitas por amor, várias e várias vezes. Vi pessoas morrerem por amor e viverem por amor. Eu vi nascimentos e mais nascimentos. Conheci tanta alegria. A *alegria,* Christopher."

Ele a observou, respirando o calor, a poeira da ilha e a beleza inquieta do mar.

Ele estava prestes a falar quando ouviram um grito repentino.

Foi um grito de terror e de desespero, tão alto e angustiado que congelou o corpo de Christopher. Era o iaculus.

— Cuidado! — berrou Jacques. — O homem!

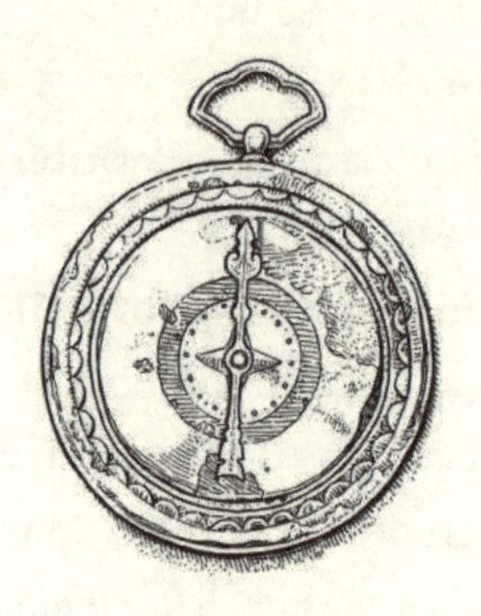

VOO

Era a coisa mais terrível que ele já havia visto. Aos pés da árvore de espinhos, onde o haviam amarrado, o homem tinha ficado, ainda preso, de joelhos. Seu rosto estava cheio de uma concentração sombria, e a seu redor havia uma névoa: uma névoa cinzenta, carregada por um vento forte e furioso. Era a mesma névoa do labirinto, tinha o mesmo cheiro de poder e pavor.

Christopher a sentiu em seus ouvidos, rugindo. O vento soprava para longe da ilha, para longe deles, carregando a névoa sobre o mar: pelo Arquipélago e mais além.

— Façam ele parar! — gritou Jacques.

O homem agachado, que mal era humano agora, virou-se, olhou para eles, e havia triunfo em seu olhar.

— Fique onde está! — gritou Jacques. — Crianças, fiquem atrás de mim! — Eles correram para trás, enquanto o dragão engolia ar e cuspia um grande jato de chamas.

Christopher não tinha entendido, até então, o que de fato significava fogo. Era uma bola de fogo, uma explosão azul e vermelha, e o calor dela chamuscou a ponta do seu cabelo e queimou seus olhos, de modo que ele e Mal tiveram que cobrir o rosto.

Quando a fumaça se dissipou, a árvore tinha se transformado em uma pilha de cinzas. A areia, em pedaços, havia derretido até virar vidro.

Sforza permaneceu ileso. Ele sorria, um sorriso alegre. Gritou para eles:

— Eu consumi demais para isso. Sua pequena lâmina não vai me ferir. Fogo de dragão não vai me queimar. Estou aqui, e o poder está aqui, e é meu.

Ele soltou um grande *ahá*! de conquista, e com esse *ahá*! o vento aumentou, e com ele a névoa cinza.

Mal olhou para o céu, para o Somnulum. Seus lábios se moveram e seu rostinho, com a franja mal cortada, estava vívido com pensamentos não ditos. A cicatriz em sua bochecha, de Gelifen, destacava-se branca na pele.

O rosto de Mal se contorceu. Coisas demais se passaram por ele para que Christopher pudesse ler.

Mas então ela cerrou os dentes e fechou os punhos, e *aquilo* ele reconheceu: conhecia muito bem o gesto.

— Christopher! Venha aqui. Você tem que me ouvir. — Sua voz era baixa, áspera e urgente.

Ele foi até ela, e se agachou para ouvi-la.

— Ouça. Eu queria te contar, sei lá, um milhão de coisas. Achei que tivéssemos tempo. Achei que tivéssemos anos, nós dois. Achei... — Uma pausa cheia de dor, uma respiração ofegante, e ela continuou, mais rápido: — É tão difícil estar viva. É tão difícil e é tão bonito. — Ela o olhou com atenção, e seu rosto estava ardente. — Ouça. Preciso que você conte isso para as pessoas; preciso que você, quando voltar, conte para elas: a brutalidade é terrível. E sim: o caos é muito grande. Mas diga para elas: maiores do que o caos do mundo são os milagres.

Ela sorriu; um novo sorriso. Inclinou-se e com a lâmina glamry cortou as costuras da bainha do casaco e o tecido se desenrolou. Ela deixou a lâmina e o casapasaran aos pés dele. Puxou Christopher e o beijou na bochecha, com força, quase tão forte quanto uma mordida.

Ela sussurrou algo em seu ouvido, uma frase final.

E então abriu os braços no velho casaco. O vento a levantou, a quase dois metros no ar. Ela voou direto para o homenzinho, branco e magricelo, levada pelo vento que ele mesmo criou. Ela voou em direção a ele. O homem se virou, cambaleando para a esquerda, depois direita, de repente boquiaberto de medo, mas ela tinha a agilidade de uma criança e a audácia de toda a eternidade.

Ela agarrou a coisa maligna e agachada com um braço, o outro ainda esticado, ao se erguer do chão, ele lutou, mas logo eles estavam a cinco, dez, 15 metros no ar, e a garota os levou direto para cima, ao Somnulum.

Enquanto subiam, Christopher ouviu a garota voadora soltar um grito alto. Ecoou nas pedras enquanto eles desapareciam no brilho da grande bola de luz.

Pode ter sido de medo, mas soou, enquanto ele observava, exatamente como triunfo, como alegria, como amor.

A MARCHA FÚNEBRE

Christopher contou tudo, mais tarde, para as esfinges.

Houve um grande clarão ardente — ele foi arremessado no chão pela força, com areia nos olhos e boca — e um único momento de pausa; e então a terra toda tremeu. O vento uivou uma última vez em seus ouvidos e parou.

Tudo ficou imóvel. Ele estava desorientado para saber por quanto tempo havia ficado ali deitado. E então, do oceano, de suas profundezas, das nereidas ou das sereias, pensou ele, do próprio mar, ecoou um grande batucar de música, alto e agudo e alegre.

O cheiro que ele havia sentido pela primeira vez no *lochan*, o cheiro de algo selvagem e puro crescendo, vivendo e irrompendo, veio com muita pressa da entrada do labirinto. Sua doçura o deixou tonto.

Pouco a pouco, ele ficou de pé. Sua visão estava embaçada, e ele via faixas de cores que não poderiam estar ali.

Hesitante, com o corpo dolorido, ele tinha retornado ao barco. Jacques estava esperando. Estava cercado por uma nuvem de vapor, formada por suas próprias lágrimas que tocavam seu corpo quente, como uma chaleira minúscula no deserto.

Christopher subiu no barco, disse a ele para onde ir e se deitou sob o céu para dormir. Quando caiu a noite, Jacques manteve sua pequena vigilância furiosa — mas a escuridão não incomodava Christopher agora. Ele tinha visto tanto dela, e atravessara até o outro lado.

Ele ainda dormia quando o barco bateu nas pedras da Península das Esfinges. A própria Naravirala ergueu-o do barco com a boca e o carregou como um filhote até as rochas, até uma caverna situada no cume.

Ele estava sujo quando o encontraram, areia e sangue nas unhas e cabelo. Elas o limparam, o melhor que podiam, mergulhando-o em uma lagoa, com os ombros preso entre os dentes de duas esfinges jovens. Elas o deitaram na caverna, em uma cama de palha. Naravirala o visitou. Ela lambeu, com sua grande língua áspera, seus ferimentos. Ele observou os hematomas, cortes, os lugares em carne viva onde havia sangrado, cicatrizado e sangrado novamente, começarem a desaparecer com a pressão de sua língua. Por um dia e uma noite inteiros ele dormiu.

Quando ele acordava, às vezes encarava o chão em silêncio; às vezes tentava comer; de vez em quando chorava, limpando as lágrimas com os punhos. Algumas das esfinges vieram e tentaram lhe fazer perguntas, mas Naravirala as impediu com os dentes.

— A jornada arrancou uma parte dele que não pode ser facilmente substituída — disse a esfinge. — Deixem-no em paz.

Enquanto isso, pelo Arquipélago, as notícias correram, das ratatoskas às dríades e aos centauros. A notícia se espalhou rápido: sobre quem Mal era e o que ela havia feito, e sobre como ela salvou a todos com seu grande voo. As criaturas se prepararam pois haveria uma marcha fúnebre.

Começou ao amanhecer. Não havia humanos, exceto Christopher. Foi a maior honra de sua vida ter tido permissão de comparecer, embora ele não tivesse conhecimento o suficiente para saber disso.

Naravirala liderou a marcha. Ela carregou Christopher em suas costas até a faixa de areia onde aconteceria: um lugar onde a terra encontrava o mar em beleza e quietude.

O clã inteiro das esfinges seguia atrás, caminhando lado a lado, andando devagar com enormes patas de leão pela areia. Elas se moviam como um silencioso exército enlutado, e todos que as viam recuavam de medo e admiração por causa dos olhares em seus rostos leoninos.

Atrás delas vinham as nereidas, caminhando, os cabelos prateados arrastavam-se na areia como caudas de vestidos de casamento. Nereidas não andam em terra firme, exceto em casos de necessidade — exceto agora para honrar a amada perdida. Elas cantavam conforme avançavam, uma canção na própria língua, tão alto e doce que Christopher sentiu que isso o derrubaria das costas da esfinge; e atrás delas na água estavam as sereias, três clãs, tocando em seus instrumentos uma canção antiga para os falecidos.

As dríades vieram da floresta na orla da areia. Erato liderava o caminho. Suas lágrimas eram de seiva, escorrendo pelo rosto. Elas se juntaram à música, e suas vozes, baixas e profundas, fizeram a terra estremecer. Isso atravessou o peito de Christopher, seus pulmões.

Os centauros vinham atrás, marchando como um só, vestindo couraças pretas. Eles haviam enviado o número total de trompetistas, machos e fêmeas, os melhores das ilhas. Eles ainda não tocavam. Estavam esperando pelo sinal.

Atrás deles caminhava uma centena de ratatoskas, com patas silenciosas, vozes baixas elevadas com a canção, e atrás delas uma tropa de al-miraj, em silêncio, com os chifres dourados abaixados. Um grupo de kankos os seguia. As lágrimas brilhavam como vagalumes nas bochechas peludas.

Por fim, da floresta vieram os unicórnios. Vieram às centenas, prateados, brancos e perolados. Não se aproximaram, mas ficaram na margem das árvores, balançando as crinas e soltando relinchos altos no ar.

A procissão parou. Christopher estava com a lâmina de Mal no cinto. Ele segurava o casapasaran na palma da mão com tanta força que machucou a pele. Naravirala abaixou-se na areia e ele desceu. Ela se inclinou, encostou o focinho no rosto dele.

— Coragem — disse ela. — Você deve aguentar, pois não há outra opção. Coragem, garoto valente.

Em seguida, ela se virou e falou para as criaturas na areia.

— Malum Arvorian está morta e não está. Ela é Imortal: sua morte é um nascimento instantâneo. Então não choremos por ela, mas por nós mesmos; pela tristeza que é filha de nosso amor. Choremos porque não veremos seu rosto outra vez. Cantemos pela coragem de seu glorioso coração. Comeremos tristeza de jantar; mas amanhã, jantaremos alegria pelo que ela fez. — A esfinge virou-se para os centauros e ergueu a cabeça. — Toquem, trompetes, para a garota voadora.

Os trompetes soaram uma, duas, três vezes. Christopher sentiu lágrimas escorrerem pelo rosto quando as criaturas, organizadas em fileiras e multidões, soltaram um grande grito, cada uma em sua própria língua. Elas gritaram pela perda e em gratidão, em tristeza e glória, e o som se elevou aos céus e preencheu o oceano, e a quilômetros de distância, um berserker e uma mulher com sangue de nereida ouviram, e choraram, e se alegraram, e choraram novamente.

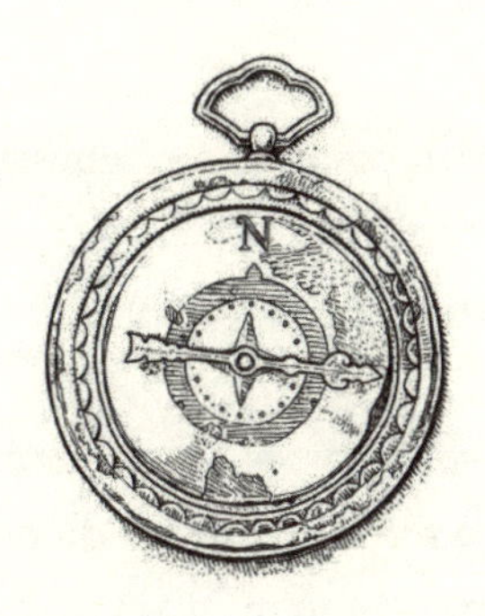

A GENTILEZA DAS ESFINGES

No dia seguinte à marcha fúnebre, Naravirala visitou Christopher na caverna das esfinges. Ele se sentou encostado na parede da montanha e contou sobre o homem no labirinto e sua fome cruel: seu desejo furioso de não ser exposto às humilhações do mundo, ao acaso e às outras pessoas.

Ela acenou com a cabeça.

— É por isso que um grande poder nunca deve habitar uma única pessoa. Deve ser compartilhado. — Sua voz rouca estava mais rouca do que antes. — Deve ser espalhado entre o maior número possível de mulheres e homens bons; não por generosidade, ou educação ou justiça, mas porque é a única maneira de combater o horror.

Mais tarde, ela retornou, com uma carne cozida indeterminada, que deixou aos pés dele.

— Você sabe por que ela fez o que fez? — perguntou ela.

Ele fez que sim com a cabeça.

— Pode me dizer por quê?

Ele fez que não com a cabeça.

— Mas eu sei.

— Eu também, acredito. Foi um ato de insistência: a insistência de que vale a pena amar o mundo. As esfinges já estão fazendo canções sobre ela. Elas cantarão sobre você também. Vão gravá-las nas rochas do outro lado da montanha.

Christopher olhou para o velho rosto marcado. É possível ferir uma esfinge, afinal: dá para fazer isso ao partir o coração dela.

* * *

No dia em que ele acordou pela primeira vez sem sentir dor no corpo inteiro, foi para ver um rosto verde bem próximo do seu, de cabeça para baixo. Era Ratwin.

Ele gritou, e ela desceu de sua cabeça e colocou o focinho em sua mão, por fidelidade.

— Aqui — disse ela. — Para você. — E cuspiu algo.

— Obrigado. — Ele se sentou. — Mas da próxima vez, seria bom não acordar usando seu bumbum como máscara para os olhos.

Em sua mão havia um embrulho minúsculo, de papel pardo e um fino fio verde. Dentro havia um tecido branco e macio, e dentro dele um único brinco de ouro. Seu coração parou. Sentiu o sangue congelar.

— O quê? Nighthand! Ele está...?

— Não! Não. É um gesto de agradecimento.

— Cruzes! Ele poderia ter escolhido algum outro gesto! Tipo, ele literalmente chama isso de fundo funerário.

— Irian disse que isso iria assustar e irritar você, mas ele insistir. — Sua vozinha aguda ficou mais lenta que o normal. — Ele estar vivo. Levaram ele para a centaurida, uma curandeira chamada Kentavir. Ela entender sobre o veneno de karkadanns. Kentavir lhe fez um unguento. Ela o fez três vezes do solo; a terceira vez foi naqueles momentos depois que a terra tremer. Se você e a pequena Imortal miniatura não tivessem restaurado o glimourie, ele estar morto agora, estou imaginando.

— Como está o braço dele?

— Tem um tom verde-escrufuloso, mas ele diz que é até chique.

— E o que aconteceu com você?

Os olhos da ratatoska se iluminaram.

— Ah, tornei a vida do centauro assassino sombria! Empurrei seus suprimentos no mar e rasguei as velas com meus dentes. Eu morder ele enquanto ele dormia. Ele tentou me jogar nas ondas, mas não conseguia me pegar. Eu subir no topo do mastro, onde ele não conseguir subir. Quando chegamos perto da terra, eu pular na água, e nadei até lá. Não sei onde aquele rosto feio está agora. Mas ele não poder esconder das ratatoskas.

— Como está Irian?

— Ela está bem. — Uma pausa. — Está apaixonada, e não deve ser fácil, mas deve ser muito bom.

— Pelo Nighthand?

Ratwin fez que sim com a cabeça.

— Não é um pretendente fácil, mas pelo menos não é um magrelo ou infeliz ou chato.

Ela trouxe outras notícias: que jovens mudinhas estavam brotando e que os krakens estavam voltando para suas profundezas ricas e lodosas. E uma nereida chamada Galatia enviava suas saudações e uma mensagem para ele:

— Ela pediu para dizer: "*A água está rica de novo. A água está cheia.*"

— E... é verdade? É tudo verdade?

A ratatoska ergueu sua cabecinha esculpida.

— Sim. É verdade.

Mais tarde, Naravirala o levou para passear, montado em suas costas musculosas, com Jacques voando a seu lado, montanha acima onde nascia o riacho.

— É nossa água mais pura. Beba-a, e ela fará você aguentar.

Juntos, eles beberam a água do riacho.

— Cadê ela? — perguntou Christopher. — A Mal? Quando ela volta...

Naravirala balançou sua grande cabeça.

— Ainda não podemos saber. Mas ela já está aqui, em algum lugar, disso tenho certeza. E vamos descobrir onde; imagino que as ratatoskas me dirão. Sei que chegará o momento em que o novo Imortal encontrará você. Lembre-se, garoto: tudo o que Mal conhecia, via e amava, o novo Imortal conhece, viu e amou. Ele saberá e amará *você*, Christopher. A Mal não se foi de verdade: ela é parte de uma alma infinita. Um dia o Imortal virá até você, ele correrá até você e te chamará pelo nome com alegria. E esse será um grande dia. Mas, por ora, para você, é hora de ir para casa.

— Tem alguma abertura?

— Sim. Colocamos vigias desde que você e seus amigos chegaram à montanha. Uma abriu, achamos que abriu no momento em que a criatura morreu. Mas fica a meio caminho do Arquipélago, passando por corais e rochas que um barco não pode alcançar.

— Ah — disse ele. — Mas como eu chego lá então? Não sou a Mal, não posso voar.

— Pode sim — disse Jacques. — Você vai voar nas costas de um dragão.

Christopher olhou hesitante para o iaculus, seria como tentar viajar nas costas de um beija-flor.

— Sem ofensas, mas... quer dizer, é muito gentil de sua parte, mas não sei se seria confortável para você. Ou cientificamente possível.

Jacques soltou um suspiro ofendido, que incendiou um arbusto próximo.

— Eu não! Mandei uma mensagem para uma prima distante.

Quando chegou, a dragoa era do tamanho de um castelinho e era familiar. Era da cor de um corvo — preta, só que com brilhos oleados de verde, roxo e azul escuro —, mas a parte inferior das asas era vermelha.

— Já vi você antes!

— Ela só fala na própria língua — comentou Jacques. — É uma língua mais antiga que qualquer uma inventada pelos humanos.

A esfinge fez algo tão inesperado que ele se encolheu atrás dela. Abriu a boca, colocou os dentes ao redor de um pedaço de rocha e fez força para baixo. Houve um barulho como o tiro de um revólver e um pedaço de seu dente — com a ponta, tão grande quanto a ponta de seu polegar — caiu no chão.

— Pegue-o — disse ela. — Lave-o bem.

Ele fez o que ela pediu.

— Assim? — Ele o ergueu para ela.

— Coloque-o na boca.

— Na minha *boca*? Me desculpe, como?

— O dente de uma esfinge contém línguas nele.

O iaculus parecia relutantemente impressionado.

— Permitirá que você entenda qualquer língua, se você segurá-lo na bochecha. Humanos já se mataram por um dente de esfinge.

Com cuidado, Christopher colocou o dente da esfinge na boca. Para seu alívio, não tinha gosto de nada, e com certeza não tinha gosto de hálito de esfinge.

— *Você conhece uma passagem?* — perguntou para a dragoa vermelha. Era sua própria voz, mas as palavras eram novos sons. Saíram duras, ásperas.

— *Conheço.*

— *E está aberta?*

— *Por enquanto.*

— *Quando fechará?*

— *Não há como saber. Mas cheira como se estivesse chegando perto do fim. Então se despeça dos seus amigos com cara de leão.*

Christopher cuspiu o dente na mão e se virou para Naravirala.

— Ela disse para me despedir.

— Eu sei. — A velha esfinge respirou no rosto de Christopher, e o poder dela soprou seu cabelo para trás. — Você se saiu muito bem. Melhor do que imagina, o que é raro.

— Posso levar o dente para casa comigo?

Ela concordou.

— Funcionará em qualquer lugar do mundo. — Ela gesticulou com o corpo para a dragoa. — Suba.

As costas da dragoa eram largas como 12 pianos de cauda e polidos igual; era escorregadio e difícil de saber onde colocar os pés. Ele decidiu sentar-se de pernas cruzadas, e as duas grandes asas se ergueram de ambos os lados.

— Segure-se nas escamas — avisou Naravirala. — Você não pode machucá-la. Ela é feita de material antigo. Estava viva na Mesopotâmia, quatro mil anos atrás.

Então ele agarrou a crista das escamas e se encostou nas costas da dragoa, e com grandes rajadas de vento soprando em suas orelhas, eles subiram juntos. Mal, pensou ele, teria amado, e o pensamento lhe trouxe alegria.

Eles voaram por horas, mais do que o suficiente para que Christopher desejasse ter trazido comida. Mas não dá para pedir a uma dragoa uma pausa para o almoço, pensou ele.

A dragoa aterrissou com cuidado em uma pequena rocha de uma ilha com um lago no centro. Partículas verdes de luz dançavam na superfície da água. Entre a criatura e a costa, havia muito pouco espaço.

— *Para onde devo ir?*

— *Para a água.*

Ele cuspiu o dente na mão e endireitou os ombros.

Houve um ruído de ar em movimento e Jacques pousou próximo a ele.

— Estenda a mão — pediu Jacques. — Com a palma para baixo.

Christopher fez o que lhe foi pedido.

O iaculus pousou em sua mão e encostou a cabeça minúscula em sua pele, em uma reverência. Em seguida, ele o mordeu, com força, na ponta do polegar, e enfiou as garras nas costas da mão.

— Ai! Ei! Por que você fez isso?

— Para deixar uma cicatriz. Para que você nunca se pergunte se foi real. Foi tão real quanto você, e você é muito real.

Ele não precisava de uma cicatriz.

Seu amor por Mal tinha sido a melhor parte dele, ele já sabia disso. Isso o tornara corajoso. É isso que se entende por milagres. E embora ela tenha se partido, o amor continuava.

— Agora vá, antes que se feche.

E o dragãozinho lhe deu um empurrão, que não teve efeito nenhum, e a grande dragoa lhe deu um cutucão gentil com tanta força que quase o catapultou para a água, e ele olhou mais uma vez para o céu.

É o céu da Mal agora, pensou ele. O céu pertencia à garota que tinha desaparecido naquele fogo para salvar o mundo que ela havia escolhido amar. O pensamento surgiu e rugiu em seu peito com uma certeza e uma alegria que o fez tremer: ele voltaria para ficar sob esse céu, e eles se encontrariam de novo. Ele se certificaria disso.

Christopher virou-se e deu um passo de volta para casa.

O COMEÇO, OUTRA VEZ

Era um dia belíssimo para um nascimento. Em algum lugar no Arquipélago, instantes após Mal voar, uma mulher deu à luz. O bebê ria e chorava sem parar, e quase nunca dormia. Sua mãe adorava, e achava bastante exaustivo. Em seu sono, ele apertava as mãozinhas e projetava o minúsculo queixo.

O bebê ainda não controlava a língua, mas, mesmo assim, falava; estava exclamando, de maravilha, espanto, medo e alegria: dizia as mesmas palavras que Mal havia dito quando voou.

A JORNADA DE CHRISTOPHER

Os detalhes de como Christopher retornou — como ele encontrou o caminho para a superfície do *lochan* na noite escura, e como desceu a colina, encharcado até os ossos, para encontrar o avô na cozinha —, após voar nas costas de um dragão, não são uma história que vale a pena contar.

Mas o grito que seu avô deu — alto demais para um homem tão velho — quando o viu, de pé, ensopado, ferido e sorrindo: isso valeu a pena ouvir. Chacoalhou as árvores lá fora.

E o rugido de alegria e orgulho que seu pai deu quando irrompeu pela porta para ouvir Christopher dizer: *"Está a salvo. O Arquipélago está a salvo. Nós o curamos"* — foi alto o suficiente para chacoalhar o mundo em si.

* * *

Eles fizeram um banquete, um banquete tão farto e delicioso que a casa mal conseguiu manter. Frank Aureate tinha ligado para seu genro quando Christopher não voltou. Eles discutiram, e o pai de Christopher quebrou muitas coisas de raiva; e então, quando os cacos foram recolhidos e a calma, restaurada, não havia nada que os dois homens pudessem fazer a não ser esperar.

Todo dia, eles se preparavam para o garoto que não aparecia. Todo dia, esperançosos, eles compravam e cozinhavam muita comida, e toda noite, num medo silencioso, os dois homens comiam sozinhos.

Então o banquete daquele dia foi enorme. A mesa desapareceu sob a comida; sob tigelas, pratos e travessas, organizadas pelas mãos ansiosas do idoso. Eles comeram oito tipos de massa, tortas, frutas e queijos — e sete tipos de sorvete. Seu pai tremia de alegria enquanto empilhava coisas na mesa.

Christopher contou tudo a eles. Seu pai era um bom ouvinte: não interrompia e acreditava no que ouvia. Apenas uma vez, ele pareceu soluçar; e apenas uma vez, não conseguiu segurar um grito de alegria; mas na maior parte do tempo, ele ouvia. E quando Christopher moveu-se para alimentar o fogo, ele respirou fundo, mas não pediu ao filho para se manter longe das chamas.

Frank Aureate estava sentado em sua poltrona, observando-os. Ele ouvia com os olhos brilhando as histórias de maravilhas que ele mesmo tinha visto — uma vez, há muito tempo — e que não voltaria a ver.

Só havia uma coisa que Christopher não tinha contado naquela noite. Ele não contou o que Mal havia dito, em seu ouvido, antes de voar. Isso era só dele.

Ela o havia puxado até sua altura e o beijado no rosto, com tanta força que pareceu uma mordida. Tinha deixado uma marca.

O QUE ELA DISSE

Sim. Sim, eu digo sim, eu digo sim.

LEIA TAMBÉM

Campanha

Há um grande número de pessoas vivendo com HIV e hepatites virais que não se trata. Gratuito e sigiloso, fazer o teste de HIV e hepatite é mais rápido do que ler um livro.

Faça o teste. Não fique na dúvida!

ESTA OBRA FOI IMPRESSA
EM AGOSTO DE 2024